沙塵之賊

◇ CASTLE IN THE AIR ◇

黛安娜．韋恩．瓊斯

著

獻給法蘭西絲卡

第一章　阿布都拉買下魔毯

有個蘇丹國叫拉休普特，位處在距離因格利王國非常遙遠的南方。這裡有位名叫阿布都拉的年輕地毯商人，他就住在拉休普特的參吉。雖然他是一位商人，但並不是有錢人。阿布都拉的父親雖然並不寄望於他，過世之時還是為他留了一筆遺產，但這只能在參吉西北區的西城市集買下一處小攤位。他的父親所餘留的其他財富以及位於西城市集正中間的頭號店面，反而全部留給了他父親大房那邊的親戚們。

父親為何會對他如此失望——阿布都拉從出生到現在一直都無法理解，他只知道這似乎與他出生時的預言有關。不過，他從來都沒想要追究這些事，反而從小就開始幻想自己的身世背景。在那些幻想裡，他其實是已走失多年，一位偉大的王子之子——當然，這也表示他的父親其實不是「真正的親生父親」。

阿布都拉清楚這一切不過就是他的妄想。住在參吉所認識他的人，說阿布都拉的長相就是他父親的血脈所致。他每次走到鏡子前往前注視，都會看見一位臉頰線條分明，猶如老鷹般英敏的年輕男人，從這點看起來，再與父親年輕時的肖像畫比較，那的確是無比相似。但相較之下，他父親的鬍子更加濃密，而他的唇上附近不過就長了潦潦六根鬍子。他真希望自己的鬍子能長得更快，更加濃密。

認識他的人也一致認為，阿布都拉的個性也從母親那方傳承到他這。他的母親是父親的二房，也是一個愛幻想的人，但同時也非常膽小，這點也讓周遭的人失望透頂。但阿布都拉並不會覺得特別困擾，反正作為一名地毯商人，生活中並不怎麼需要「勇氣」這個情感。一路成長、生活至今，他已經知足了。

說到他的攤位雖小，選址卻相當不錯，離西城區也不遠，西城區可是還有不少棟被華美庭院圍繞的有錢人高級住宅。地毯生產商從沙漠北上，來到參吉之時，首先就會到這。一般而言，有錢人及地毯生產商會直接找西城市集中規模較大的店談好買賣，但出乎意料的是，當阿布都拉這位年輕的地毯商人急忙親自奔到生產商面前，向他們禮貌地提供各種更有利的收購條件或折扣時，許多被因此說服的人皆有興趣，所以會前去他的攤位看看有些什麼商品。

因此，阿布都拉時常可以在其他人收購貨物之前，就能經銷到該批貨中最棒的地毯，然後接著再轉賣給顧客，賺取其中的差價利潤。

做生意的空閒時間之餘，他就坐在攤位上徜徉於那些白日夢。而他生活中唯一的困擾就是他父親大房那方親戚的叨擾。那些親戚們每月來此一訪，就只是為了來挑他毛病。

「你賺的錢都沒存起來！」某一天，阿布都拉厭惡的——父親大房的哥哥的兒子——哈基姆找到他，如此大喊。

阿布都拉向哈基姆說明，他有盈餘之時，認為再操作這筆錢買一張更好的地毯對未來更好。如此一來，即使他所有的錢都用於投資之上，商品的品質卻能夠往越來越優質的方向提升。他名下的財產本來就足夠供給他的生活所需，而且他還沒結婚，對其他物質生活沒有過多的慾望，這點就跟父親大房那邊的親戚們說的一樣。

「但是你該結婚了啊！」阿布都拉更厭惡的——父親大房的姊妹——法蒂瑪喊道。「我說過了，現在我要再說一次——像你這種年輕人，早就該娶了兩個妻子陪在身邊了！」

而且，法蒂瑪這次不只是耍嘴皮子，她還放話要幫他媒合妻子。阿布都拉聽到她說出這項提議，已經嚇得顫抖。

「你的貨越高級，越容易被搶。萬一你的攤位不小心失火，你的損失簡直是慘賠！你想過這些後果嗎？」阿布都拉最最厭惡——比起前述兩位更加討厭的——父親大房的叔叔的兒子，也就是阿西夫正在對他發牢騷。

阿布都拉向阿西夫保證自己都睡在攤位內，而且對於燈源的使用非常小心。他父親大房那方的三位親戚聽到他所言，完全無法接受地發出輕視的離別招呼後就走了。通常來說，這種狀況代表阿布都拉又有一個月的時間能夠保持耳根清靜。阿布都拉鬆懈下來後，立刻又回去夢鄉裡。

事到如今，他白日夢裡的其他細節已經建構完整了。在阿布都拉的幻想裡，他是一位偉大王子之子。他所住的國家位於遙遠無比的東方，因此，參吉的人根本沒聽過這國家。阿布都拉兩歲之時，被一名叫做喀布爾．阿克巴的邪惡盜賊給抓走了。喀布爾．阿克巴有著禿鷹鳥喙般的鷹勾鼻，鼻孔還鑲著金色的鼻環。此外，他還帶著一把銀製槍托的手槍，並常用那把槍威脅阿布都拉。

喀布爾．阿克巴的頭巾上鑲著一顆血玉髓，那血玉髓似乎賦予了他超出人類所及的力量。阿布都拉對此感到非常害怕，所以找到機會就逃到沙漠之中，接著被他現在稱為「父親」的人尋獲。不過說到這，這幻想可沒有與現實接軌，因為阿布都拉的父親一次也從未去過沙漠探險過——事實上，他父親還常說——任何離開參吉出外探險的人一定是瘋了。然而，阿布都拉還是能夠清晰地回憶在這位善良的地毯商人找到他之前，他經歷過的惡夢般乾燥、口渴又寸步難行的旅程。除此之外，阿布都拉還能詳述他小時候住過的——那有著王座的大廳、柱子及鋪著綠斑岩的地板、女僕的住處、屋頂有著七個覆有金箔圓穹頂的王宮，當然還有廚房——一切都極其奢華。

但阿布都拉這段日子的白日夢，有絕大部分都會出現一位公主。阿布都拉出生之時就與她訂下婚約，也跟阿布都拉有同樣的身世背景。在他被阿克巴綁架期間，她已成長為一位迷人的少女，並有著完美的五官，朦朧且深邃的雙眼。那位公主所居住的王宮可以說是與阿布都拉所住的同樣華美。且如果要進入她的王宮，還得先經過一整排列隊著宛如天使的雕像的道路，再經過七處鋪滿大理石製地板的庭院後，方能抵達。每座庭院的中央都設置了一座噴泉，而且越往內走，噴泉的材質就越顯高貴——第一座噴泉是用橄欖石製成，而最後一座則是鑲著祖母綠的白金製噴泉。

阿布都拉在某日才發現自己並非滿意夢中的所有部分，尤其是在每次當他父親大房的親戚來訪之後。

他對花園的布置及該怎麼建設，沒有相對應的知識，但他認為一座王宮就要有宏偉的花園才行，因為他非常喜歡種滿花卉之處。他之所以會產生這種想法，源自於他每次去參吉的公園時的感嘆——這裡的公園草地大部分都被無情地踏壞，花卉與植被所剩不多。即使如此，他還是會抽空去公園吃個午餐——只要他有錢能請那位獨眼的賈馬幫忙顧一下攤位的話。說到賈馬，他是在阿布都拉隔壁賣炸物的攤主，只要付他幾枚銅幣，他就會將他那隻凶狠的狗，栓在阿布都拉的攤位上，幫忙顧一下攤位的安全。

而阿布都拉知道，這種人生根本沒辦法讓他創造出一座符合他心目中理想的花園，而且比起想像法蒂瑪會幫他挑選何種妻子，他寧可神遊於他那夢中公主的夜之花園裡，想像著落葉紛飛與充斥芬芳花香的小徑。

他正準備再次神遊於夢中之時，一名抱著骯髒地毯，身上也髒亂不堪的高大男人打斷了他。

「這位大家族的子嗣啊，你會收購地毯，然後轉賣，對吧？」陌生人稍稍行禮詢問。

在參吉的買賣雙方皆會使用正式又華麗無比的詞藻來進行交談，而他眼前這個男人的講話方式實在太突然，導致他即將進入夢中夜之花園的美景時，因現實的活動被打斷，幻想分崩離析。阿布都拉對此產生了怒氣，他簡短地回答：

「沒錯，這位沙塵之王啊，你願意跟我這可憐的商人交易嗎？」

「哦，不，應該說，我是來經銷貨物的，這位墊子的主人啊。」陌生人糾正道。

什麼？墊子？阿布都拉覺得對方的用詞對地毯商人而言就是一種貶低行為。在阿布都拉攤位前展示的地毯當中，有張地毯來自因格利王國（參吉的居民習慣稱之為奧欽斯坦），那是一張非常稀有，繡有花卉圖案的地毯；攤位上至少還有兩張來自因希科及法克坦的地毯，高貴到連蘇丹都願意在王宮中的小房間內鋪設。不過，阿布都拉不會描述得如此浮誇。遵照參吉文化，他可不會如此自誇過度，所以他只是冷淡又膚淺地對眼前的人行禮。

「我這骯髒簡陋的小店也許可供應您想尋求的商品，這位如珠寶璀璨耀眼的流浪者啊。」他一邊說，一邊用打量的目光掃過陌生人的全身。陌生人身穿一襲骯髒的，用於沙漠中旅行的長袍，還有穿了一孔鏽跡斑駁的鼻環，以及頭戴著破爛的頭巾。

「這確實比髒亂還要糟糕，這位偉大的地墊販售者啊。」陌生人附和。

他朝著賈馬甩動他髒兮兮的地毯，而賈馬正在散播魚腥味的青煙之中炸魷魚。他問道：

「你鄰居那挺有文化的行為，就不會將你的商品沾上章魚的味道嗎？」

阿布都拉的內心憤怒不已，只能拚命搓手掩飾心裡的怒火。正常人不應該說這種話的，更何況只要有一點魷魚味，搞不好這陌生人會因此趁機抬價，向他將價格炒高。他望向那人懷中失去光采又破爛的地毯問道：

「這位睿智的王子啊，謙卑如我，總是小心翼翼地在攤位裡灑上大量的香水——不知王子您高尚又敏銳的嗅覺聞到之後，是否還能禮遇我，將您的貨品展示給我這位窮苦商人呢？」

「喔，這位鯖魚臭味中的一點百合花香啊，當然沒問題。不然我站在這裡幹什麼？」陌生人回應。

阿布都拉勉強接受對方的回應，於是他拉開簾布，招呼那位陌生人進到自己的小攤位。他打開了懸在柱頂上的燈光，而屋內還縈繞著昨日殘餘的濃郁香味，這已足夠了。他抽了幾下鼻子後，暗自決定絕不將薰香用在這個人的來訪上，以免浪費了薰香。

「您要給我這卑劣的目光觀賞何等尊貴的毯子呢？」阿布都拉疑惑地問。

「這位討價還價的買家啊，就是這個。」男人說著，用手臂靈巧地一抖，將地毯攤在地板。

阿布都拉畢竟是地毯商，這種俐落的動作當然也能做到，根本沒什麼了不起。他拘謹又有禮貌地將手收進袖子，並仔細審視這件商品。這張地毯並不是特別大張，而且當對方一攤開它，他發現竟然比自己設想的還要髒。雖然這張地毯的花紋還算獨特，但大部分都已經磨損消退，餘下之處也髒到不行，邊緣也都脫線了。

「唉呀，這張最有裝飾性的地毯，我這窮商人最多只能出三枚銅幣——這是我縮水荷包的最大極限了。這位擁有許多駱駝的隊長先生，您也知道現在經濟不好，我出這個價的話，您同意嗎？」阿布都拉問。

「我要的價格是五百。」陌生人說。

「你說什麼？」阿布都拉說。

「而且要用金幣出。」陌生人又補上一句。

「這位沙漠盜賊中的王者啊，您在開我玩笑嗎？」阿布都拉聽到都愣住了，繼續問道。「還是說，您發現我的小攤位除了炸魷魚的味道之外什麼都沒有，決定去找更富有的商人？」

「不一定。不過，如果你沒興趣的話，那我就走。這位有鯡魚乾味的鄰居啊，它肯定就是有魔力的——魔毯！」陌生人解釋。

阿布都拉聽過這種話，他知道該怎麼應付這種狀況。他捲起衣袖並將身子往前傾。

「這位在沙漠中詠唱的詩人啊，人們說地毯具有各種功用，不知道您指的是哪一種？它會迎接主人回到他的帳篷嗎？會帶來家庭和諧嗎？還是說——」阿布都拉故意用腳趾輕碰地毯那分岔又脫線的邊緣。「它永遠不會有任何使用上的損傷？」

「它會飛。」陌生人補充道。「這位宛若井底之蛙的人啊，這張地毯會聽其擁有者的命令，能夠飛去世界任何角落。」

阿布都拉仔細看著他的陰沉臉色，沙漠在他的雙頰刻下深深的紋路，嘲諷的神情又使這些皺紋刻得更深。阿布都拉自覺討厭這個人，討厭的程度幾乎就與討厭父親大房舅舅的兒子，也就是他親戚那樣差不多。

「你最好說服我，我可不信。」阿布都拉補充道。「這位撒謊的高手啊，如果這張地毯真的具有你說的能力，可能還能討論一下。」

「沒問題。」高大的陌生男人一說完，就跳到地毯上。

此時，隔壁的炸物攤傳來常有的吵雜聲，可能是路過的孩子想偷炸魷魚。突然，賈馬的狗爆發出連續吠聲。接著，賈馬也跟著其他人開始大吼大叫，鍋子敲打的聲音和熱油的滾沸聲又正巧覆蓋了這些聲音。

在參吉，詐欺行為可以說是當地居民的日常生活了。阿布都拉不容許自己的專注力有絲毫空檔從這陌生人及他打算售出的地毯身上離開。這個人很可能賄賂了賈馬，並試圖讓阿布都拉分心——畢竟他好幾次提到賈馬，好像一開始就認識他。因此，阿布都拉緊盯著這名身形高大的陌生男子，還有他地毯上的那雙汙穢腳掌。不過，他同步利用眼角餘光留意著那人的表情，發現那人動了動唇瓣——雖然隔壁吵鬧無比，他充滿警覺性的雙耳還是清楚地捕捉到那人說了：「上升兩尺。」

地毯平穩地升到了大約與阿布都拉的膝蓋等高，如此一來，陌生人破爛的頭巾就不會碰到帳篷頂。阿布都拉確認著地毯下方有無任何支撐的長桿，有沒有勾在天花板的絲線，將地毯整個吊起懸空。他提起燈後，利用燈光，照亮了帳棚內的各處角落，連地毯的正反面也不放過。

阿布都拉檢查之時，陌生人雙手環胸並站著，表情盡是令人印象深刻的嘲諷：

「看吧？這位絕望的疑病者，你服氣了嗎？我有站在空中嗎？你覺得呢？」

他還是得大聲喊叫，因為隔壁還是非常吵。

阿布都拉承認那地毯看起來的確沒有靠任何東西支撐，真的如那人所說，確實浮在半空中。

「看起來可能是。」他大聲地喊回去，繼續說。「那你示範完就下來，下一階段該我坐上去嘗試看看。」

「為什麼？這位疑神疑鬼的龍子，眼前的示範已經給你看個仔細了，你還需要我證明什麼？」那陌生男人皺起眉頭說著。

「因為它搞不好會看坐在上面的人是誰啊。」阿布都拉大聲解釋著。「就像有些狗，就是如此。」

賈馬的狗還在外頭吠叫著，因此阿布都拉很自然地想到這一點。除了賈馬之外，任何人敢摸牠都會被咬。陌生男人嘆氣：

「降下來。」他一說完，地毯就溫柔地降落到地面上。陌生人跳下地毯，對阿布都拉行了個禮：

「這位精明的一家之族長，就交給你測試了。」

懷著極為興奮的心情，阿布都拉跳上地毯，對地毯大喊：

「上升兩尺。」

此時，城市警衛隊的警衛似乎來到賈馬的攤位，他們一邊揮舞著武器，一邊大聲喝斥：「到底發生了什麼事？」

地毯遵從阿布都拉的指令，平穩地上升兩尺。阿布都拉的胃忍不住驟升的高度差，只好急忙坐下。單論坐墊的功能來看，坐上去是挺舒服的，就像縮緊的吊床。

「可悲又愚笨的智商告訴我，我被你說服了。」他向陌生人坦承，繼續問。「哦，這位慷慨的模範商人代表，您剛開的價是？兩百枚銀幣？」

「五百枚金幣。先叫地毯降下來，我們可以再商量。」陌生人說。

「降下來，停在地板上。」阿布都拉命令地毯後，地毯照辦了。

這使阿布都拉連心中最後一絲疑慮都消失了。他原本有點懷疑他剛跳上地毯時，陌生人是否多講了些什麼多餘的詞，而被隔壁傳來的聲音淹沒了。阿布都拉跳下地毯，開始殺價。

「我只能湊出一百五十枚金幣，」阿布都拉解釋道。「我把錢包用倒的，每個角落的縫隙幾乎都找了一次，我就這麼多錢。」

「那麼，你最好拿出其他錢包找找，或是找看看床墊下。」陌生人補充回應道。「我慷慨地折扣後，下限只到四百九十五枚金幣。要不是我最近有急需，我絕對不可能賣掉這張地毯。」

「我說不定可以從左鞋跟裡再湊出四十五枚金幣。」阿布都拉補充回答。「這是我的急用救助金，也就是我的全部財產了。」

「右腳也檢查看看吧。」陌生人話鋒一轉。「四百五十枚。」

這場價格戰繼續著。一個小時後，陌生人帶著兩百一十枚金幣離開了。阿布都拉則開心地收下了這一塊十分破舊、似乎是真貨的魔毯。雖然他心存疑慮。他不敢相信真有人願意以低於四百枚金幣的價格賣掉一張破舊無用的真魔毯。這張魔毯也太方便了，它不用進食，比駱駝更棒，而一隻血統優良又強壯的駱駝至少也要四百五十枚金幣。

這肯定哪裡有問題——阿布都拉曾經聽說過一種詐騙伎倆，通常使用馬匹或狗隻來詐騙。這些騙子會喬裝成經銷商，訴說自己的貨品再賣不出去就要挨餓了，然後將品質優良的動物以令人驚訝的價格賣給堅信不已的農夫或獵人。開心無比的那些買家會將馬匹鎖進馬廄，狗隻則關在狗屋內。隔天早晨一至，這些動物們就消失了，因為牠們受過掙脫韁繩或項圈的訓練，且能在早上之前，也就是夜裡，連奔回原擁有者之處。阿布都拉認為這張會聽從命令的魔毯，大概也能透過訓練做到一樣的事。因此，他在離開自己的攤位前，仔細地將魔毯圍繞在帳篷的主支柱上，最後再用一整捆麻繩纏繞多圈，將它固定在那。

「我想你這樣就會覺得逃不掉了吧。」他對魔毯說完後，便走出去看看隔壁究竟怎麼了。

隔壁的攤位已經恢復寧靜、整齊。賈馬則坐在攤位中，悲傷地抱著自己的狗。

「怎麼了？」阿布都拉問。

「一群渾蛋小孩弄翻了我全部的魷魚。我一整天要賣的東西都掉到地上，沒了！全沒了！」賈馬說。

阿布都拉因為談妥了一筆好買賣而感到相當愉悅，立刻就給了賈馬兩枚銀幣補償他的損失。賈馬非常感激阿布都拉的慷慨，一把抱住了阿布都拉；而賈馬的狗這次不僅沒咬他，居然還舔起他的手，這讓阿布都拉都忍不住笑出來。人生真是太棒了。他讓狗幫忙顧攤，自己一邊吹著口哨，一邊去尋找著一頓豐盛的晚餐來慶祝。

參吉眾多的圓穹屋頂以及尖塔後的天空被夕陽染紅之時，阿布都拉依舊吹著口哨回來了，整個腦袋都在思考如何將魔毯以超高價賣給蘇丹。魔毯也確實還在那，於是阿布都拉的心裡產生了幾種好計畫。或許將它賣給大維齊爾[1]會更有市場？他在盥洗時又想到——如果我建議維齊爾將魔毯當成禮物並進貢給蘇丹，我應該能得到更多的錢？想到這魔毯竟然這麼有價值，那受過專業訓練的馬匹會脫韁並返回原擁有者家中的詐騙方法，又在他的心中開始騷動著。

他換上睡衣時，還在想像魔毯扭動後擺脫束縛的情景。它既老舊又柔軟，或許也訓練有素，能夠從縝密安排過的束縛中逃脫。即使阿布都拉不會實行這個做法，又或是魔毯並不會這麼做，這種想法也足以讓阿布都拉陷入輾轉難眠的狀態。

在腦海內總歸結論後，他割斷繩子，然後將那張魔毯鋪在他平時鋪床用的最棒的小被被之上。然後，他戴上對他而言無比重要的睡帽，因為從沙漠吹拂起的寒風會在夜裡透過縫隙灌穿篷布。他拉上小被被後，便熄燈睡覺了。

註1　大維齊爾為蘇丹手下最高階的大臣，等同於宰相或是現在的總理。

第二章 阿布都拉被誤認成年輕女孩

他醒來之時，發現自己正躺在一處小山坡上，魔毯仍在他之下，就像睡前拿來鋪床那樣。而他處在一座比想像中還美的花園之中。

阿布都拉堅信他身處夢中，這裡就是不久之前被那陌生人蠻橫打斷的幻想內，所還在構建的花園。皓月高懸於天，看上去已快要滿月。潔白月光往他周圍的地面撒下，將他周圍草地上那數百朵芬芳之花都染上了月亮的白色。樹上懸著圓形的燈光源，撥離濃密又漆黑的月之影。阿布都拉覺得這設計非常有創意，也非常用心。

而在黃白交雜的光罩之下，他看見在他躺臥的草地不遠處有一座長拱廊，那座拱廊由優美但攀滿藤蔓的樑柱支撐。後方某處，隱約能聽見水聲寧靜地流淌而過。

在夜色之下，空氣令人感到無比沁涼，四周景象讓人感覺就像身處於天堂之中。阿布都拉不由自主地尋訪隱藏的水源。他循著拱廊前行。月光之下，靜謐無聲的純白色星形之花輕輕飄過他的臉頰，鈴鐺狀之花則散發著聞起來感到文情雅致的香味，讓人深醉其中。阿布都拉首先輕輕撫過一朵飽滿的百合，然後優雅地繞過了一叢淺色玫瑰。就像人作夢時往往會做的那樣。而他從未身歷其境至這麼夢幻的夢中過。

阿布都拉在滴著露水、葉緣像是蕨類植物的樹叢後尋獲了水聲的來源。原來那聲音源自另一片草地所矗立著的，一處簡約的大理石製噴泉。噴泉四周的樹叢上則正掛著一整排亮燈裝飾，那些燈光反映在泉水的表面之上，射出一道道光波，劃出金銀交雜的新月之弧。阿布都拉看得過於專注，自動地朝噴泉走了過去。

他的人生就差這麼點距離，就能得到完美無缺的幸福了。就如同他夢過的那些最棒的白日夢中出現過的——那位美麗迷人到極致的女孩，就在那裡。她裸著腳掌，輕輕地走過處在含有水氣的草地，然後朝阿布都拉更加接近。她身上隨微風不規則飄動的薄紗正巧展現了她苗條動人的身材曲線，不過她並不會過度瘦弱，就像阿布都拉幻想中的對象。當她走近阿布都拉時，阿布都拉卻發現眼前的她，並沒有像自己所夢到的公主那樣，有著一張完美的鵝蛋臉，而那雙雖然還是烏黑的大眼睛，也不如他夢中所想的那般魔幻。那雙眼睛敏銳又靈活，頗有興致地打量著阿布都拉的臉。

眼前的她實在太美了，美到阿布都拉緊急地將他原來的幻想修正的程度。而她開口說話時，聲音聽起來空靈又有柔和的感覺，就像噴泉所流溢出的那道清澈流水。不得不說，連這聲音也聽起來堪比真實存在的人。

「你是新來的僕人嗎？」她問。

在夢裡的人所問的問題還真怪啊。阿布都拉這樣想著。

「這位我幻想中的完美公主啊——我不是僕人。」他繼續說。「老實跟妳說吧，我其實是一個與遠方的王子走散的，他的兒子。」

「哦，那就是別人了。請問，這代表妳跟我是不同類型的女性嗎？」她問。

阿布都拉困惑地看著夢中的女孩：

「我不是女的！」

「是嗎？可是妳明明穿著裙子。」她問道。

阿布都拉往下一瞥，發現自己正如睡著徜徉於夢中的人那般身穿睡袍。他急忙解釋：

「這是別國的衣服，我的國家離這很遠。我對妳保證，我是男人。」

「不可能！」她毫不遲疑地說。「你怎麼可能是男人？首先，你的體型完全不符合男性。男人們應該要比你壯上兩倍那麼多才對，他們還擁有因脂肪囤積而凸出來的部位，那稱作『鮪魚肚』。然後他們又都有一張都是灰毛的臉，還有一片光亮的頭殼皮。你雖然跟我一樣有許多頭髮，但臉上幾乎沒有毛。」

阿布都拉正納悶著，然後撫摸上唇僅有的六根分明的短鬍子，那女孩立刻接著開口問道：

「不然呢，難道你脫掉帽子後會是光頭嗎？」

「當然不是啊。」阿布都拉一直對自己濃密的頭髮引以為傲，他伸手將睡帽拿下。「妳看。」

「啊，你的頭髮也很好看，就跟我的一樣，我被搞混了。」女孩的表情看起來困惑不已，但還是非常可愛。

「我也不能理解妳到底在說什麼。搞不好是妳沒怎麼見過男人？」阿布都拉問道。

「才不是！」她繼續說。「你別耍笨了！男人中，我雖然只知道我的父親，但我常常跟他見面，所以我知道男人的模樣。」

「所以——妳都不出門嗎？」阿布都拉無奈地問。

她一聽到阿布都拉所說的之後，立刻大笑：

「有啊，我現在不就是出門了。這裡是我的夜之花園——由我的父親為我量身打造的，這樣的話，陽光就不會把我的皮膚曬傷了。」

「我說的『出門』是指——去城鎮裡看看其他的人。」阿布都拉解釋。

「喔，這倒是沒有。」她似乎感到煩惱，所以承認了。接著轉身離開，在噴泉的邊緣處坐下，然後又仰起頭朝他說。「我父親曾跟我說過，如果我結婚的話，而且經過我的丈夫允許，我也能出去看看別的城鎮，但不是這座城鎮就是了。因為我的父親想把我嫁到奧欽斯坦去，也就是嫁給奧欽斯坦的王子，所以還沒結婚之前，我得待在城牆內才行。」

阿布都拉聽過參吉的某些富豪會將女兒——甚至是妻子，將她們當作囚犯，關在自家宅邸內。他常常希望有人能將法蒂瑪（他父親大房的姊姊）也關起來，現在——在這夢中，他似乎認為這對眼前迷人的女孩實在過於不合理且完全不公平。她可是連年輕的正常男人都不知道長什麼樣。

「請原諒我接下來的發問。我冒昧地詢問一件事——這位奧欽斯坦的王子搞不好有點年紀了？或有些……其貌不揚？」他問。

「嗯。」她看起來無法篤定。「我父親說過，那位王子同樣也跟他一樣是氣盛之年，但我相信最嚴重的問題在於男人動物般的原始天性。我父親也說過，如果有其他男人早於王子見到我前就認識我了，肯定會對我迷戀無比，立刻帶走我。這肯定會打亂我父親的計畫。他說男人大部分都是可怕的禽獸，你也是嗎？」

「當然不是。」阿布都拉說。

「我也這麼覺得。」她仰起頭，有點困惑地看著阿布都拉。「你看來一點也沒有禽獸的樣子，這讓我確定你真的不是男人。」

這女孩顯然是那種只要認定了，就會堅信理念到底的那種類型。她思考一下後又開口：

「有沒有可能是你的家人——因為他們的自私，讓你接受了錯誤的認同感然後長大？」

阿布都拉心裡想著反駁她：*絕非如此*。但他又擔心太過失禮，於是，他只是搖了搖頭表示否決。他覺得這女孩相當善良，現在還反過來為他擔心著。女孩臉上的擔憂神情也讓她看上去更美了，更別說在噴泉反射之下，金銀交雜的光芒讓她的臉更增添光采，那雙滿盈著同情的大眼睛變得璀璨無比。

「或許，這是因為你來自遠方的國家？」她說完，拍了拍身旁噴泉的邊緣處。「坐下來吧，把你所有的事都跟我說。」

「先告訴我妳的名字。」阿布都拉說。

「我的名字其實有點——」她有些緊張地繼續說。「我的名字是夜花。」

這完美的名字實在太適合他夢中的公主。阿布都拉利用眼神傳達了讚美：

「我的名字是阿布都拉。」

「他們甚至幫你取了男人的名字耶！先坐下來，再慢慢說。」夜花憤怒地驚呼。

阿布都拉聽從她的意見，在她身旁坐下。他覺得這夢實在太栩栩如生了。大理石坐起來相當冰涼，噴泉濺起的水花弄濕了他的睡袍，夜花身上所傳來的甜蜜玫瑰香氣與花園中的其他花卉之香雜揉在一起，令這一切變得更加真實了。但這是夢——阿布都拉覺得自己的幻想得以在夢中實現也無所謂。因此，他跟夜花述說著自己身為王子時居住的王宮，還有被喀布爾·阿克巴這名盜賊之王綁架後再逃往沙漠的故事，再來，還說了在逃亡途中被地毯商尋獲的心路歷程。

「好可怕！聽起來你有夠辛苦的！」夜花同情地繼續聆聽著。「說起來，你的養父搞不好有可能跟盜賊講好了之後再來騙你？」

雖然這只不過是在作夢，阿布都拉卻覺得自己越來越像在利用虛假的謊言得到她情感中的那些同情成分。因此，他嘴上說同意養父與阿克巴達成交易的推測，也同意的確有可能被賄賂，他依然將話題轉移。

「我們還是聊聊妳父親跟他的計畫吧。」阿布都拉成功地轉移了話題。「我覺得妳沒見過其他男人，所以處在沒有其他人可以比較的狀況之下，妳卻要與奧欽斯坦的王子結婚，實在是有點尷尬。妳又怎麼知道自己是否愛他？」

「你說得沒錯。我有時候也會擔心這些。」她附和道。

「那接下來，妳聽我說。」阿布都拉繼續說。「明天晚上，我再來這裡一次，然後我盡可能地蒐集到男人的畫像並帶來給妳看，這樣妳就有能比較的參考對象了。」

無論這是不是夢，阿布都拉深信著自己隔天晚上能夠再來這，這也成為了他來這裡的理由。

夜花環抱著膝蓋，疑惑地前後輕搖身軀，明顯看得出來，她正在考慮阿布都拉提出的這項提議。阿布都拉都快能夠看到好幾個長著灰白色鬍子、還光著頭皮的肥胖男人在她的瞳孔反射下掠過了。

「我向妳保證。男人是有各種類型的，所以也有各種不同身材的人存在。」阿布都拉補充說道。

「那樣的話，我想那會對我有幫助的。至少，我也有理由能跟你再見，在我認識的人之中，你肯定是最好的其中一位。」她同意了。

阿布都拉更加確信隔日要再續前緣。他說服了自己，因為讓她繼續對此毫不知情，又或者該說是一無所知——這實在很不合理。

「我也這麼想。」阿布都拉感到害羞。

但令他失望的是，話才剛說完，眼前的夜花得起身離開了。

「我必須回去了——兩個不相識的人的首次見面，不能超過半小時。我覺得你在這裡的時間應該已經超過半小時有兩倍了。但，既然我們互相認識了，下次你可以留在這兩個小時。」她說。

「謝謝妳的好意，我知道了。」阿布都拉回答。

夜花微笑，身影以及笑容像夢一般輕輕地消失在噴泉之前及花叢之後。

她走了之後，花園、月光以及花香彷彿都黯然失色。阿布都拉想不出在這裡還有什麼事情好做，所以循著原路返回。魔毯依舊躺在月光灑落之下的小山坡之上。他早就完全忘了魔毯的事，不過魔毯也在夢裡的話，那他打算乾脆就躺在上面睡一覺。

幾個小時之後，阿布都拉醒了。陽光從穿過帳篷的縫隙刺進眼裡，空氣中依然縈繞著日前燃燒的香料氣味，聞起來有種廉價感，又讓人覺得胸悶。而且他的四周不只有沉悶感，還瀰漫著一股潮濕的霉味。他似乎還因在半夜搞丟了睡帽，導致耳朵正疼痛著。不過，至少他在尋找睡帽時，發現那張魔毯並沒有逃離他的身邊，還是在他的身體之下。在生活極其乏味且鬱悶無比的時期，這倒是唯一一件能安慰到他的好事。

賈馬對昨天那補償損失的行為，依舊心懷謝意，於是在外面大聲喊著阿布都拉，要他一起去吃頓早餐。阿布都拉開心地拉開自己帳篷入口的布簾。早晨的雞啼從遠方逐漸響起，天空是一片亮眼又清澈的藍色，刺眼的陽光穿透了篷布，然後又穿透了沙塵、煙息及陳年香料的氣息。但是，就算在這麼明亮的狀態下，阿布都拉還是找不到自己的那頂睡帽。這讓他的心情比往常更加失落。

「賈馬，我問你喔，你會毫無理由地感到悲傷嗎？」他們盤起腿並坐在陽光下吃早餐時，阿布都拉開口問道。

賈馬溫柔地餵了他的狗一塊砂糖酥餅後才回答：

「我今天本來會很難過吧，但幸好有你。我覺得有人刻意叫那些可憐的孩子來偷東西，他們真的偷得很徹底。更誇張的是，警衛還罰我錢。就像我說過的，我認為有人在針對我，我的朋友。」

這雖鞏固了阿布都拉對昨天那陌生人的疑心，但並沒有過多的助益：

「或許你應該更留意你的狗會咬誰。」

「我不要！我相信自由意志。如果我的狗決定討厭我以外的所有人，牠就有權可以這麼做。」賈馬說。

吃完早餐後，阿布都拉再度開始找睡帽，它彷彿就像消失了，找都找不到。他努力回想自己最後一次戴著這頂帽子是什麼時候——他記得是昨晚睡覺之時，正在思考著是否要將魔毯賣給大維齊爾，再接著就是那個與夜花相見的夢。他還記得在夢裡之時，他還戴著睡帽，然後為了向夜花證明自己沒有禿頭，脫下了睡帽——他仔細想想，這名字念起來還真美。在他的記憶裡，他從那之後就一直拿著睡帽，直到他在夜花旁邊坐下。

後來的事，他也記得很清楚，當他向夜花敘述自己被喀布爾．阿克巴綁架時，他兩手是沒有握著任何物體的狀態，而且當時他知道睡帽真的不在任何一手之中。作夢時，有些事物難免會消失，這點他知道的。但跡證都顯示了，睡帽肯定是在他坐下時不見的。他懷疑自己是否將睡帽留在噴泉旁的草地上了？這不就表示……

阿布都拉呆站在攤位中央之處，凝視映照進攤位的陽光，然後什麼動作都沒有。他突然有種奇異的感覺，那些陽光所映照出來的不再是髒亂的塵埃及香料灰，反而是猶如天堂才有的一片片純潔金之屑。

「原來這不是夢！」他說。

阿布都拉的失落就此消退，連呼吸都變輕盈了。

「那夢是真的！」他又說。

他若有所思地走去，低下頭看著魔毯，因為連魔毯都有在夢中出現的話——

「難道是你趁我睡著的時候，把我轉送到某戶富豪的花園裡？又或者是我在夢裡說了什麼，湊巧使喚你？這的確有可能，因為我當時專注在思考花園。你讓我意識到你比我理解中的還更有價值！」他向魔毯問道。

第三章　夜花的堅決

阿布都拉為了再次確保無虞，將魔毯綁在攤位的主支柱之上，然後就出門去了西城市集。他打算在那各方藝術家聚集之處，尋覓一位自己認為最優秀的畫家。

如同往常做生意那樣，他與畫家見面時還是互來了一段如同開場白的招呼。阿布都拉叫那位畫家為鉛筆王子暨粉筆附魔師。畫家回應阿布都拉為高水準的顧客暨品味優異的公爵。招呼完後，阿布都拉提出了他的想法：

「我要不同的男人的畫像，不同高矮、長相和種類我都要。我要請你幫我畫出國王跟乞丐、商人跟工人、胖子跟瘦子、年輕人跟老年人，還有帥氣跟醜陋的，當然也要有普通人。就算是你沒見過的，也請你必須、得、一定要編造出來。哦，這位手持畫筆的畫家代表啊，雖然這不太可能，但真的沒辦法只靠想像力的話……那請你這位藝術家中的貴族啊，就眼觀四方，然後把他們複製出來！」

阿布都拉伸出手並指向西城市集裡來來去去的各種客人。一想到這樣平凡的日常是夜花從未體會過的，他激動到要為夜花流淚了。

「這位崇高無比的高品味之人，當然沒問題。」畫家疑惑地拈著他雜亂的鬍子說。「這對我來說輕而易舉，但是，這位敏銳無比的智者啊，是否能請您向我這位卑微的畫師解釋，您為什麼需要這麼多男人的畫像呢？」

「這位藝術之王啊，你為什麼想知道？」阿布都拉不太高興地問。

「這位傳達顧客意志的代表者啊，蠕蟲般低賤如我，也需要清楚知道要用什麼材料才能畫出來。」畫家如此回答。但他只是好奇眼前的阿布都拉為何提出這筆不尋常的交易邀請。「我該在木板或帆布上用油性顏料呢，要用一般的紙張或羊皮紙呢，又或者這是要繪製壁畫呢？這都要看貴客您如何使用這些肖像畫。」

「哦，原來如此，那，用紙就好。」阿布都拉急忙說道。

他不想坦承他與夜花見面之事，他知道對方的父親肯定是有錢人，而且不可能接受他這樣年輕的地毯商，甚至還讓夜花知道除了奧欽斯坦王子之外的其他男人的模樣。

「這些肖像是要給一位無法像普通人那樣出外行走的殘疾之人看的。」阿布都拉補充說道。

「那您真是大慈善家。」畫家回道。

畫家同意以超乎預期的低廉價碼繪製。阿布都拉正準備向他道謝時，他則回道：

「不、不用！這位幸運兒啊，您不需要感謝我。我這麼做的理由只有三個——一來，我有許多平時作為消遣娛樂所繪的畫作，這些畫作我早就畫好了，還跟您收費的話也太黑心了。二來，您給我的任務實在比我平時的工作有趣十倍之多，我通常會接到繪製少女、新郎、馬及駱駝等肖像的委託。無論現實中他們是何種樣貌，我都得把他們畫得很好看才行。有時候我得替一群不受控的小孩們繪製肖像，但父母總希望我將他們的小孩畫得像天使，這根本從現實抽離了嘛。這位尊貴無比的客人，我最後的——第三個理由是我覺得你根本瘋了！要是我從你身上討到更多好處，我可是會遭天譴的。」

這場交易立刻便傳遍整座西城市集，每個人都知道了。大家都說年輕的地毯商阿布都拉瘋了，無論是誰賣肖像畫，他都會花錢買下來。

阿布都拉也因此感到不堪其擾。那天剩餘的時間裡，他不斷被來推銷畫作的人們打斷。那些人還試圖用浮誇的長篇大論說服他——要不是窮到走投無路了，才不會將這張祖母的畫像拿出來賣。還有的是號稱從馬車後面掉下來的，上面畫著的是蘇丹飼養以用來競賽的比賽用駱駝；或是有著姊姊肖像的吊墜之類的。阿布都拉花了許多時間才擺脫他們，不過若剛好是男人畫像的話，他也許真有可能買個一兩張。居民們知道了之後，當然持續上門推銷。

「僅限今天，我的出價時間只到日落之前。」最後，他只好向這些賣畫的人群告知。「讓任何有男人畫像的，在日落前一小時來找我，我只在時間限制之內才會願意收購。」

阿布都拉終於有了幾個小時的時間享受平和，且能夠測試他的魔毯。他想再度確認昨晚到花園的事是否只是一場夢，魔毯在那之後就沒有任何動靜了。阿布都拉在吃完早餐後已經試過一次，他當時要魔毯再次上升兩英尺，只是想證明它仍然可以運作，但它就只是在地上躺著。自從與畫家及其他人的交易之行回來之後，阿布都拉又試了一次，它還是躺在那。

「是我沒好好陪伴你的關係嗎？」他對魔毯繼續說。「即使我曾經質疑你，你卻忠實地待在我身邊。而我卻把你綁在這柱子上。這位朋友，如果我讓你能自由自在地躺在地上，應該會舒服許多吧。」

他讓魔毯繼續攤在地上，但它還是飛不起來，根本就像一張躺在壁爐前的普通老地毯。

那些人們糾纏他推銷畫像的期間，阿布都拉又開始動起腦袋思考一些事情。他再度開始懷疑那賣給他魔毯的陌生人，而且那人命令魔毯飛起來的一瞬間，巨大的吵雜聲立刻就從賈馬的攤位爆發出來。阿布都拉只記得自己看見那陌生人的嘴唇同步動了好幾次，卻沒能夠完整地聽見他說了什麼。

「我知道了！」他大叫一聲，用力握拳然後往手心一拍。「是要先說出咒語，然後魔毯才會動吧。這人肯定不老實，所以沒跟我說這件事，這個壞蛋。我肯定是在作夢的時候，一說話就正巧說出了飛起來的咒語。」

於是，他迅速地跑到自己的攤位後方，翻出他在學校念書時曾用過的那本破爛辭典，然後站到魔毯之上，大喊著：阿德瓦克[1]，請起飛吧！

什麼事都沒發生。即使他唸完了所有「阿」開頭的詞，依然什麼事都沒有發生。他固執地嘗試辭典中有關「貝」開頭的詞，結果也沒有讓魔毯產生任何動靜。他持續嘗試著，直到將辭典裡所有的詞都唸完。在不斷有想賣畫的人打斷他的嘗試之下，他費了許多時間，才終於在將近傍晚之時，試完了辭典中的最後一個詞「札美吉」[2]，但魔毯最終連點抖動都沒有。

「咒語一定是什麼自創詞之類的，不然就是其他國家的語言。」阿布都拉焦急地大喊著。

他在內心堅決如此認定，不然他只能接受那場與夜花的相遇不過是一場夢。就算夜花這人真實存在於這個他所生活的世界，能夠乘坐魔毯去見她的機會也越漸渺茫。他站在原地，持續發出他所能想到的奇特聲音及他所知道的各國語彙，但魔毯還是不動，說什麼都不動。

阿布都拉在日落前一小時，又被那些想來推銷畫作的一大群人給擾亂。他們擠在外面，有的帶著卷軸，不然就是打包成扁又平坦的大包裝帶到這，使得他原來委託的畫家必須推開人群才能帶著畫作穿越人潮。

接下來的一個小時之內，阿布都拉更是忙得焦頭爛額，他不只要確認每一幅畫作，還得回絕那些根本就是阿姨及媽媽們的畫像的推銷，然後又要忙著跟推銷糟糕透頂的姪子畫像的人討價還價。

除了原委託的畫家所帶來的一百幅優異的肖像畫之外，他還另外購買了八十九樣商品，當然包含了畫作、掛墜等商品，甚至是一堵畫著人像的牆。他購買那不知道是否為真的魔毯之後，加上此時他所購買的商品，他幾乎將錢都花光了。最後，有個人帶了他第四位妻子的媽媽的肖像油畫過來，還堅稱這也能當作男人的肖像畫。阿布都拉當然對此表達了無法接受之情，將他推出攤位外。此時，外頭的天空已經拉下帷幕了。

他只覺得疲累，但又有點興奮，使得他吃了些東西。要不是做那群推銷畫作之人的生意就賺飽的賈馬，拎著幾串嫩烤肉串過來阿布都拉這，他原本都想直接上床睡覺算了。

「我不知道你現在發生什麼事了——你以前不是這樣，但無論你現在是不是發瘋了，也得吃點東西再說吧。」賈馬說。

「發瘋？不可能。」阿布都拉如此說著，然後還是吃了賈馬帶來的烤肉串。「我只是正在尋找新創事業的機會罷了。」

吃完烤肉串後，他終於將剛剛購買的那一百八十九張畫都放到魔毯上，然後以睡覺的姿勢躺下。

「算我求你。」他對魔毯繼續說。「如果我作夢的時候說夢話，剛好說出了咒語，就請你馬上把我載去夜花的夜之花園。」

他也只能這麼做，沒有其他辦法了。阿布都拉因此又花了一段時間才終於進入夢鄉。

他在一陣如夢似幻的花香中甦醒，然後感覺到皮膚正被某人輕輕地戳動著。夜花正在他的眼前，低下頭望著他。阿布都拉此時覺得眼前的夜花還比他記憶中的她更美。

「你還真的帶來了！你人也太好了！」

我做到了！阿布都拉因為夜花的致謝而感到心滿意足。

「對，我帶來了。這裡有一百八十九個不同男人的肖像畫，希望至少能幫助妳對男人的形象有一些初步的認識。」他回答。

阿布都拉幫她從樹上取下幾盞黃金色的圓燈，然後在他們眼前排成一環，然後一幅一幅地展示他帶來的畫作。他先將肖像畫置於燈光之下，待夜花看完一幅後，再將看完的畫放在山坡旁。此時的阿布都拉覺得自己真像搞街頭藝術的。

夜花專注在檢視阿布都拉所展示的每一幅畫，且不帶偏見地專心觀察它們。然後，她拿起地上的其中一盞燈，又將阿布都拉委託的那位畫家的作品全部再欣賞了一次。阿布都拉見狀，打從心底感到開心，因為那位畫家的專業度無庸置疑，他完全依照阿布都拉的指示完成了這次的繪製委託，無論是臨摹自某英雄的雕像或國王等大人物，到在參吉的西城市集裡擦鞋的駝背之人，甚至其中包含了一張那位畫家的自畫像，這些立刻就能看得出來。

夜花看完後，終於開口：

「嗯，我想，我大致理解了。就像你說的，男人的確有著各式各樣的類型，並非只有我父親那種類型，也不是只有像你這樣的類型。」

「那妳應該知道我不是女人了吧？」阿布都拉問。

「關於這個，我承認是我誤解了，我為此向你致上歉意。」夜花說完後，她又再次拿起燈，沿著山坡繼續審視那些肖像畫。

阿布都拉此時感覺到一股憂慮，因為他發現夜花挑的都是長得帥氣挺拔的男人的畫像。他看見她俯身注視那些「男人」之時，表情專注無比，眉毛微皺，一頭稍微捲曲的黑髮垂落在額頭前，於是他開始擔心自己的熱心行為會對夜花產生影響。

夜花將那些畫像集中在一起，整齊地堆在靠近山坡的支柱旁。

「我想。」她繼續說。「我反而更喜歡你，超過這裡的每一幅畫。因為他們有人看起來比較自大，有人看起來自私又殘忍，而你讓我看到謙虛又善良的一面。我想請我的父親把我許配給你，而不是奧欽斯坦的王子。你……介意嗎？」

阿布都拉此時的視線，整座花園的倒映影像一瞬間氤氳成滿片金銀與墨綠交雜的光影，然後繞著他的周圍旋轉。

「我……我覺得，我可能不太行。」他好不容易開口了。

「為什麼？為什麼你不行？難道你結婚了？」夜花問道。

「不、不是這個原因。」他繼續說。「若是男人足以擔起責任，法律並沒有規定他能娶多少個妻子，想娶幾個就是幾個，但——」

「那麼，如果是女人，她們可以擁有幾位丈夫？」夜花再次皺起眉頭。

「只能擁有一位。」連阿布都拉自己都有點吃驚。

「這也太不公平了。」夜花若有所思地說完後，她坐在山坡上，思考了一下又繼續說。「你覺得，奧欽斯坦的王子是否已經有幾位妻子了？」

夜花思考得越深，眉間就越來越緊。她以纖細的手指持續用力地對草地輕點，看起來對這件事或阿布都拉的回答感到不滿。阿布都拉知道了自己確實對她造成了一些影響——夜花已經發現了父親一直以來對她刻意隱瞞許多重要的事。

「要是他是王子。」阿布都拉忐忑不安地回答。「是的，我認為他很有可能有好幾位妻子了。」

「那他真是貪婪。」夜花如此表示著。「不過，我倒覺得鬆了一口氣。那麼，為什麼你會說我們結婚這件事不太行？昨天，你提到，你不也是個王子嗎？」

阿布都拉此時感到兩頰正在燃燒著，他暗自臭罵自己昨天為何要多嘴，將那些胡亂瞎掰一通的白日夢講給她聽。雖然他有各種理由安慰自己，當時他可是認真地作夢，以為是夢所以沒有顧慮，但他此時並沒有因此而感到心情上好受了點。

「對，是這樣沒錯。但我也說過了，我是流亡的王室成員，我的國家也離這裡很遠。」阿布都拉繼續說。「妳想像一下，我被迫在參吉的西城市集裡賣地毯維生，地位卑劣。但你的父親分明就是位財富萬貫的人，他不可能會覺得我配得上妳的。」

夜花生氣地往側腿用手指敲擊著，感到有點不耐煩：

「你講得一副要跟我父親結婚一樣。所以你現在是什麼意思？我愛你，那你到底愛不愛我？」

夜花說這些話時，深深凝視著眼前的阿布都拉的臉龐。阿布都拉回望著她，望進她那雙彷彿閃耀著永恆光輝的烏黑明眸之中，然後深情地答了一個字：

愛。

夜花綻放了笑容，而阿布都拉也跟著展開了笑顏。這瞬間，一副像是好幾日夜晚的月光集中在此時，流逝於他們之間而掠過，映照著宛若永恆的這一刻。

「我應該趁你離開這時跟著你。」夜花繼續說。「的確，我父親的態度可能就像你說的那樣沒錯，那我們先結婚，然後再讓他知道就好，這樣他就沒轍了。」

阿布都拉的商人生涯中應付過許多富豪，他真希望事態發展如夜花所講的那樣。

「我想可能沒那麼簡單。」他繼續說。「其實，我剛剛想了一下，我認為最保險的方法是離開參吉。做到這件事不難，因為我有一張魔毯。妳看那裡，它就在山坡那，就是它送我來這的。可惜要讓這張魔毯飛起來要特定的咒語，而且我好像只有在睡覺的時候才說得出來。」

夜花高高地騰起一盞燈，以方便讓她檢查一下那魔毯。阿布都拉此時也默默欣賞著她彎下身體時的那股優雅身姿。

「這毯子看起來蠻舊的。」夜花繼續說。「我讀過一些像這魔毯的相關文獻，通常能命令魔毯的咒語都是日常用字，但反而是使用了古代的發音。因為這種魔毯總在緊急狀況為人所需要，為了應付危險，咒語才要簡潔又方便發音，以便迅速行動。你要是能夠鉅細靡遺地告訴我你所知道的，我們搞不好就能找到啟動方法。」

阿布都拉此時又忽然意識到一件事。倘若排除她對於男人的認知上的缺漏，夜花這女孩其實相當聰明，又具有教養，這讓他內心對她的感情更加濃厚了。阿布杜拉告訴她自己所知的全部事情，其中也包含了賈馬攤位上那突發的吵鬧事故，然後害他沒聽見咒語之類的事情。夜花一邊聆聽，一邊對他所說的點頭表示：

「所以，有人賣給你一張真正的魔毯，還讓你不能用。嗯，這件事真的很怪，我們先暫且不管好了。首先，我們確認一下這張魔毯能做什麼。你剛剛說，你能夠命令它往下降，那當時的那位陌生人有說什麼嗎？」

她不但精明且富有邏輯，連阿布都拉自己都覺得，自己真是找到了一位女孩中的美麗珍珠。

「他沒有說話，我確定。」阿布都拉回答。

「那麼——」夜花繼續說。「咒語的用途很明顯就是只用來啟動的。我認為魔毯啟動之後，有兩種可能。一，魔毯可能會聽從你的命令，然後直到落在任何地面上；二，它會持續聽從你的命令，直到抵達最初它所起飛的地方。」

「確認這些並不難，我猜第二個可能性是對的。」阿布都拉對她的推測邏輯感到佩服。於是，他立刻跳上魔毯，嘗試喊出一聲。「飛升吧——回到我的攤位。」

「不、不行，等一下！」那一瞬間，夜花也隨著阿布都拉離去的喊聲，放聲大喊著。

不過，已經遲了。魔毯猛地迅速升天，然後迅速地側向飛離。阿布都拉首先因為站不穩而翻倒，然後頓時喘不過氣。他發現自己的身體幾乎有一半都掛在那脫線的魔毯邊緣外，此時已經上升到會令人驚嚇過度的高度了。待他的呼吸好不容易平穩下來後，魔毯因全速前行所伴隨的風力又讓他再次感到呼吸困難，於是他只能死命抓緊著魔毯磨破的某一角。在他還來不及爬回魔毯身上較高處時，話就已經完全說不清楚了。魔毯又突然向下俯衝，他好不容易才回到喉嚨的那口順暢的氣，此時又被留滯於半空。魔毯直直地穿越了篷布，衝進帳篷之中，還害阿布都拉差點被悶死。最後，魔毯終於——平穩地落地了。

阿布都拉的臉朝下趴著，大口呼吸著，一邊頭暈，一邊回想著剛剛塔樓在星辰之下從他眼前呼嘯而過的景象。

這一切都發生得太突然了，他反應過來後首先想到的是，自己的攤位與那座夜之花園之間反而相距不遠，意料之外得近。待他的呼吸終於平穩下來後，此時的他真的好想踢自己一腳，暗自罵了自己有多蠢，他至少也得等到夜花順利跟著她乘上魔毯。依照夜花剛剛的推測來判斷，除非他再次入眠，然後又碰巧地再次說中了咒語，不然沒辦法回到夜花那裡。不過，他如果能兩次到達夜花那，那他就有信心能成功第三次，也非常確信著夜花能夠想到這點並在夜之花園那等他回來。那位夜花可是智慧的化身、如女人中的珍珠般的存在，她肯定能夠預測到自己能在一小時之內再次回去。

阿布都拉一邊自責，一邊讚美著夜花，前前後後耗了一個小時之後，終於又沉沉地睡著了。當他醒來之時，竟然依舊以臉朝下的方式，趴睡在攤位中央的魔毯之上。賈馬的狗還在外面大聲狂吠——這就是他被吵醒的原因。

「阿布都拉！你起床了沒？」哈基姆的聲音在外面大聲響起。

阿布都拉哀號。這是他最不想遇到的狀況。

註1 原文為Aardvark，意為土豚這種動物。

註2 原文為Zymugy，意為釀造學。

第四章　婚姻與預言

阿布都拉無法理解哈基姆為何會在這個時間點過來，因為平常他父親大房那的親戚每月只出現一次而已，正巧他們在兩天前就來過一次了。阿布都拉實在非常厭煩地喊著：

「哈基姆，你有什麼事？」

「當然是要跟你說話啊！我很急。」哈基姆大聲回喊。

「你拉開篷布進來啊。」阿布都拉說。

「我的這位親戚啊，我得先聲明，如果這就是你自傲的安全措施。」哈基姆以肥胖的身體擠進篷布簾之間後囂張地表示。「我覺得實在太過輕率。在你睡覺的時候，誰都可以隨便進來這裡。」

「並不會。因為我一聽到外面的狗叫聲，就知道在警告著我你來了。」阿布都拉回答。

「那樣有用嗎？」哈基姆這麼問。「要是我真的要進來偷你的東西，你該怎麼辦？利用地毯將我勒到窒息而死嗎？不可能，我不可能認同你這種等級的居家防護。」

「所以你想說什麼？要說什麼就快說，還是就跟以前一樣，你不過就是來找我麻煩？」阿布都拉問道。

「你平常對待人的禮節都去哪了，我的表親啊？如果我的堂叔來到你這，聽到你剛才的那番話，他肯定會生氣。」哈基姆裝模作樣地坐在地毯堆之上說。

「我的一切言行根本不需要讓阿西夫認可，我也不用向他交代！」阿布都拉厲聲說道。

他現在的內心實在痛苦萬分，因為他的靈魂正在渴求著夜花，但卻沒有辦法抵達夜花的所在之處，因此他對這之後的所有人事物都失去了耐心。

「我帶了消息來，但聽到你這麼說，那我還是不打擾你了。」哈基姆地站起身。

「隨便你！」阿布都拉說完後，便自顧自到攤位後方盥洗。

但哈基姆將想告知阿布都拉的事道出之前，似乎是不可能離開的。阿布都拉盥洗完後轉身一看，哈基姆還妥妥地站在那看著他。

「我的親戚啊，我認為你現在最好換件衣服，然後去美容院稍微弄點頭髮造型。你現在的樣子並不適合進來我們店裡。」哈基姆說。

「我去你們店裡要做什麼？」阿布都拉對哈基姆的發言感到吃驚。「你們以前不就不讓我去了？」

「這是有原因的。」哈基姆繼續說。「因為我們發現了一個以為是放香料的盒子，結果在裡面找到了你出生時的預言。如果你願意穿得好看點、莊重點來店裡，這盒子將屬於你的。」

阿布都拉對這預言什麼的毫無興趣，他也不能理解為何要親自跑到對方的店裡一趟，哈基姆明明可以在來之前帶上盒子的。阿布都拉打算要回絕哈基姆的邀請時，又突然想到了——如果自己能在今晚作夢時，說出正確的咒語，那就能夠與夜花一起離開參吉了。他對此非常有信心，他認為自己絕對辦得到，畢竟他成功了兩次。

因此他想到，如果要與夜花私奔並結婚，那麼就該好好打理自己，上個美容院跟公共澡堂，好好清潔身體後將鬍子刮乾淨，這樣才適合參加婚禮。既然他如此決定了，那麼回程時也正巧能夠將那道預言取回來。

「好吧，那時間就約日落兩小時前吧。」阿布都拉說。

「約這麼晚要做什麼？」哈基姆皺起眉頭。

「我的表親啊，因為我還有事情要處理。」阿布都拉想到不久後就能和他的所愛之人私奔，心情便開心到極點。他向哈基姆微笑且行了個極度禮貌的禮。「你不用擔心，我雖然很忙，也沒什麼心情與時間照你的吩咐做，但我說到做到，會去就是會去。」

哈基姆眉頭深鎖，離開之時還回過頭來望著他，皺眉毫無鬆懈，心情不悅與內心的疑慮表露無疑。但阿布都拉完全不在意他怎麼想的。

他才剛踏出帳篷不久，阿布都拉高興地立刻將剩餘的一半儲蓄作為報酬給賈馬，然後央請他幫忙顧攤。為了回報阿布都拉的再次慷慨，心懷感激的賈馬半推半就地請阿布都拉吃頓早餐，其中當然也有他炸物攤位上的各種美食商品。不過阿布都拉此時的心情實在過於亢奮，以至於完全沒有足夠的胃口能夠吃完，因為眼前的食物實在種類繁多，量也非常多。為了不讓賈馬感到難過，阿布都拉只好將許多食物通通都往賈馬的狗的嘴巴塞。餵那隻狗時，阿布都拉非常小心，因為那隻狗亂吠的程度跟他亂咬人的程度差不多。不過，牠這次似乎被主人滿腹的感激之情所影響，於是親切地搖動尾巴，還吃光了阿布都拉給牠的所有食物，而且非常熱切地想舔阿布都拉的臉。但那隻狗的嘴內散發著多年來累積的濃醇魷魚味，因此阿布都拉只好婉謝了牠這熱情的舉動。

他細心地撫摸那隻狗那長滿皺褶的額頭，然後向賈馬道聲謝，便急忙走進西城市集。他用剩下的那些錢租借了一輛推車，然後細心地將自己的貨物中最優質且最特別的地毯全部備上車。在那之中，有滿布花卉圖騰的奧欽斯坦產的地毯、因希科產的會散發光亮的墊子、法克坦產的金黃色地毯、還有沙漠深處不知哪裡來的繁華地毯以及遙遠的沙亞克所產的成對雙地毯。

他將推車拉去了西城市集中央最大的攤位區，那裡正是參吉最有資本的商人交易之所在。雖然阿布都拉此時的心情處在激動的狀態，思考邏輯還是較為務實點。他認為夜花的父親肯定是位有錢人，因為最有錢的人才能擔下能將女兒嫁給王子所要準備的各項禮品及嫁妝。阿布都拉清楚他與夜花必須遠離參吉，不然她的父親肯定對這門婚事感到不滿。阿布都拉也清楚另一件事實——夜花早已熟悉了富裕的生活，因此突然變成貧窮戶可能會讓她過得不愉快，所以他清楚自己得要有錢才行。

阿布都拉朝那之中最為富有的老闆行禮，並以參吉的禮儀稱呼他是商人中的瑰寶及最具有話語權的商人代表。他出了個高價，想將那張有著花卉圖騰的奧欽斯坦產地毯賣給他。那位商人也是阿布都拉父親的朋友。他問阿布都拉：

「這位西城市集中優秀無比的商人子嗣，這張地毯無疑是你收藏中的瑰寶，為什麼你要用這個價格賣掉它呢？」

「我在開拓新的事業。」阿布都拉繼續回答。「如您聽說的，我之前一直在收購畫作及其他的藝術品。現在空間不足，所以為了騰出空間擺放它們，我得處理掉這些對我而言最沒有價值的地毯。我認為像您販售如天堂般完美的紡織品的商人，應該會願意幫助老友的兒子，並以優惠的價格收購這塊可憐又花團錦簇的地毯？」

「我認為你的商品都是精挑細選過的，你未來的事業肯定令人期待——但這張地毯，我只能以你剛剛出的價格的半價買下。」商人說。

「這位精明無比的聰明人啊，就算是便宜貨，終究也是要錢的。但我願意為了您的慷慨而再折扣兩枚銅幣。」阿布都拉回答。

這一天炎熱且漫長，傍晚才正展開，阿布都拉已將他存貨中最優質的地毯以當初自己的收購價的兩倍銷出去了。他推估現在賺來的錢應該立即能讓夜花過上約三個月衣食無虞又富裕的生活。但三個月之後，阿布都拉只能期待到時生活上會出現轉機，又或是夜花那善良的天性能夠接受阿布都拉給予她貧困的後續生活。阿布都拉去了公共澡堂與美容院，將自己身上打理好，然後還找了調香師幫自己身上塗抹精油。接著，他回到自己的攤位找到最優質的衣服並換上。這些衣服跟許多商人身穿的服裝差不多，都有許多設計巧妙的內袋、刺繡圖案及衣結。雖然這些不過就是裝飾罷了，但都有藏錢的功能。阿布都拉將剛賺的錢平均分配到每個內袋中。他終於準備完成。阿布都拉有點不甘心地前往他父親以前經營的店。他在心底告訴自己，將這次探訪當作私奔前的一次休閒活動就好。

阿布都拉踏上平緩的雪松木製樓梯，就像身處於他的童年回憶中，因為這裡是他童年裡大部分時間所生活的地方，所以有種奇妙無比的感覺。周圍有雪松木和香料的味道以及製作地毯時的毛料與油味混合之味——這一切彷彿令他又產生了一股熟悉感，只要閉上眼睛，他肯定能想像得到自己十歲在這生活時的光陰——他正在一捆地毯之後嬉鬧，然後他的父親則在店面前與顧客討價還價——但阿布都拉此時是睜開眼的，他可看得很仔細，因此並不會產生如此幻象。法蒂瑪特別喜愛淺紫色，連牆壁面、格子屏風、顧客要坐的椅子及會計的桌子，甚至收銀箱也都被她漆成那種她最愛的淺紫色。法蒂瑪此時出來迎接阿布都拉時，身上的衣服當然也是那種顏色的。

「唉唷，阿布都拉你也太準時了！你現在看起來真趕流行耶！」法蒂瑪的語氣聽上去是沒有預期他會穿成這樣，而且還認為他會遲到。

「他簡直打扮得像是要結婚。」阿西夫朝他走近，消瘦又有暴躁之氣的臉上竟然是道微笑。

阿西夫竟然會笑？這實在太難得了。阿布都拉原本以為他是扭到脖子還是怎樣，然後痛到不小心嶄露出像是笑容的面容。但直到哈基姆開始偷笑，他才意識到阿西夫剛才說的話是什麼意思。他也懊惱地發現自己因此滿臉通紅，只好以參吉的禮節行禮以掩飾自己的醜態。

「你害這孩子臉紅了！」法蒂瑪嚷嚷起來，結果這讓阿布都拉的臉更紅了。「阿布都拉，我聽到你最近開始買賣畫作的謠言，那是怎樣啊？」

「我們還聽說你為了清出空間放畫，將你最優質的地毯給賣出了。」阿西夫又補上一句。

阿布都拉收斂起滿面通紅，他終於知道自己是被叫來受罵一番的。他聽見阿西夫責備的語氣後，更加確信了這點。阿西夫說：

「我的親戚啊，我們對此感到很失望。你是不是覺得我們沒辦法負擔你的一些地毯？」

「親愛的親戚們啊，我當然不能賣給你們，因為你們是我父親珍惜的家人，而我賣地毯是為了賺錢罷了，所以我自然不能賺你們的錢。」阿布都拉說。

雖然他對此氣到又想轉身就走，卻發現哈基姆早已偷偷地將門鎖上，他還剛好就站在門口阻擋了阿布都拉的去路。

「門不需要打開的，我們都是家人嘛，就自己人聊個天而已。」哈基姆說。

「你這孩子也太可憐了！他啊，他需要擁有一個家庭，好讓他的浪子之心穩定下來才行。」法蒂瑪感嘆。

「是啊，妳說的沒錯。阿布都拉，西城市集裡其實流傳著你瘋了的謠言，我們不認為這是好事。」阿西夫接腔。

「他的行為舉止的確有怪異之處，而且像我們這樣擁有眾人的敬重與名望的家族，實在不想和這些有關於你的謠言扯上關係。」哈基姆也附和。

今天的狀況真是比往常還要糟！糟透了！阿布都拉於是開口：

「我的腦袋沒問題，我知道自己都做了什麼。我努力地不想再讓你們有任何機會可以批評我，搞不好我明天就辦到了也不一定。哈基姆叫我來這裡，是因為找到了我出生時的預言，這是藉口，還是真的？請你們明說。」

他不曾對他的親戚們如此毫不保留地說話，但他此時實在太生氣了，甚至覺得眼前的親戚們實在是活該。但他這三位父親大房的親戚不但沒有反脣相譏，竟然還興奮地到處走來走去，不知道到底在忙些什麼。

「盒子去哪了？」法蒂瑪問。

「找出來！找出來！快！」阿西夫繼續說。「那張占卜師的預言是阿布都拉出生一個小時後，他父親帶來二房床邊的，一定要給他看！」

「這是你爸爸的親筆，這可說是對你而言最珍重的事物了。」哈基姆告訴阿布都拉。

「找到了！」法蒂瑪得意洋洋地將一盒嵌有雕花的美麗木盒從高木架上拿下。她將盒子遞給阿西夫，阿西夫又將它傳給了阿布都拉。

「快打開！快打開！」他們三個激動地大喊。

阿布都拉將盒子放在紫色的會計桌上，然後打開盒扣。木盒的蓋子一掀開，就有一股陳舊的氣息逸散而出，是置放已久的潮濕霉味。盒內清楚地擺放一張摺起來且看得出泛黃邊緣的紙。

「快拿出來唸啊！」法蒂瑪看起來比先前更加興致高昂。

阿布都拉實在不知道他們到底在亢奮什麼，不過他還是將那張紙攤開。紙上的幾行褐色文字雖然有些褪色，但看得出字跡確實是他父親的親筆。他提起燈照著好好端詳，因為哈基姆剛剛將門關起來，而且店裡又是滿滿的紫色，實在很難看清楚上面寫了什麼。

「他看不見啦！」法蒂瑪說。

「說的也是，這裡太暗了！帶他去後面的房間，那裡有打開的天窗。」阿西夫說。

阿西夫跟哈基姆架著阿布都拉，將他往店的後方推過去。阿布都拉正忙著辨識父親寫的那張有潦草字痕，而且還褪了色的紙張，所以任憑他們將自己推到店面後方的客廳中，那巨大的天窗之下。那裡的光源確實比店面要好多了。讀了這張紙後，他才知道為何父親對他的失落感的來由，那上面寫著：

謹記錄那日，睿智之占卜師所言——

此占卜之人，汝之子，無可承你之後。待你離世，兩年有餘，彼青年之時，伊將立於此地衆人之上。吾之所言乃命運之輪。

吾子的命運太讓我感到失落了。懇請命運神祇賜予我其餘孩子，以繼承吾之衣缽——不然就浪費四十枚金幣問卜。

「親愛的孩子，看到了吧，美好的未來就在你的眼前。」阿西夫說。

突然，旁邊有人笑了出來。阿布都拉困惑地抬起頭，他感到空氣中似乎瀰漫著濃郁的香味。笑聲再度出現，這次有兩個人的聲音從他前方傳來。

他猛然一瞧，瞪到眼睛差點掉出來了。站在他前方的是兩位極其肥胖的年輕女子，她們一對上他目瞪口呆的神情，再次嬌羞地笑了起來。那兩人都身著亮眼到浮誇的綢緞及薄紗，右人身上的衣服是粉紅色，左人的則是黃色，身上還掛滿了比想像中還多的項鍊及手環。一襲粉紅配色也較胖的那位，不只有精心打理的捲髮，額前還掛著一顆珍珠；黃衣服的那位，倒是沒那麼胖，頭髮卻更加有捲度，還戴著一頂像是琥珀製成的寶石冠冕。她們的妝容都厚到不可思議，整體搭配起來實在是非常不妥。

當她們確定阿布都拉的注意力已經轉移到她們身上時，就算不知道他其實被嚇傻了，依然立刻從她們壯碩的肩膀後方拉出面紗。左人的是粉紅色面紗，右人的是黃色面紗。她們裝作嬌羞地用面紗遮住頭部和臉龐，然後在面紗底下一同開口：

「親愛的未婚夫，歡迎！」

「妳們說——什麼？」阿布都拉大喊。

「我們必須要用面紗把臉遮起來。」粉紅色的那位說。

「因為你不能看我們的臉。」黃色的那位接話。

「結婚之後才可以。」粉紅色的那位補充。

「這一定有什麼誤會！」阿布都拉打斷他們。

「沒有誤會。她們是我姪女的姪女，是特地來這裡跟你結婚的。我不是跟你說過，要幫你找幾個妻子結婚嗎？」法蒂瑪解釋道。

兩位姪女再度笑開懷。而黃色的那位又說：

「他好帥！」

阿布都拉沉默許久之後，只能用力地吞了吞口水，盡力壓抑自己的激動，保持有禮節的態度說：

「我父親大房的親戚們啊，請告訴我。我出生時的這道預言，你們是不是很早就知道了？」

「沒錯，你當我們在耍笨嗎？」哈基姆說。

「你親愛的父親寫遺囑時，有給我們看。」法蒂瑪說。

「所以，我們當然不會讓你把那龐大的財富帶走。我們一直在等你放棄跟父親從事同一行業的時刻，那對我們而言可能就是一個警訊——蘇丹可能會邀你去當維齊爾[1]，不然就是率領軍隊，甚至是以其他方式提拔你。所以我們得先準備好，確認我們也能從你的好運中分一杯羹。這兩位新娘與我們都非常熟識，血緣深厚，等你真的出外闖蕩出一些名堂後，肯定沒辦法忽略我們。所以，這位親愛的男孩，現在只剩下介紹法官了，他已經準備好為你證婚。」阿西夫解釋。

阿布都拉的視線始終無法離開那兩位「姪女妻子」龐大的肥胖身體。他抬起頭正面對上了參吉的法官嘲諷無比的表情。那位法官手裡拿著婚姻登記簿，正從格子屏風後方走出來。阿布都拉心想，真不知道他們到底給了那位法官多少錢？他還是有禮貌地向法官行了個禮：

「我想這是不可能的。」

「啊！可惡！我就知道他不會配合的，肯定也不會同意！」法蒂瑪繼續說。「阿布都拉，你想想，現在要是拒絕了這兩個可憐的女孩，她們會覺得有多麼丟臉又失望！她們把自己打理得那麼漂亮，然後走了好一大段路來到這，只為了期待嫁給你，你怎麼可以這樣！」

「更何況，門都被我鎖上了，別以為你溜得掉。」哈基姆說

「傷害了眼前兩位身型如此『健康無比』的年輕女士，我對此致上歉意……」阿布都拉說道。

無論如何，這兩位女孩還是被阿布都拉給深深地傷到了心坎。她們各自發出一聲哀號，摀著還戴著面紗的臉，悲切地大哭起來。

「太悲慘了！」粉紅色的那位哭著說。

「我就知道會這樣，他們應該要先問他的！」黃色那位也哭著說。

看到她們在哭，阿布都拉覺得非常不舒服，特別是像這樣體型碩大、一哭起來整個身子都會顫動的女人。他覺得自己不但愚蠢至極，根本是喪失人性。

阿布都拉感到很羞愧，事情演變至此，這並非是這兩個女孩的錯。她們不過只是被阿西夫、哈基姆及法蒂瑪利用之下的犧牲品，就跟自己一樣。不過，他覺得自己既殘忍又羞愧的主因其實是——他一點也不在乎她們的感受，他只想要她們停止任何行為並閉上嘴，而且別再全身抖個沒完。拿她們跟夜花相比較，也令阿布都拉覺得反感。那種娶她們為妻的念頭縈繞在心頭時，更讓他完全無法再繼續忍受。雖然她們在阿布都拉面前嗚咽、啜泣及哭啼，他卻在想——擁有三位妻子不算多吧？等他離開參吉後，或許這兩位還能伴著夜花過生活。但他得先向她們解釋來龍去脈才行，然後再一起乘上魔毯。

但想到魔毯，他突然就像被什麼打醒一樣。要是兩位身型「健康無比」的女子乘上魔毯，能否起飛都會是個問題，因為她們的重量實在難以支撐，搞不好還會使魔毯坐起來變得顛簸。至於她們能否陪伴夜花呢——大概不可能吧。夜花不但聰明、教養良好、善良又容貌出眾，還「相當纖瘦」。到目前為止，阿布都拉都看不出眼前這兩位有認真思考過任何事情。她們只是想要結婚，然後用哭泣這手段對阿布都拉情緒勒索罷了，而且還會發出像花癡般的笑聲，阿布都拉根本都沒聽過夜花如此笑過。

思考至此，阿布都拉驚訝地發現，他不只像自己認為的那樣深愛著夜花，而且愛得比想像得更深、更飽滿。因為他對夜花同時也充滿著尊敬，要是沒有她，他寧願去死。如果他真同意娶這兩個胖女孩為妻，他肯定會失去夜花的，因為夜花只會罵他貪得無厭，還會說他跟奧欽斯坦的王子一樣。

「我真的很抱歉。」他努力在一片哭號聲之中朗聲說道。「哦，我父親大房的親戚們，以及這位清廉又誠實的的法官大人，要是你們先來和我確認的話，就不必有這場誤會了。我現在還不能結婚，因為我曾經發過誓。」

「你發了什麼誓？」在場的人全都問同樣的問題。

「你的誓言是否有經過登記程序？根據法律，所有的誓言、誓約都得向法官登記方才具有法律實效。」法官又補充問道。

情況越來越糟糕了。阿布都拉只好迅速考量過後就回答：

「我確實登記過，這位公允的法官大人啊。我父親命令我宣誓後，就帶我去見了一位法官，請他協助登記。我當時只是個孩子，不太懂為什麼要這麼做，我現在才知道是因為那道預言。我父親是個精明又謹慎的人，他當然不想無故賠了那四十枚金幣，所以他要我發誓說——除非命運真的將我帶往那立於這塊土地所有人之上的位子，不然我永遠不能結婚。」

阿布都拉又將雙手插進他的衣袖裡，遺憾地向兩位胖女孩行禮：

「兩位甜美的女孩們啊，我還不能跟妳們結婚，但未來的某一天應該可以。」

「哦，既然這樣……」大家都以不同的語氣表達了不滿。阿布都拉看到他們大部分的人都轉過身去，心裡感到無比的寬慰。

「我一直覺得你父親很貪得無厭。」法蒂瑪說。

「他連墳墓之外的所有事情都緊抓不放。我們只好等親愛的阿布都拉出人頭地再討論這些事情了。」阿西夫同意。

只有法官還堅持繼續追問，再度朝阿布都拉丟出問題：

「你是在哪發誓的？又是在誰面前發誓？」

「我不清楚他的名字。」阿布都拉瞎掰時還露出遺憾無比的神情。事實上，他的冷汗早就遍布全身。「我那時還很小，對此沒有什麼印象了，依稀記得是位有著長鬍鬚的白髮老人。」

這種外表描述幾乎可以涵括進所有的法官，當然，他眼前的這位也是。

「那我得再次確認之前的所有紀錄。」法官惱怒地說。接著，他轉向阿西夫、哈基姆及法蒂瑪等人冷漠告別。

阿布都拉順勢跟著法官一起離開，他幾乎是抓著法官識別性的飾帶盡快逃走的。因為他著急於遠離店裡，還有不想再看到那兩位胖女孩。

◈

註1　原文為Vizir，伊斯蘭教國家對高級官員的稱呼。

第五章　立於眾人之上

「今天實在有夠衰。」經過一番折騰的阿布都拉終於回到攤位，忍不住碎唸抱怨著。「再繼續衰下去的話，說不定今晚我也駕馭不了魔毯。」

他保持著今天最適宜結婚的那套衣裝，乾脆就躺在魔毯上，然後在內心想著：但運氣好一點的話，我應該可以抵達夜之花園，但夜花也有可能對我昨晚的要笨行為感到異常氣憤，從此不再愛我；另一個可能是，夜花雖然還愛著我，但決定不跟我一起走了。其他的可能則是……

他花了一段時間才終於進入夢鄉。

但當他睜開眼時，想不到事態卻發展得順暢無比——魔毯正平穩地滑翔著，已經準備輕降於被月光溢滿整片的小山坡之上。阿布都拉明白了自己還是說中了咒語。雖然他醒來之前還在思考，記憶的碎片還隱隱約約殘留在腦袋裡，但當夜花穿過白花散逸的芳香及金黃色的圓燈所包圍的山坡小徑，急切地朝他奔來之時，他又忍不住將這些考量與尚未解決的問題從腦袋裡暫時丟棄了。

「你回來了！」夜花一邊跑，一邊喊著。「我好擔心你！」

原來她沒有生氣啊。阿布都拉開心到快要哼起歌。他朝她回喊：

「妳準備好要走了嗎？跳上來，坐到我身邊。」

夜花開心地笑了，她的笑聲並非像阿布都拉不久前遇到的那種花癡般的笑容。她穿過草皮繼續奔來。此時，圓月正巧被厚雲層給遮住，阿布都拉看見她此時身上被罩著金黃色的燈光，表情渴切，奮力地奔跑著。他站起來，就要向她伸出雙手——

就在此時，雲層竟然降到燈光之下了。嚴格來說那不是雲，而是一對猶如黑色皮革，還在緩慢拍動的巨型雙翼。那奇特的影子還有一雙如同皮革般的手臂及爪子狀的長指甲，然後突然從雙翼閃動的陰影之中準備將夜花一把捆住。阿布都拉看見被擋住而毫無去處的夜花只能停在原地。她環顧四周後抬起頭，對著眼前的景象厲聲尖叫。其中一條手臂竄動起來，利用長爪般的手掌摀住她的口鼻。那瞬間，夜花失控的尖叫聲被迫立刻停止。夜花握緊拳頭，使盡力氣地敲打那條摀住她的手臂，然後奮力地擺動雙腳掙扎並試圖掙脫，但這徒勞無功。她被那道黑影舉起。眼前的景象就像是一小點稀缺的白色正在抵抗龐大的巨大黑影。雙翼再次靜靜搧動著，一隻也有著長爪的巨掌，就踏在離阿布都拉起身之處的大約三英尺外的草皮上。那龐大的腿部肌肉一繃緊，不明生物就往天空跳起。那瞬間，一張醜陋的厚皮臉閃過阿布都拉的瞳孔，他看見那生物有著彎鼻子，上頭還鑲有一個鼻環；還有著微微上吊的眼尾角，令人感到既冷酷又殘暴。那生物對阿布都拉看起來沒有興趣，並沒有理會他，專注地帶著得手的獵物升到空中。

下一刻，那生物立刻高飛。然後牠飛越了阿布都拉的頭頂。

阿布都拉知道眼前明擺著的是一個正處於飛行狀態的強大鎮尼[1]，而且正抓著一名蒼白又瘦弱的人類女孩。接著，一切沒入黑夜。剛才的一切動作都是在轉瞬之間發生的，快到簡直讓人難以相信。

「追上去！去追那鎮尼！」阿布都拉向魔毯發號施令。

魔毯乍看之下是聽從了命令，準備從山坡起飛。但是，它就像又被別的命令驅使般再次下降，然後躺在地上一動也不動。

「你這被丟在門口——被蟲咬爛的破地毯！」阿布都拉向它尖叫。

此時，花園的遠處傳來了呼叫聲：各位，在這裡，尖叫聲是從上面傳來的。

沿著花園的拱廊直直望過去時，阿布都拉看見許多沾上月光而發亮的頭盔正在攢動著，甚至還有沾上金黃色的刀劍與弩也跟隨其後。他可不想待在那裡被那些人找到，然後費盡唇舌向他們解釋自己為何發出吼叫聲。所以他盡快乘上魔毯。

「趕快回攤位！快點！」他低聲吩咐魔毯。

這次魔毯跟昨晚那樣迅速地聽從了他的指令。轉瞬之間，魔毯已經飛離山坡，側身飛過一堵高聳的牆。阿布都拉掠見一整群來自北方的傭兵正在被光線籠罩的花園裡巡邏著，魔毯隨即就迅速地穿越參吉的夜幕，也穿過被月光照亮的高塔與進入夢鄉的屋頂。他猜想夜花的父親比他之前想像的還要更加富有，因為沒有多少人能夠供養並雇用這麼一大群軍隊，而且這些從北方來的傭兵還是所有兵源中最為昂貴的。阿布都拉思考到這時，魔毯開始降低高度，然後平穩地降落在他攤位帳內的中央。

回到帳內之後，他不禁陷入深不見底的絕望之中。

那位鎮尼突然的出現，且還抓走了夜花。魔毯卻拒絕追上那位鎮尼。他也不怪魔毯的不願，因為每位參吉的居民都知道鎮尼的力量可是天上地下，唯我獨尊。他肯定早已對花園中的所有事物下令不可動彈，就只是為了抓走夜花的行動能夠順利——鎮尼大概沒想到魔毯與阿布都拉也在那，但魔力明顯比鎮尼還差勁不知多少的魔毯依舊屈服於鎮尼在遠方所下的命令。阿布都拉對夜花的愛超越了自身靈魂的未知深處，而在他就能擁她入懷的那一刻，夜花卻被鎮尼給抓走了。阿布都拉怨恨自己什麼都做不到。

阿布都拉哭了。

接著，他決定將藏在衣服內錢袋的那些不久前才賺來的錢全扔了，因為這些錢對現在的他一點用都沒有。而在他準備開始行動之前，內心已沉落的悲傷又再度重返於心。身為參吉人的他，如同參吉人那樣宣洩自己的情感，先是苦悶地悲鳴，然後一邊哭泣，一邊搥胸。而隨著雞鳴響起，街道也開始充斥四處走動的居民時，他只能靜靜地跌進無聲的絕望之中。參吉的居民正忙碌著、吹口哨、敲水桶之時，阿布都拉已感受到一股被日常生活排除在外的感覺，彷彿回不去那樣的生活之中。他在魔毯上靜靜俯臥著，希望就那麼死了，一了百了。

由於阿布都拉傷心過度，傷心到沒有餘力保持理性，沒有發現自己此時也可能遇險。西城市集吵鬧的人們，變得像鳥類見到獵人般鴉雀無聲，他卻完全沒有注意到。除此之外，他根本也沒發現身邊正有著沉重無比的腳步聲以及傭兵盔甲經摩擦與彎曲的動作而產生的撞擊聲。就算突然有人在他的帳篷外大聲喊「停」，他連看都不看一下。

但帳篷的篷布被扯下時，他終於還是發現了。阿布都拉驚訝地轉頭，在耀眼的陽光底下，那哭腫的雙眼一邊眨動，一邊看向眼前的人。他迷糊地思考著：這群北方來的傭兵來做什麼的？

「我說的就是他。」一位穿著類似平民，看起來和哈基姆有點像的人說。但阿布都拉紅腫的雙眼還來不及看向並朝那人身上對焦之時，那人就跑走了。

「你──出來！」那群人之中的隊長大吼。

「你要做什麼？」阿布都拉問。

「逮捕他！」那位隊長說。

阿布都拉實在無法理解他們的行為。當他們已經扯住他，還將他的手臂反轉到身後並壓制，強逼他往前走時。他只好發出一聲有氣無力的抗議。當他們押著他加快行走速度，盔甲之間的撞擊聲越來越頻繁地從西城市集慢慢遠去並進入參吉的西城區時，他持續地為這不公不義抗議著，慢慢地，他的抗議行為越來越激烈。

「到底……是怎樣？」他氣喘吁吁地問。「作為參吉公民，我有權知道你們要把我帶到……哪？」

「閉上你的嘴！你到時就知道了。」他們回答。這群傭兵每個都很健壯。

過沒多久，他們催促著阿布都拉通過一扇龐大的石製門扉，製成那石門的石塊甚至還在陽光照射之下透著白光。接下來，他們來到一處炎熱的，看似是中庭的所在。他們用了大概五分鐘，讓鐵匠在像是烤箱般的冶鐵場替阿布都拉銬上鎖鍊。這讓阿布都拉更激烈地抗議：

「這是幹嘛！這是哪裡？我有權利知道！」

「給我閉嘴！」隊長朝他大吼，然後轉身以北方口音粗魯地對副隊長說。「這些參吉的居民老是在那邊發牢騷，胡亂吵鬧，毫無尊嚴。」

隊長在說話之時，參吉出身的鐵匠輕聲地對阿布都拉說：

「蘇丹想見你一面，依我看來恐怕是不樂觀。上一個被我上鍊子的，已經被釘在十字架上。」

「我又沒做什……」阿布都拉抗議道。

「不是叫你閉嘴了！」隊長尖聲大喊。「鐵匠，你好了沒？好了就快點！」

他們再次拖著阿布都拉往前跑，穿過陽光刺眼的庭院，衝進遠處高聳的建築物中。

阿布都拉覺得自己根本無法隨著這些鎖鍊帶他行走，因為它們真的太重了。但當這群面惡的傭兵毫無鬆懈地要他繼續前進時，他才發現原來人的潛力可以是無窮無盡的。他一邊跑，一邊發出鐵鍊撞擊的聲響，最後隨著一道重響落地的聲音，他累倒在一張王座之前——那張王座由冷色調的藍與金交雜的磁磚製成，還鋪滿了許多軟坐墊。那些傭兵則以一種疏遠卻莊重的方式單膝跪地，就像來自北方的士兵如何對待雇主那樣。

「遵照您的命令，已將名叫阿布都拉的犯人帶來了。蘇丹大人。」隊長說道。

阿布都拉沒有跪下，而是遵照參吉人的風俗趴了下去。此外，他已經筋疲力盡，這樣趴倒比任何其他動作容易多了。更別說那鋪了磁磚的地板有多麼涼爽。

「叫那如駱駝糞便的子民給我跪好，讓那傢伙好好看著我的臉！」蘇丹的聲音雖然低沉，卻因為怒氣而顫抖。

一位傭兵抓著銬住阿布都拉的鎖鍊，另外兩位則架住他的雙手，將他往後一扳，變成只能雙膝下跪的模樣。阿布都拉慶幸他們幫自己這麼做了，不然他可能早就嚇到癱軟。躺臥在王座上的男人有著肥胖的身材，一頭光亮，然後蓄著一叢濃密的灰鬍。他雖然看起來不過是在輕輕拍打座墊，但實際上早已怒不可遏。阿布都拉看到那些座墊上有一件最頂端的邊緣處縫有流蘇的白棉製品時，終於知道自己惹到了誰，因為那白色的棉製物就是他弄丟的睡帽。

「好，你這來自垃圾堆的臭野狗。」蘇丹接著問道。「我的女兒在哪？」

「我、我不知道。」阿布都拉悲傷地說。

「你竟然敢否認？在我面前？」蘇丹甩著那頂睡帽，像是抓著頭顱的頭髮狠狠甩動。「你敢不承認這是你的睡帽？這裡面就有寫你的名字！你這個可悲的商人！這是我——我們！親手找到的，而且它就在我女兒放飾品的盒子裡！還有那些巧妙藏在八十二個地方的八十二張肖像畫——你敢否認你溜進我的夜之花園，然後展示這些畫給我女兒看？你敢否認就是你抓走我的女兒？」

「是的，我否認！我否認我有抓走你的女兒。」阿布都拉繼續說。「哦，這位最崇高的弱勢捍衛者，但我不否認睡帽及肖像畫的事情，那的確是我的東西。我得說您的女兒藏東西的頭腦實在遠高於您尋找的能力——這位偉大的智慧持有者啊，事實上，除了您找到的畫之外，我還有給她另外一百零七張畫——但我絕對沒有抓走夜花。那是一位體型巨大、面目猙獰的鎮尼就在我的面前抓走了她，我和尊貴的您一樣無從知曉她現在在那。」

「胡說八道！」蘇丹喝斥道。「竟然說到什麼鎮尼——你這騙子！低賤的蠕蟲！」

「我發誓，我所說的一切屬實。」阿布都拉大喊，他已經絕望到不在乎自己說什麼了。「不管您拿出哪種喜愛的聖物，我都能在它面前發誓，我剛剛所說的那鎮尼的事全是真的。就算你催眠了我，逼迫我說實話，我也不會更改我剛剛所說的，因為那全都是事實。這位偉大的蘇丹啊，這位我們參吉的榮耀啊，我對於失去您的女兒可能比你還痛苦。我求您現在就給我個痛快吧，別再讓我往後的人生繼續受苦。」

「我很樂意處決你，但你得先告訴我，她在哪？」蘇丹問。

「這位世界偉人，我剛才已經說了，我不知道她在哪裡。」阿布都拉回道。

「給我帶下去。」蘇丹冷靜地向傭兵們下令，跪著的傭兵起身將阿布都拉一把踋起。「讓他求生不能，求死不得——拷問他，逼他說出實話為止。」

蘇丹接著又說：

「然後等我們找到夜花時，可以殺了他。反正我只要把聘金跟嫁妝加倍，奧欽斯坦王子應該還是能接受身為寡婦的她。」

「您錯了，這位王中之王啊。」被傭兵們拖過磁磚的阿布都拉喘著氣說。「我真的不知道那鎮尼把她帶去哪了，我最遺憾的是我們能夠結婚之前，她就被帶走了。」

「什麼！」蘇丹聽到後直接大喊。「給我把他再帶上來！」

傭兵們立刻又扯動著阿布都拉的鎖鍊，將他拉回王座之下前。此時，蘇丹已經傾斜著身體，離他更近並朝他怒目而視：

「我乾淨的耳朵可被你剛剛所說的玷汙了，你竟然說你還沒跟我女兒結婚？你這低賤的汙穢！」

「是的，這位強大的君主。」阿布都拉回答。「我們還來不及私奔，鎮尼就來了。」

「你剛說的是真的嗎？」蘇丹震驚地低頭瞪視著他。

「我發誓。」阿布都拉繼續說。「我連親都沒親到。我原本打算一離開參吉就去找法官證婚，因為如此才合情又合法。但我認為，我得先確定夜花嫁給我的真實意願。雖然她看了一百八十九張肖像畫，我還是很擔心她是否有思考清楚才決定。這位民族的捍衛者啊，請您原諒我接下來要說的，但您養育女兒的方式絕對有問題。她第一次看到我的時候，她甚至還以為我是個女的！」

「所以，昨晚我命令傭兵抓住花園的入侵者並殺死他們時，還有可能鑄成大錯。你這白癡！」蘇丹先是若有所思地說，又轉而對阿布都拉怒吼。「這個奴隸——這個雜種！你竟然敢對我的做法有意見！我就是這樣撫養我的女兒，那又怎樣？在她出生時，占卜師的預言說，她會嫁給除了我之外所看見的第一個男人。你看現在怎麼辦？」

雖然身上纏滿鎖鍊，阿布都拉還是挺直了身體。那天，是他的人生中首次感到一絲希望的唯一時刻。

蘇丹環視著鋪有優雅設計的磁磚及裝飾華美的房間後，考量了一下才開口：

「那個預言對我來說恰如其分。因為北方國家的武器相對精良，所以我早就想與北方的他們結盟了，而且據我所知，他們還有些可以附魔的武器。總之，要與奧欽斯坦的王子定下來並不容易，我能想到的最好的方法就是隔離我女兒，阻絕她見到男人的所有可能，並同時培養她優良的教養，確保她能歌善舞，能夠讓王子喜歡。然後，等到成長至適合結婚的年紀，我就會邀請那王子來訪我國進行外交上的交流。他原定將使用那些精良武器征服下一塊土地後，在明年來訪。我知道只要我女兒看到他，這預言就能讓我得到他。」

他以怨毒的目光轉向阿布都拉：

「結果，我的計畫卻被你這低賤蠕蟲搞砸了！」

「我很遺憾，但這些都是事實了。這位謹慎無比的統治者啊。」阿布都拉問道。「請您告訴我，這位奧欽斯坦王子是不是有點老？又有點醜？」

「我相信他跟這些傭兵差不多，應該都是難看的北方人臉孔。」蘇丹回答。阿布都拉感覺得出來，那些長著雀斑與紅髮的傭兵們聞言都愣了一下。「你這低賤的狗，問這要幹嘛？」

「請原諒我對您偉大的智慧更進一步的建言，這位建立國家的孕育者啊。我認為這麼做，對您的女兒並不公平。」阿布都拉說完，也感受到那些傭兵的視線此刻全集中於他的身上。他們正為阿布都拉的大膽言論感到驚訝萬分。但他早就不在乎了，因為他早已沒有能夠失去的事物了。

「女人無足輕重，所以這不算是對她們不公平。」蘇丹回答。

「我不同意。」阿布都拉反駁。那些傭兵們一聽，更加吃驚地注視著他。

蘇丹低頭瞪視著他，雙手用力扭轉著阿布都拉那頂遺失的睡帽，就像是真的在擰動阿布都拉的脖子。他對阿布都拉大吼：

「給我閉上你的嘴！你這病癱的蟾蜍！如果我控制不住自己，會叫人馬上對你處以死刑！」

「哦，這位代表公民的利刃啊，請您現在就殺了我。因為我違法闖入您的夜之花園……」阿布都拉聽到後，反而稍微安心了。

「閉嘴！你明明知道還沒找到我女兒之前，以及在你們結婚之前，我不可能殺你！」蘇丹喊著。

「這位至高無上的審判者啊，您的奴隸並不明白您在考量什麼。我要求您現在就對我處以死刑。」阿布都拉感到放鬆。他抗議道。

「如果這件令人遺憾的事情教會我什麼的話。」蘇丹幾乎要咆哮起來了。「即便是身為『參吉的蘇丹』也無法欺騙命運。我知道那個預言不管怎樣都會實現，如果要讓我的女兒嫁給奧欽斯坦的王子，我得先臣服於這個預言。」

阿布都拉可說是幾近不擔心了，他早就看出這點，但他還是想確定蘇丹也是這麼想的。由此看來，夜花的邏輯思維也與她的父親一樣。

「好了，我女兒到底在哪？」蘇丹問。

「哦，這位照亮全參吉的太陽啊，我已經說過了。就是那位鎮尼……」阿布都拉說。

「我才不相信什麼鎮尼！你這藉口實在太隨便了，你肯定是把她藏在哪了。」蘇丹隨即對王座之下的傭兵們下令。「把他給我帶下去！然後關進最森嚴的地牢裡，我不允許任何人解開他的鎖鍊，因為他一定是用了什麼魔咒還是魔法，才能進入夜之花園。要是一個不注意，他說不定會故技重施。」

阿布都拉不禁瑟縮了。蘇丹看出他的糗態，然後露出惡毒的微笑：

「為了我的女兒，還有預言，我要挨家挨戶搜查。一旦找到她，就馬上把她帶到地牢舉辦婚禮。」

他說完，像是正在思考著什麼，看向阿布都拉：

「在那一刻到來之前，為了娛樂一下，我會好好地思考有什麼手段能殺你。不過現在——我比較想把你釘在四十多英尺高的木樁之上，然後再放出禿鷹慢慢地啄食你的全身。要是我想到其他更好的辦法，我隨時會改變心意。」

傭兵將阿布都拉帶下去之時，他又再次接近陷入絕望的狀態。他想起他出生時的預言。四十多英尺高的木樁，肯定會將他立於這塊土地的所有人之上。

◈

註1　原文為djinn。本書譯為鎮尼，詳細說明可見首集附錄。

第六章　阿布都拉深入火焰

傭兵們將阿布都拉扔進一處又深又臭的地牢內，而地牢內唯一的光線來源只有頂天處的一道微小通風口，但照進來地牢內的可不是暖和的陽光，有可能是來自地牢上一層的某處走道中，遠處的某一扇天窗。而地牢的通風口看起來就是上一層走道的某塊地板缺口罷了。

阿布都拉已經知道了自己即將被關進暗無天日的地牢內，所以正當那些傭兵們將他架走帶下去之時，他依然奮力地朝著有光處看去，期盼這樣的舉動能使他將有光的景象銘刻在瞳孔與大腦裡。

傭兵終於停下，然後打開通往地牢的最外側門扉，此時他抬起頭看看周圍，發現他們正身處在一處深暗、狹小的地下城的中庭處，四周都是猶如懸崖般高聳又難以攀爬的石牆。

阿布都拉仰起頭向後看，他能夠看見遠方有一座外型細瘦又高聳的高塔，還能瞧見旭日將高塔的輪廓清晰無比地描繪出來。讓他感到驚訝的不只這副光景，當時距離日出還有一小時左右，而那座高塔卻矗立在透藍清澈的天空之下，雲朵則如臨近早晨的寧靜般懸在樓頂附近。即將完全現身的日出則將雲增添了紅與金的顏色，光線則將城堡的窗戶添上了金色，使那看起來就像一座擁有金色窗扉的高聳城堡。金色的晨光乍現，看似就像捕捉到了一隻正在飛翔的白鳥，雙翼散發著光輝。

他認定這是他人生中所能見到的最後景象了，傭兵們拖著他越過地下城，走到深處關進地牢之時，一想到再也看不見這種美景，他便朝後方仰望著這副光景。

阿布都拉被關進寒冷又灰暗的地牢後，在這個截然不同的黑暗世界中，他努力地想要再度於腦中描繪那副光景，結果怎樣都無法再度於腦中構成那些畫面了。他對此一度難過到，忘了身上的鐵鍊如何捆住他的那股不適感，待他的身體再度浮現不適感之時，他只能不斷地喬個比較舒服的姿勢，但總歸而言，毫無幫助，導致鎖鍊在冰涼的地板上持續發出金屬摩擦聲。

「除非有人救出夜花，不然我的人生都得耗在這了。」他喃喃自語著。不過這可能性太低了，因為蘇丹拒絕相信鎮尼抓走了夜花這件事。

接著，阿布都拉試圖利用幻想來掩蓋想到這些事時產生的絕望感，但於此同時，就算他是位被蘇丹綁架到此地的王子也沒有用，這種幻想對轉換心情毫無幫助。他不是王子，而夜花卻相信了自己所編撰的那些故事——一想到這些，阿布都拉便感到非常慚愧。夜花肯定認為他就是位王子，因此才決定與他成婚。而他到了現在才知道，夜花其實就是位公主。他實在不知道該怎麼向夜花坦承這一切，因此他的確該接受厄運的安排，也就是蘇丹對他下達的任何罰則。

只要一想到夜花，阿布都拉認為無論她現在在哪，肯定與他一樣都承受著苦痛吧。一這麼想時，他嚮往著陪在夜花身邊的情景，他希望能夠救出夜花的想法越來越強烈了，因此他耗費了許多時間掙扎，就只為了掙脫那些根本不可能擺脫的鎖鍊。

「不可能有其他人會去救她的，我得離開這裡才行。」他低語道。

雖然阿布都拉認為接下來他的舉動就跟他那些幻想一樣可笑，但他還是持續嘗試呼喚著魔毯。在他的想像之中，魔毯應該就躺在他攤位內的地上，然後他不斷地呼聲喊它，將他一生中所學及所知道的各種奇特語詞全都唸出來，希望真有哪個詞正是啟動魔毯的咒語。

不過這終究是愚蠢的行為，因為當然什麼事都沒有發生。就算魔毯真的能夠聽見阿布都拉從地牢裡發出的呼喚，而他又正巧說對了詞，說中了啟動咒，魔毯又要怎麼從那麼小的通風口鑽進地牢？即使魔毯真的能夠進到地牢好了，它又要怎麼載著阿布都拉逃離這座地牢？

一想到這些，阿布都拉還是放棄了。他靠在石牆上打瞌睡，陷入了絕望的深淵。他猜想外頭應該是天氣正熱的時刻，參吉人都會在此時稍事歇息。他以前一到此時就是去公園，不然就在攤位前找處陰涼地鋪上便宜地毯，坐在上面喝果汁或品酒（假如他有錢的話），再一副悠哉地與旁邊攤位的賈馬聊天。但這樣美好的光景，不會再出現了。我被關進來不過才第一天而已——一想到這些他就憂鬱無比——我現在還能清楚感受到時間的流逝，再過多久，我會不會連何年何日都不清楚了？

他闔上雙眼，想到在這期間至少會發生一件好事——蘇丹挨家挨戶的搜查應該會增添一些麻煩給法蒂瑪等人，因為認識他們的都知道，他們是阿布都拉這世上僅有的親戚了。不知為何，他倒希望那些傭兵們能將那間全是紫色的店面給搞得翻天覆地，破壞那紫色的牆壁，將所有的紫色地毯全部攤平在地上，最後，他希望那些親戚們被逮捕。

突然，有個物體掉在阿布都拉腳邊。

他們至少給我食物了，但我寧願餓肚子。阿布都拉如此想著。他慵懶地睜開眼，被眼前堪稱不符合現實的景象嚇到了——魔毯竟然出現在地牢內，就在他的眼前，而賈馬的那隻壞狗狗還躺在上面睡覺。

阿布都拉愣住了，就那麼看著眼前的魔毯與狗。他當然能夠想像得到這隻狗如何躺在魔毯上面，還在正中午之時，於攤位的陰涼處睡覺的景象。因為睡在魔毯上肯定比較舒服。但這隻狗竟然能夠說出啟動咒。我的天啊，牠是狗耶。阿布都拉認為這一切完全超出了他能夠理解的範圍。他望著那隻狗，發現牠好像正在作夢，因為牠的腳掌正微微張合與顫動，偶爾會吸一吸鼻子，就像在夢中嗅著美食；牠的嘴內還發出嗚呼之類的聲音，彷彿美味的食物會長腳跑走。

「嘿。朋友，你是不是夢到我了？夢到上次我給你豐盛的早餐那時？」阿布都拉對牠說。

那隻狗好像在睡夢中也能聽見他的聲音，於是發出一聲響亮的哼聲就甦醒過來。身為一隻狗，牠的天性立刻使牠發現自己正處在一座陌生的地牢內。牠嗅了嗅，當聞到阿布都拉的氣味時則開心地吠了一聲，跳起來徑直撲在阿布都拉胸前的鐵鍊上並熱情地舔著。

阿布都拉被狗的舉動弄得笑開懷。他別過頭，避免又要聞到狗嘴巴內那魷魚口臭：

「你真的夢到我了！這位朋友，我以後每天都給你一碗魷魚。你不但救了我，可能也能救夜花！」

那隻狗的熱情褪卻後，就算被鎖鍊銬著的，阿布都拉也要在地上開始移動，一直到他能夠躺在魔毯上，能以單手撐起身體為止。

他鬆了一口氣，感到安全了後鬆懈下來，於是對著狗招手：

「過來，來魔毯這。」

不過，那隻狗肯定是在地牢的角落聞到了老鼠的氣味，牠興奮地追著這股氣味到處嗅來嗅去。牠每次發出嗅東西的喉聲時，在阿布都拉身下的魔毯就會跟著聲音顫動一下——阿布都拉終於找到了答案。

「趕快過來。」阿布都拉對牠繼續說。「我如果把你留在這裡，當他們來審問我時會以為我變成狗，就變成你得為我受罰了。你幫我帶來了魔毯，又幫我找出了啟動魔毯的秘訣，我可不能害你被立到四十多英尺高的木樁上。」

那隻狗埋首縮在牆角，根本不理會阿布都拉的呼喚。就算隔著地牢那道深厚的石牆，阿布都拉依舊能聽見腳步聲與鑰匙串相互碰撞且摩擦的聲音傳來。聽見某人越來越接近的聲音時，他只好放棄說服狗，直接在魔毯上躺下。

「這裡！好狗狗！」他輕聲喊道。「快來舔我的臉！」

那隻狗倒是對這項指令非常了解。牠離開了牆角，然後撲上阿布都拉的胸前舔弄著他的臉。在那隻狗忙碌於舔弄阿布都拉時，他又低聲說道：

「魔毯朋友啊，我請求你，抵達西城市集但不要降落在地上，在賈馬的攤位附近上空繞著就好。」

魔毯離地之後，迅速側飛爬升。與此同時，阿布都拉又聽見有人拿著鑰匙正在解開地牢的門鎖。但狗還在舔他的臉，所以他無法保持睜眼確認魔毯的飛行路徑，無法確認他們最後到底是怎麼離開地下城的。他們穿梭於牆壁之間時，阿布都拉感到潮濕、冷冽的空氣先是掠過臉龐與身體，再來才是刺眼無比的陽光映入眼簾。那隻狗抬起頭，有些困惑地望著太陽，而阿布都拉則因為許久未見陽光，只能瞇眼看去。他見到一堵高牆聳立在面前，接著順利地飛越，高牆就被魔毯給甩在後面了。他們一行又跨飛了一整排的尖塔與各式房屋的屋頂，雖然阿布都拉只在晚上看過那些建築物，還是覺得有股熟悉感。

魔毯隨後往下落，並朝西城市集的最外緣俯衝。阿布都拉此時才發現，蘇丹所處的王宮走到他的攤位只需五分鐘。

賈馬的攤位終於進入了阿布都拉的瞳孔所見範圍，旁邊則是被翻天覆地搞砸的阿布都拉的攤位，地毯散落一地，可以明顯看出傭兵們早就來找過夜花了。賈馬正坐在他的攤位上趴下打瞌睡，他旁邊的鍋子還在煮魷魚，另一邊則是正烤著冒煙的烤肉串。

賈馬抬起頭，看見眼前的景象，一副瞪大雙眼的樣子（應該說只有一隻瞪大的眼睛）。他望著那飄浮在他眼前的魔毯。

「我的狗朋友啊，下去吧——賈馬，你管一下你的狗。」阿布都拉說。

賈馬看起來已被眼前的這副奇特景象與眼前的人嚇得說不出話，因為阿布都拉可是蘇丹想將之釘上木樁的罪犯。所以阿布都拉現在出現在自己攤位旁，這可不是鬧著玩的。但那隻狗並沒有理會阿布都拉，也沒理會他。因此阿布都拉只能一邊在鎖鍊的摩擦聲中掙扎，一邊從魔毯上坐起來，這動作就能累得他全身是汗。

那隻狗終於輕巧地跳到賈馬攤位的櫃檯上，賈馬見狀就是一股傻勁地將牠抱進懷裡。

「我可以怎麼幫你？」賈馬看著捆住阿布都拉的鎖鍊問道。「要我幫你去找鐵匠過來嗎？」

阿布都拉被賈馬毫不掩飾而展現出來的友情感動之時，他從魔毯上坐起來後，反而看清了每個攤位間的動線。他知道自己看見了一雙正在奔馳的雙腳，還有正在隨動作飄揚而動的衣角。他推測有其他店面的老闆正要跑去告密，而那身影在他眼裡，熟悉無比，就像是阿西夫。

「不，沒時間了。」阿布都拉將左腿往外伸，鎖鍊被弄響著。「幫我個忙，手放到我左腳靴子的刺繡上。」

賈馬順從地伸出強壯的手，小心地碰了碰那塊刺繡。他緊張地問：

「這是什麼魔法嗎？」

「不是，這是內袋——手伸進去，然後把裡面的錢拿出來。」阿布都拉回答。

賈馬摸不著頭緒，搞不懂阿布都拉想要做什麼，但他還是摸到了內袋外緣，然後伸進去並拿出滿手的多枚金幣：

「這麼大一筆錢，你要用來重獲自由嗎？」

「當然不能，這筆錢是要給你的。」阿布都拉回答。「因為你幫助我，那些傭兵肯定會再回來抓你跟那隻狗。把錢帶走，然後跟你的狗離開參吉到北方躲起來吧。」

「什麼？北方？」賈馬喊道。「我去北方之後呢？」

「備齊你所需要的東西，然後開一家拉休普特風格的餐廳。我想這些錢足夠了，你是一名出色的廚師，對吧？你去那開店一定能成功的。」阿布都拉回答。

「你認真嗎？」賈馬在阿布都拉與手中的金幣來回看著。「你覺得我做得到？」

阿布都拉保持警覺，持續留心攤位之間的動線，此時他看到某一處擠滿了人。那些人可不是單純的警衛而已，而是來自北方的傭兵，也就是抓住阿布都拉的那些人。他們一看到阿布都拉在這，全都開始奔馳著。阿布都拉見狀只好對賈馬說：

「只要你馬上離開，就有機會。」

此時賈馬也聽到了那些傭兵正跑來的躁動聲。他探出頭，朝攤位外確認狀況後，立刻吹了口哨將狗喚到身邊，然後就帶著狗逃離了西城市集。賈馬那靜謐又迅速的逃跑速度令阿布都拉佩服不已。他甚至還能抽空並騰出手，將烤肉串從烤架上拿下來以避免被烤成焦炭。因此全部傭兵到達這裡時，不過就剩下一鍋還沒煮熟的魷魚。

「快！快點！飛到沙漠。」阿布都拉朝魔毯低聲說道。

魔毯立刻離地，就如往常那樣以側飛方式啟動。因為鎖鍊夠重的緣故，因此阿布都拉能夠陷於魔毯的凹陷處，就算他們非得飛這麼快，也不會甩出去的。傭兵的喊叫聲隨著身後幾聲短暫的聲響出現後才傳來，首先是兩顆子彈飛過，再來才是箭矢從魔毯旁邊掠過，彷彿劃開了天空。

魔毯持續滑翔，接著飛越屋頂、圍牆及高塔，然後從棕櫚樹及西城市集的花園旁掠過。最終，它加快到極速，飛進了一片炎熱又灰暗的空無之地。廣闊的天空正籠罩著整塊大地，阿布都拉眼前所見就像是閃爍著黃與白的地方。他身上的鎖鍊開始發燙，弄得他非常不舒服。

掠過他周圍的空氣停止了呼嘯。阿布都拉一看才發現，參吉只不過是地平線上那一小點猶如塔樓的存在，又或者說看似不起眼的身影。

魔毯降低速度，從一位頭戴面紗，腳騎駱駝的人身旁經過。那人轉頭看了過來。隨著魔毯已經逐漸要降落在沙漠之上，駱駝騎士也拉住韁繩，轉動駱駝行進的方向，然後鞭策牠回過頭追上魔毯。連阿布都拉都看得出來，這人分明不會放過取得「會飛的魔毯」的機會，更何況現在魔毯的主人被鎖鍊捆著，根本無力反抗。

「飛高點、再飛高點！」阿布都拉對魔毯大喊。「往北飛！」

魔毯笨拙地上升了一點，阿布都拉能夠感受到它的每根纖線都透露出煩躁與不情願。它緩慢地悠轉半圈，又悠悠地緩慢往北飛。騎駱駝的人已經橫越了剛剛魔毯劃出的半圓形路線，並且朝魔毯奔馳而來。魔毯現在離地面僅有幾英尺高左右，騎在駱駝上想抓到它並不難。

阿布都拉知道自己此時一定得做些什麼。

「不要再靠近了！最好小心點！」他對駱駝騎士大喊著。「叄吉人把我鎖成這樣是怕我散播瘟疫啊！」

但那位駱駝騎士並沒有聽信他的話。他抓緊駱駝的轡繩，一邊放慢速度，一邊持續地緊跟，然後趁著奔馳穩定的空檔，從駱駝身上的行囊中拿出一根支撐帳篷用的桿柱，分明就是要將阿布都拉給拽下來。

阿布都拉只好全神貫注地朝魔毯說著各種好話：

「哦，這張最優秀、品質最好的魔毯啊。這張擁有繽紛無比的色彩、有著華美精細裝飾，又擁有附魔的美麗魔毯啊。我擔心我到現在都沒對你表現應有的敬重與禮儀，而且我曾隨便對你任性地發號施令。但我現在知道了，這張溫和的魔毯啊。

細心並溫柔地對待你才是對的。請你原諒我。」

這些讚美的話顯然對魔毯相當有效，讓人感覺到它縮緊了一下，繃緊神經，然後突然開始加速。

「我真像隻——臭狗。」阿布都拉繼續說。「因為我被鎖鍊綁著，給了你更沉重的負擔，害你得在炎熱的沙漠中奔波。哦，這張最優秀的魔毯，你已經占據了我心中重要的位置，我只想著如何替你擺脫這些負擔。假設你能以緩慢的速度——大概比那駱駝稍微快一點的速度——飛到沙漠北方最近的地方，我就能找到人打開這些鎖鍊了，友善又高雅的你是否能接受我的提議？」

他的吹捧似乎正中紅心，魔毯給人一種洋洋得意的感覺，又向上升高了一英尺，偏移了一點方向。魔毯像是回覆阿布都拉的讚美那樣，一股腦地秀出自己的能力，以時速七十英里的速度前進。阿布都拉緊抓著魔毯的鬚邊，回頭看到駱駝騎士那失落的表情，很快地，那失落的表情一下就變成了沙漠裡的一小粒沙點。

「哦，這最高貴的寶物，你是地毯中的蘇丹，而我就是你卑微的奴僕。」他厚著臉皮說。

魔毯聽了心花怒放，時速更快了。

十分鐘後，魔毯飛越一座沙丘，但才剛飛過沙丘頂端時，它突然急停，然後往旁邊側翻，這一翻讓阿布都拉跌下魔毯，然後拂起無數沙塵。翻滾在沙塵之間時，他身上的鎖鍊也跟著翻動，因而揚起更多的沙塵。阿布都拉掙扎過後，還好讓雙腳終於是以著地的狀態站起來了，然後沿著一處沙丘慢慢下滑，滑到一處綠洲裡的水池泥地旁才停下。

正巧，當時有幾名衣著簡陋的陌生人正蹲在池邊，無從知曉他們在看著什麼。阿布都拉滑到他們之間，結果嚇得他們每個人迅速地散開。他的腳正巧碰到了他們剛才正在觀察的物體，就那麼剛好將它踢進水池裡。其中一名陌生人往水池裡跳去，打算救回那個不明物體；其他陌生人則抽出佩刀或匕首，甚至還有人拿出一把單膛室長管手槍[1]。那些陌生人一邊恫嚇著阿布都拉，一邊迅速地包圍住他。

「快割斷他的喉嚨！」其中一人大喊著。阿布都拉眨眼的速度加快，他立刻撥掉眼中的沙子。

阿布都拉見到如此面容兇狠的人的次數非常少。那些人的臉上都有好幾條刀疤，擁有狡猾無比的眼神，還有張口就能看見的滿嘴爛牙，以及一股令人感到不祥的氣場。拿著手槍的那位讓人感覺是這群人之中最為恐怖的一位。他臉上的鷹勾鼻中間鑲了一個鼻環，還長滿了鬍子，戴著一頂別有一枚閃亮紅寶石的金色別針的頭巾。

「你從哪來的？」那人厲聲問道之時，還踹了阿布都拉一腳。「給我說清楚！」

所有人都望著阿布都拉，其中當然也包含正拿著某個瓶子，從水池裡走出來的那位。他們的表情就像是在暗示著，阿布都拉至少說出一個能說服他們的好理由。

不然，後果不堪設想。

註1　原文為long pistol。

第七章　魔精現身

阿布都拉繼續眨眼，將剩餘的沙子擠出眼眶。他認真看著持有手槍的那人，發現那人根本巧合到，彷彿就是他的幻想中那最恐怖的盜賊的化身。

「各位沙漠中的紳士們，我央求你們的諒解。」他依然保有禮節地繼續說道。「我為以這種方式打擾你們感到萬分抱歉，但，請問我眼前的是最崇高、世界上最有名且所向無敵的沙塵大盜——喀布爾．阿克巴嗎？」

其他盜賊聽到後都感到驚訝萬分。阿布都拉還聽到某一人清楚地說：他是怎麼知道的？但那位持槍男子不過就是冷冽一笑，他的臉彷彿天生就是為此笑容而被上天賜予的。

「我是喀布爾．阿克巴，你說對了。我很有名吧？」持槍男子問道。

實在是太巧了。如此一來，我知道自己在哪了。阿布都拉想著。

「這位居於荒野的流浪者啊。」阿布都拉繼續說。「我和尊貴的你們都是被迫驅逐之人。我立誓向所有的拉休普特人復仇，因此特地來此找到你們，準備以我的一切奉獻並加入你們。」

「你確定嗎？你怎麼來到這的？而且還帶著一身鎖鍊掉下來？」阿克巴問。

「我使用了魔法。」阿布都拉謙虛地說，他認為這應該是最有可能嚇倒這些人的說法。「這位高貴無比的游牧民族啊，我的確是從天上來的。」

結果這群人並不採信，甚至爆笑了起來。阿克巴轉頭，稍微點頭示意，其餘兩人立刻知道其動作的意涵。他們爬上沙丘去調查剛才阿布都拉落下的地方。

「你剛剛說——魔法？那些鎖鍊跟魔法有關嗎？」阿克巴詢問道。

「當然。我的魔法過於強大，參吉的蘇丹因為顧忌而擔心我對他不利，所以他才親自為我戴上鎖鍊。只要撬開這些鎖鍊、手銬，我就能施展魔法給你們看。」阿布都拉回答。

他瞥見那兩人一起將魔毯帶了回來，他自然希望現在的發展對他是有利的。他認真地說：

「你們知道的，鐵——會阻礙魔法師使用魔法。只要你們幫我撬開鎖鍊，你們的未來將會一片光明。」

其他盜賊疑惑地望著他，其中一位開口說：

「我們沒有鐵鑿。」

「也沒有槌子。」另一位手下說。

阿克巴聽到後，轉向看著那兩個帶回魔毯的盜賊手下。

「只找到這個。沒有任何坐騎在那裡，甚至也沒有足跡。」他們回報。

聽完手下們的說法後，阿克巴手摸鬍子，陷入長考。阿布都拉好奇他的鬍子搞不好被鼻環纏住過。

「嗯……那我就猜這真的是一張魔毯好了，給我拿來！」阿克巴轉身對阿布都拉冷笑著說。「這位魔法師啊，我很抱歉，得讓你失望了。你將被鎖鍊捆住的自己送到我們面前，我得讓你維持原樣才行。不過魔毯——我先拿走了，以避免什麼預料之外的事情發生。如果你想加入我們，就先證明自己吧。」

阿布都拉對此感到驚訝。他聽到這番話，他非但不覺得害怕，反而更多的是憤怒。或許，那一日的早晨，他早就將所有的恐懼丟在蘇丹的面前了。又或許是他渾身的疼痛使他忘記名為恐懼的情緒，因為他從沙丘滑下來之時，遭受翻滾及撞擊，身上到處都是挫傷與皮肉傷，腳鐐還將其中一邊的腳踝磨出了血痕。

「我說過了。」阿布都拉傲慢地說。「除非你們解開我的鎖鍊，否則我對你們毫無用處。」

「我們不需要你的魔法，我們需要的是學識。」阿克巴回答，然後向剛才下水的那人招手。「告訴我們這是什麼，作為報酬，或許我們會幫你解放雙腳的束縛。」

剛剛在水池裡的人蹲了下來，手裡拿著一只藍色漸層的玻璃圓瓶。阿布都拉用手撐起身體，不太開心地觀察著那只瓶子。那瓶子看上去很新穎，有個乾淨無比的新製軟木塞，上面還有看起來也是全新的鉛製封蓋，蓋有註記，就像一瓶被撕掉商品標籤的香水。

「這瓶子很輕，搖動時毫無聲響，沒有東西在裡面的感覺。」蹲著的那人搖晃著瓶子說。

阿布都拉想到了利用這個瓶子脫困的方法。

「這是魔精瓶。」他繼續說。「這位來自沙漠的住民啊，我得提醒你們，這瓶子也許會很危險——只要你們能解開我的鎖鍊，我有辦法控制裡面的那位魔精，並保證他會順從你們的每一項願望。此外，我不覺得現在有任何人適合去碰他。」

拿著瓶子的人慌忙地將它拋在了地上，而阿克巴不過就是對此不屑一顧，張口大笑地將瓶子撿回來。

「這看起來就像是什麼好喝的飲料。」他一邊說著，一邊將瓶子拋給另一個人。「打開！」

那人聽聞後，將佩帶的軍刀[1]朝地上一扔，拿出一把短刀[2]就朝封蓋揮砍。

擺脫鎖鍊的機會正在消失，阿布都拉心想，而且再這麼發展下去，更慘的就會是阿布都拉那假冒魔法師的謊言會被揭穿。阿布都拉抗議道：

「如同紅寶石般璀璨的大盜們啊，你們的行為非常危險。就算打開了封蓋，我也奉勸你們絕對不能打開軟木塞。」

阿布都拉說話之時，那人嘗試打開封蓋，然後將封蓋丟在一旁。接著，他請另一個人幫忙固定好瓶子，然後試圖掰開軟木塞。

「如果你們非得打開它的話。」阿布都拉繼續說。「你們至少得用正確且不讓它知道的次數敲擊瓶子，讓魔精在裡面發誓——」

阿布都拉還沒說完，軟木塞就「啵」的一聲從瓶口上彈開了。

接著，一道淺紫色的煙霧緩慢地從瓶口散出來。阿布都拉曾希望那些都是毒氣。不過煙霧隨即顏色轉深，然後聚集成了雲朵狀，再來就像沸騰的紫色水蒸汽，迅速地以全貌衝出來。這股像是水蒸汽的霧，立刻變成了藍色的巨大憤怒臉孔，也形成了手臂，部分的煙絲身體還連結著瓶身。煙霧一直上升到有十英尺高才停下動作。

「我發誓過——誰放我出來，誰就要受苦！」那張臉發出狂風般的怒吼，接著像是手的霧輕輕一揮。「就是你們！」

他才剛說完，那兩位拿著軟木塞跟瓶子的人瞬間不見了。因為軟木塞及瓶子掉在地上側躺著，魔精只能側身從瓶口持續維持型態。藍霧之中，爬出了兩隻蟾蜍。蟾蜍的頭四處張望，看起來對此感到無比困惑的模樣。魔精挺直身體後雙手環交於胸前，懸浮在半空中的霧臉盡是憤怒。

此時，除了阿布都拉及阿克巴，所有人都逃之夭夭。阿布都拉則因被鎖鍊束縛了，因而無法逃跑；阿克巴卻完全沒在怕。魔精瞪視著他們兩人。

「我被迫被奴役於這瓶子內——雖然我對於我為什麼會在這裡感到非常生氣，但我必須告訴你們——擁有我的人，我每天非得為他實現一個願望。」他語帶威脅地補充問道。「你們有什麼願望？」

「我想要……」阿布都拉才開口，阿克巴立刻飛快地摀住了他的嘴。

「我才是那個能夠許願的人。魔精，你搞懂沒？」阿克巴說。

「我知道了——你要許什麼願望？」魔精問道。

「等等。」阿克巴說著，將臉靠近阿布都拉的耳朵。阿克巴的吐息比他的手還要臭，但不得不說，賈馬的狗的口臭更加驚人。阿克巴低聲地說道：

「好吧，這位魔法師。你已經證明自己了，現在提供我許願的建議，作為回報，我除了會幫你解除鎖鍊外，也會讓你成為我們榮譽的一員。但你要是敢許你自己想要的願望，我會殺了你，了解了嗎？」

阿克巴將手槍抵在阿布都拉的腦門上，然後放開他摀住嘴巴的手：

「願望呢？」

「我想——此刻最明智，最能表達善良天性的願望，就是將那兩隻蟾蜍變回人類。」阿布都拉回答。

阿克巴聽到後有些驚訝，然後他看向那兩隻蟾蜍，發現牠們正巧在水池邊爬行著，困惑地思考著自己是否能夠游泳。他繼續說：

「這願望有夠浪費的，再想一個更好的。」

阿布都拉絞盡腦汁，思考著有什麼願望能讓這位盜賊之王開心。

「你可以許一個擁有無窮無盡財富的願望，但如此一來，你得考慮如何攜帶，以便能穩妥地把這麼多錢帶在身上，搞不好你需要一群駱駝。不過，這樣一來，你又得想辦法保護這些財富不被人搶走，所以你可能需要一批來自北方的強大裝備。又或許——」

「所以是哪個？」阿克巴追問著。「快點！魔精都快等不下去了。」

那魔精看起來確實有點不耐煩了，他雖然沒有腳可以「跺」，但他那若隱若現的藍色陰沉臉孔，似乎暗示著要是再讓他等下去，接下來會有更多人變成蟾蜍。

阿布都拉迅速地思考一下。就算他能夠擺脫鎖鍊好了，變成一隻蟾蜍肯定比身上綁著鎖鍊還要麻煩。他無奈地開口問：

「你許願吃一頓豐盛宴席好了？」

「這願望好！」阿克巴說完就拍拍阿布都拉的肩膀，開心地跳動著。「給我來一頓好吃的豐盛宴席！」

魔精向他們行了個禮，然後像是燭火因風的吹拂而扭動。

「如你所願，希望這對你有幫助。」魔精酸溜溜地說。

願望許完後，他又輕悄悄地回到瓶子內。

魔精變出來真的是一場豐盛宴席。食物隨著沉悶的呼嘯聲，幾乎立刻出現在一張長桌上，上方還罩著替人遮蔽陽光的條紋遮陽棚。然後，就連穿著一致的奴僕都在這了。其他盜賊立刻丟下恐懼，跑來坐在宴席的軟墊上，用金盤享用著美食。他們還叫囂著令奴僕拿來更多好吃的美食。

等到阿布都拉有機會和那些奴僕們說話時，才發現他們都是隸屬於參吉的蘇丹之下的僕人，所以這頓宴席根本是蘇丹的一餐。

這讓阿布都拉感覺好點了。在這場宴席中，他依舊沒有被鬆綁，就近靠在一棵棕櫚樹旁。雖然他不期待阿克巴對他會有多好，但他還是覺得相當難受。幸好，阿克巴偶爾會想起他，然後威風凜凜地招手叫奴僕們送一盤食物或一壺酒給他。

食物實在太多——因為每隔一段時間，就會傳來沉悶的呼嘯聲，滿臉疑惑的奴僕手上就會出現一堆美食。而且蘇丹的酒窖所藏的那些特級酒品，也會突然出現在嵌有珠寶的推車上，甚至連一整團的音樂家都出現在這裡。

每當阿克巴送奴僕來到阿布都拉這時，他們都樂於回答阿布都拉的問題。其中一名奴隸說道：

「這位沙漠之王的高尚俘虜啊。跟你說真的，我們的蘇丹實在氣瘋了。第一道及第二道菜祕密消失之後，第三道菜剛好是烤孔雀，就拿在我的手上。他甚至派了一整隊傭兵護送我們從廚房離開，但我們還是無法控制地接連消失，甚至有其他人都到了宴席會場的門口了，卻發現自己瞬間就移動到了這座綠洲。」

*蘇丹一定很餓。*阿布都拉心想。

過沒多久，這裡又出現了一整團的舞孃，她們也是以同樣的方式來到這的。蘇丹肯定會因為如此而更加不高興。不過，這些舞孃反而引起了阿布都拉的腦海深處的思緒，他想到那比舞孃們還要美上好幾倍的夜花，眼淚立刻奪眶而出。當長桌旁的氣氛越來越熱鬧時，兩隻蟾蜍還在池邊悲鳴著，牠們的心情大概跟阿布都拉一樣差。

黑夜降臨，奴僕、音樂家及舞孃全消失了，只剩下沒吃完的食物與餘留的酒水。盜賊們已經吃到不能再吃了，大部分的人就在用餐的原地直接睡著了。不過，阿布都拉看到接下來的畫面，心裡更是一沉。阿克巴跌跌撞撞地站起身，然後從桌子底下撿起了魔精瓶。他確認了軟木塞已經蓋好後，就搖搖晃晃地走到魔毯旁邊，然後躺下去便立刻睡著了。

阿布都拉焦急地靠在棕櫚樹旁。如果魔精將抓來的奴僕送回了參吉的王宮，立刻會有人質問他們。那麼，無論他們說什麼，基本上都會一致口徑向外——他們被迫服侍盜賊團，一名衣著尚佳的青年坐在棕櫚樹下旁觀他們吃喝玩樂，還銬著鎖鍊。蘇丹肯定會將兩件事聯想在一起，因為他可不是笨蛋。搞不好他現在已經派出了一隊駱駝騎士來到沙漠裡，尋找他們所在的這處綠洲。

但阿布都拉最擔心的是眼前的狀況。他盯著阿克巴，內心更加焦急。他即將親眼看著魔毯離開自己，而且也無法得手那極為有用的魔精。

過了大概半小時，阿克巴翻過身，嘴巴張得開開的——就像賈馬的狗與阿布都拉的習慣，他的打呼聲怎麼會這麼大？阿克巴發出一聲刺耳的鼾聲，魔毯就跟著動了一下。月光之下，阿布都拉清楚地看到魔毯從地面升起，停在約三英尺的高度待命。阿布都拉推測，它應該正在認真理解阿克巴的夢。說真的，阿布都拉還真不知道一介盜賊頭目會做些什麼夢，不過他想，魔毯應該會知道。

魔毯騰空而起並開始飛行。當魔毯飛過那棵阿布都拉倚靠的棕櫚樹時，他抬起頭，嘗試干擾他。他輕輕呼喊道：

「哦，這張最衰的魔毯啊，我可以更友善地對待你。」

魔毯也許聽到了阿布都拉所說的了，也可能只是個意外罷了，但有件散發著微光的圓形物體從魔毯的邊緣掉了下來，然後輕落在離阿布都拉幾英尺遠之處。沒錯，那是那只魔精瓶。

阿布都拉伸出手，盡量不讓身上的鎖鍊發出任何聲音，然後迅速地將魔精瓶拖過來，就藏在他的背後與棕櫚樹之間。最後，他坐著等待黎明到來，開始覺得希望就像破曉那樣逐漸浮現了。

◆

註1　原文為sabre。由於此名稱泛指所有西方佩劍，直劍身、彎刀身以及軍人所佩帶的軍刀皆包含在內，在故事中較難判斷他們所持的劍身，故以「佩帶的軍刀」稱之。

註2　原文為large knife。因沒有特定指稱武器，從故事中較能推測應是介於短劍與匕首之間。

第八章　化為現實

沙漠中的沙丘被陽光灑下後，看起來像是染上白色玫瑰的顏色。

阿布都拉將魔精瓶的軟木塞扭轉並拔開。紫煙冒出，向上噴發，然後紫色、紅色與藍色相間交雜，形成了魔精的奇異形體。他的臉看起來比之前還要凶狠。

「我說過了，一天就是只有一個願望！」魔精的聲音如暴風呼嘯。

「是的，那——這位紫羅蘭般的奇蹟呀，就像新的一天總會到來，而我就是你新的主人。」阿布都拉繼續說。「而且我想要許的願望很簡單，我希望身上的鎖鍊消失。」

「真是浪費的願望。」魔精不屑地說完，便迅速地回到瓶中。

雖然這個願望對魔精而言並不重要，但讓鎖鍊消失卻對此時的阿布都拉太過重要。他正想對魔精說些什麼時，卻發現自己似乎就像以前那樣能夠自由活動了，身上的鎖鍊噪音也沒了。結果他低頭一看，鎖鍊已經從他身上徹底消失了。

阿布都拉慢慢地將魔精瓶的軟木塞裝回，然後站起身，感到身體無比僵硬，連走一步路都感到困難。

他想像著那些駱駝騎士正在這片綠洲上趕路著，想像著昨天那些熟睡的盜賊們驚醒時發現他已擺脫了鐵鍊，到底會發生什麼事——光是想像著這些畫面，他就得逼自己趕快行動。他像個老人似地緩慢走向長桌，盡量避免打擾到那些趴著睡覺的盜賊們。

阿布都拉趕快用餐巾將一些食物包裹起來，然後取了一瓶酒，接著再用兩條以上的餐巾，將酒瓶及魔精瓶綁在自己的腰帶。旅人曾向他警告過中暑的危險，為了避免在沙漠曬到中暑，他再拿了一條餐巾蓋住頭部。即使阿布都拉的步伐依然沒有辦法加快，他還是趕快動身，拖著步伐並繼續前行，離開了綠洲，往北方前進。

阿布都拉持續走著，身體漸漸地開始有了活性，越走越有興致，心情也好起來了。他堅定地走著，將早晨的前段路程走完，因為他一邊想著夜花，還吃著剛剛打包的多汁餡餅，然後豪邁地飲酒。不過後段路程可不是開玩笑的了，頭頂曝曬在刺眼的陽光之下，天空不過就是一片亮白，照得使所有的一切看起來都像是在閃耀著光芒。

阿布都拉有點後悔，因為他在出發前沒將酒整瓶倒掉，然後將空瓶裝滿那水池內的水——這都是因為酒無法解渴，喝了還會更渴。想到這，他只好將酒沾在餐巾上使其弄濕，然後鋪在頸後，不過酒揮發得很快，濕餐巾一下就變成了乾餐巾了。中午之時，阿布都拉覺得死亡彷彿就在眼前了，眼前的沙漠景象彷彿在顫動，陽光讓他的眼睛刺到產生痛感，他覺得自己就像一道行走的人類餘燼。

「命運注定我得將那些夢全都體驗一次……」他沙啞地說。

阿布都拉原本認為，自己已將從令人懼怕的喀布爾．阿克巴手中逃走的景象想像得相當透澈，不過現在他終於明白了——他無法以想像的形式得知在烈日之下拖著步伐行走有多累，汗水不斷流進雙眼有多可怕。他也沒想過黃沙竟如此無孔不入，甚至還能跑進他的嘴巴；當然，他在夢中也不可能想像得到，日正當中之時，靠太陽辨別方位有多困難。環繞在雙腳周圍的圓影，也完全無助於辨認方位。他得不斷回頭察看，方能確認自己的足跡有無保持筆直。這點使他相當擔憂，因為這麼做相當耗費時間。

就算是耗費時間，他還是得停下並休息。阿布都拉蹲在沙坑中，窩縮在一處小陰影內，即便如此，他還是覺得現在的自己就像賈馬攤位中，烤架上的一串肉。他再度用酒浸濕了餐巾，然後罩在頭上，紅色的酒液就那麼乾脆地弄紅了他身上最好的衣物。

他此時唯一能相信並使他堅持下去的，就是蘇丹口中所說的，有關於夜花將會嫁給她第一眼所見之男人的預言占卜。倘若夜花真如命運注定會嫁給自己——那我可不能就這麼死了，在娶她之前都得活下去。

與此同時，阿布都拉反而又想到他的父親親筆的預言紙條，其解讀的方式可並不只有一種而已。而且他仔細想想，搞不好那預言已經實現了——坐在魔毯上飛就是立於眾人之上了？還是指被架在一根四十英尺以上的木樁之上才是？

旅程。

這道想法突然衝擊了阿布都拉，讓他更奮力地挺直胸膛，再次開始步行的流浪

但到了午後，他的身體狀況更加糟糕。即使因為年輕而身強體壯，但身為一名地毯商人在人生中可不會遇到得如此長途跋涉的時刻。他全身都在喊痛，從腳跟一路痛到頭頂，甚至連腳趾也破皮、流血、發疼。走路時，其中一腳的靴子還會一直與藏錢的內袋摩擦。他實在痠痛到連一步路都快走不了，但他得趕快走到地平線的彼端，要是在這之前就被盜賊團找到，或是被駱駝騎士追上，那可就糟了。彼端還有多遠？他不知道，但只能走下去了。

夜幕即將降臨，就跟正午一樣，讓他能堅持下去的就是明天能見到夜花的情景在腦海中浮現。這也是他想向魔精要求的第二個願望，也就是見到夜花。除此之外，他也想要將酒戒了，發誓再也不碰酒，並且此生再也不要看見任何一粒沙。

夜幕終於降臨，阿布都拉倒在沙地上睡著了。

隔日清晨，他冷得牙齒都在發抖，還為有可能凍傷而焦慮。沙漠入夜前的氣溫

炎熱無比，入夜後卻非常冷。阿布都拉知道自己肯定會度過這道難關，於是他找了一處沙地中比較暖和的地帶坐著，望向在東方升起的黎明之光，一邊將僅剩的食物吃下肚，一邊喝完僅剩的最後一口讓人又愛又恨的酒，以恢復體力。幸好他的牙齦已經不會發抖，但嘴巴卻臭得像賈馬的狗。

阿布都拉滿懷期待地笑著，然後拔開了魔精瓶的軟木塞。

淡紫色的煙霧噴湧出來，向上攀升，形成了不甚友善的魔精。他用風息般的聲音喝斥：

「你笑什麼？」

「這位顏色比三色堇更美麗，猶如紫水晶的魔精啊，願你的呼吸充滿紫羅蘭的香氣——我的願望是——我希望你把我送到未婚妻夜花身邊。」阿布都拉回答。

「哦，就這樣？」魔精煙霧狀的雙手看起來就像交叉於胸前。

他轉過身，朝四周看了一輪。他在察看並轉圈時，身體與瓶子連接的部分繞成像是開瓶器的模樣，讓阿布都拉覺得這情景很有趣。

「這位少女在哪？」魔精再次轉回來看阿布都拉，惱怒地問。「我似乎找不到她在哪。」

「她原本在參吉的蘇丹王宮內，在夜之花園被某位鎮尼帶走了。」阿布都拉解釋道。

「好吧，那就像你說的。我無法實現你這願望，因為她不在地上。」魔精說。

「那麼，我猜她一定被帶去鎮尼的領域了。喔——當然，這位魔精中的紫之王子肯定相當了解那裡吧？」阿布都拉焦急地說

「這意味著你所知甚少。魔精被關在瓶子裡時，基本上被禁止踏入鎮尼的領域。如果你的未婚妻在那，我可沒辦法幫你。我誠心建議你，快把瓶子蓋好去趕你的路吧。後面有一整群的駱駝騎士追來了，從南方來的。」魔精誠懇地說。

阿布都拉往沙丘上蹬去察看，雖然不知道遠方是否是南方，因為在沙漠中無法確認精準的方位。但真如魔精所說，一群駱駝騎士正駕馭著駱駝在沙地中邁開步伐，穩定地朝他奔馳而來。因為距離遙遠，那些駱駝騎士看起來就像立在彼端上的深藍色影點，不過看得出來這些騎士都備有武裝。

「看到了？」魔精升到與阿布都拉等高，然後調侃地說。「他們可能找不到你，

但我認為不太可能。」

「所以你現在必須再幫我實現另一個願望。」阿布都拉回道。

「不行！『一天就是只有一個願望』——你剛剛已經許過願了！」魔精說。

「哦，這道輝煌無比的紫霧啊，我剛剛的確已經許了一個願。」阿布都拉絕望且迅速地同意魔精的說法。「但那個願望你無法實現。而且我清楚地聽到你說：『擁有我的人，我每天非得為他實現一個願望。』這一點，你根本還沒做到。」

「老天保佑——」魔精只好厭煩地說。「我眼前的年輕人竟然是位自以為懂法律的門外漢[1]呢！」

「我當然是！」阿布都拉有些激動地直接反駁。「我可是參吉的公民，住在參吉的每個孩子，從小就知道要捍衛自身權益，因為只有自己能夠隨時保護自己。因此，我主張你可還沒有『實現』任何一個願望，剛剛我所提的願望不算數。」

「你這根本就是詭辯，你已經許過願了。」魔精雙手交叉，在他面前優雅地晃動身體。

「但你就是沒有『實現』啊！」阿布都拉繼續辯解。

「你剛剛向我要求一個不可能實現的願望，我起初根本不知道那沒辦法實現，因此那可不是我的錯。」魔精繼續說。「我反而可以帶給你一百萬個美麗女孩；如果你特別偏愛綠頭髮的女孩，幫你帶來一條美人魚也不成問題。嗯？還是說，你不會游泳？」

在他們還在激烈辯駁的當下，奔馳中的駱駝騎士們已經越來越接近他。阿布都拉匆忙地說：

「你想想！這位純潔、深紅色的魔法珍珠啊，請你敞開胸懷聽聽我的意見吧。如果那些駱駝騎士抵達這裡，肯定會把你搶走，帶回去交給蘇丹。每天，蘇丹肯定會逼你做很多事情，比如說向你要求一群軍隊及許多武器，不然就是叫你為他驅逐敵人；或者，如果那些騎士把你占為己有——這絕非不可能，因為不是所有人都相當忠誠，你肯定會被那些人當作萬能願望機，甚至每支軍隊中的每個人都能許願。我剛講的可能性，無論是哪一個，肯定都比為我效勞還要苦，因為我的願望請求相較他們，根本都是小問題！」

「真是講得理所當然！」魔精繼續說。「雖然你講得有憑有據，不過你曾經是否這樣想過？蘇丹與他的手下能提供我多少大鬧一場的好機會？」

「大鬧一場？」阿布都拉繼續問。他焦急地看向快速接近他們的駱駝身影。

「我可從沒說過『我是為了任何人好而實現願望』之類的話。」魔精繼續說。「其實，我曾發誓，要讓那些試圖許願的人，得為他們的言行受到應有的懲罰。比如說，就拿昨天那些盜賊舉例好了，他們昨天深夜就被那些趕來追人的駱駝騎兵發現了，就因為他們許願時可是挪移了蘇丹的餐點。現在，他們全被押送回監獄了，而且可能還有更慘的下場。」

「你不幫我實現願望的話，才是『大鬧了我一場』！我可與那些盜賊不同，我不應該被如此對待。」阿布都拉說。

「那就算你衰。我們兩個都是如此，不是嗎？所以我就該被關在魔精瓶內？」魔精問道。

駱駝騎士們已近在咫尺，阿布都拉能聽見遠方傳來的喊叫，還看得見他們已經將武裝預備好。他急切地說：

「那我預支明天的願望！」

「嗯，這是個好辦法。」魔精同意了，這實在在阿布都拉的意料之外。「所以，你的願望是？」

「把我傳送到能幫我找到夜花的人附近，而且是離這裡最近的。」阿布都拉往沙地跳下，撿起魔精瓶，然後又對在他頭上湧動的魔精補上：快！

「真奇怪，我的占卜能力一向很出色，但我實在對這件事毫無頭緒。」魔精看起來有點困惑地說。

說完，隨即子彈的彈道就開始往他們而來，射進了沙地。阿布都拉只能帶著魔精在沙漠中用雙腿狂奔著。魔精在風的吹動下，像是一團正在扭動著的紫色燭火。阿布都拉朝魔精大喊：

「快點帶我去找那個人就對了！」

「也只能這樣了。或許能知道些什麼線索。」魔精說。

地面開始在阿布都拉奔跑的身影周圍高速旋轉。過沒多久，腳下的土地朝他飛馳而來，他像是在慢跑般邁開腳步跨過。阿布都拉的步伐再加上周圍變幻的速度，使周遭的一切都陷入一片模糊。只有他手中從瓶口飄浮出來的魔精保持悠然的狀態。

阿布都拉此時發現正在奔馳的駱駝騎士們早就被拋在後方，因此笑了出來，持續向前行。他如魔精般平靜，也在涼颼的風息中重新體會雀躍感。他跑了一段時間後，周遭的一切都停了下來。

阿布都拉站在一條鄉間小路的中央，他需要一點時間重整呼吸，也需要一點時間才能習慣新的環境。他感到周遭涼爽無比，硬要說的話，就跟參吉的溫暖春天差不多，但明亮度卻不太一樣。雖然這裡的藍天之下，有著陽光燦爛的氣息，但卻比阿布都拉熟悉的參吉還要更溫和，也不刺眼。也許是因為路旁那些茂盛的綠樹，使周遭都被綠蔭覆蓋其中，又或者是因為長滿綠意的原野的緣故。

阿布都拉的眼睛習慣眼前的情景後，於是四處張望，找尋那位他所要找的人。

但他所能看見的，只有轉角某間矗立於林間的小旅店。這旅店給阿布都拉的第一印象非常糟糕，它是用木材和漆成白色的灰泥建造而成，看起來與參吉中最貧困的貧民區並無二致。旅店的屋頂用鋪得密實的草皮覆蓋著，令人感受到這間旅店的老闆只能負擔得起這種屋頂材質。路旁種植的那些紅黃交雜的花叢看起來就像是某人試圖美化這裡的方式。旅店的牌匾則掛在花叢間的支柱上搖曳著，牌匾上還畫著一頭看起來就像是出自三流畫家之筆的獅子。

阿布都拉此時低頭看著魔精瓶，想將魔精瓶蓋好。但突然感到一股不愉快襲上胸口。因為他發現軟木塞不見了，不知道是落在沙漠裡了，還是掉在剛剛走來的路旁了。好吧，反正沒差。他如此想著，就近地盯著魔精瓶然後問道：

「能幫助我找到夜花的人在哪？」

一絲輕煙從瓶中竄出，在這片奇異土地的陽光之下，他身體上的藍色似乎比平時還要更深了：

「獅子前面有張長椅，他就在那椅子上睡覺。」輕煙不耐煩地回答，立刻又縮回瓶內。接著，魔精空虛般的聲音從瓶內傳出：

「他讓我為這趟旅程提起興致了——他全身都散發著名叫『謊言』的味道。」

註1　原文為 coffee-shop lawyer。

第九章　阿布都拉遇見士兵

阿布都拉往旅店門口靠近。他近看才發現，就如魔精所說，真有個人在旅店外頭的木椅上打瞌睡。旁邊也擺著一張餐桌，似乎也有供應著不少食物。阿布都拉悄悄地坐在了桌子後方的長椅空位上，頗有疑慮地參詳著眼前還在打瞌睡的男人。

這個人看起來就是個徹頭徹尾的痞子，就算是在參吉或親眼看過沙漠中的盜賊，阿布都拉也沒見過如此之人。那人古銅色的臉龐可以感受到盡是謊言的氣息，一旁的大行李還讓阿布都拉起初以為他是位補鍋匠，但他臉上的鬍子卻刮得相當乾淨，因此阿布都拉推斷此人並非是這樣的人。

阿布都拉自認所看過的人之中，唯一不蓄鬍的男人只有蘇丹手下的那群北方傭兵。這人身上的衣服看起來像是某種破舊的制服，或許也真有可能是一位雇傭兵。除此之外，他的髮型也像蘇丹的士兵那樣，往身後結成一辮雙髮辮。這種流行髮型令許多參吉人覺得相當噁心，而據傳聞指出，這種綁辮法在紮成之後，從來都不會解開來梳洗。他看向對方那往座位後方垂下的雙髮辮，真心覺得那傳聞大概是真的，因為這人身上除了辮子之外的部位沒有一處是乾淨的。雖然他看起來身強體壯，但年紀並非處於青漾年華，因為被汙垢覆蓋之下的頭髮已透出鐵灰色。

阿布都拉對於是否該叫醒他而感到猶豫，因為眼前的這個人看上去一點也不可靠，也不知道是否能信任；魔精先前也說過，自己替擁有者實現願望之時，同樣也會引發負面影響。阿布都拉思索著，這人也許能幫我找到夜花，但他肯定會在未來的某一刻搶劫我。

阿布都拉還在遲疑之時，一名身穿圍裙的女性出現在了旅店門口，可能是要確認外面是不是有訪客。那中年女性身穿的衣服使她像一只沙漏，中窄，上下卻寬敞。

阿布都拉看不太慣這種異國造型，甚至並不喜歡。那女性看見阿布都拉後立刻開口：

「啊！這位先生，你要點餐嗎？需要服務的話，可以敲敲桌角，這裡的人都習慣這麼做。你想要什麼呢？」

她說話的粗魯腔調與那些北方傭兵一樣。阿布都拉自此總歸出了這裡到底是哪的結論——就在那些傭兵的故土之上。他微笑地向她詢問著：

「這位在街頭閃爍的珠寶啊，你們能提供什麼呢？」

種種跡象顯示以前沒人稱呼過她是珠寶，因為她整張臉都紅了，而且還一邊傻笑，一邊以手拉扯著圍裙一角。她回道：

「好的。我們現在有麵包和乳酪，但晚餐也正在準備中。這位先生，如果你願意再等半個小時，就能嚐嚐用我們自己種的當季蔬菜搭配製成的野味派[1]。」

阿布都拉覺得這聽上去感覺就非常美味，沒想到這間有著草皮屋頂的小旅店竟然能提供比他預期更好的餐點。

「哦，這位如花貌美的旅店之花啊，我相當願意為此等半個小時。」阿布都拉回答。

「那麼這位先生，你在此等待之時，想要喝點飲料嗎？」對方笑問。

「當然好啊。」阿布都拉回答。即使他已經離開了沙漠，依然感到口乾舌燥。

「能不能請妳給我一杯雪酪？沒有雪酪的話，果汁也可以。」

「喔！這位先生，我、我們這的人不太喜歡喝果汁，你說的叫做『雪酪』的飲料，我也沒聽過。不然——來杯很讚的啤酒？」她看起來有點擔憂。

「什麼是……『啤酒』？」阿布都拉小心翼翼地問。

女人一時語塞，不知該怎麼回答，只好有點結巴地說：

「我……這個……那是……」

此時，在長椅上的那名男人醒了。他打完哈欠後開口：

「啤酒就是最適合男人的——最棒的飲料。」

阿布都拉轉身，再次看向他。他感覺自己陷入那雙圓潤又清透的眼睛之中，那雙藍色的瞳孔並沒有散發出謊言的氣息。

「就是用大麥跟啤酒花釀造的一種飲料啦。」男子說完後，又接著向女人補充。

「旅店的女主人，我順便跟妳點一品脫的啤酒。」

「我說過了，連錢的影子都沒看到，我是不會賣東西給你的。」女店主立刻變臉。

不過那男人卻不怎麼在意。他那雙藍眼此時與阿布都拉的視線交會，讓人感到有些哀傷。他嘆了氣，然後從旁邊拿起一根長長的白陶菸斗[2]，朝內裝入菸草後並點燃。

「那麼，這位先生，來杯啤酒可以嗎？」女店主詢問阿布都拉時，又恢復了笑容。

「這位如此盛情款待的女士，那麻煩妳準備了。另外，也給旁邊這位先生來一杯。」阿布都拉回答。

「好的，先生，馬上來。」她向紮著辮子的男人投以強烈不滿的眼神，便回到旅店內。

「你人真好，從外地來的？」男人對阿布都拉說。

「這位令人崇敬的流浪者啊，我是從遙遠的南方來的。」阿布都拉鄭重地回答。

他還記得這男人熟睡時，看上去充斥著一股令人難以信任的感覺。

「國外來的？是嗎？我想肯定是的，因為你都曬得那麼黑了。」那男人說。

阿布都拉認為眼前的這傢伙肯定在釣自己的身家資訊，然後評估他是否值得搶劫一番。因此，他對這傢伙好像沒打算繼續問下去而感到驚訝。

「你知道的——我也不是當地人。」男人從那粗陋的菸斗裡吹出一大片的煙霧後繼續說。「我是來自斯坦蘭吉亞的老兵。因格利在戰爭中打敗我們之後，我因此拿到了一筆遣散費後就變得可以到處遊山玩水了。不過你也看到了，在這因格利王國中，許多人還是會因為我穿的這身制服而有偏見。」

這男人說的話是故意在女店主面前說的。因為女店主正巧端著兩大杯正在冒泡的褐色液體。不過她什麼也沒說，只是將其中一杯大力地壓在男人面前的桌上，另一杯則細心緩慢地在阿布都拉前方放下：

「晚餐還要半小時，這位先生，再麻煩你稍等一下。」

「那麼，乾杯！」老兵朝阿布都拉舉杯說道，然後深深地猛灌酒。

阿布都拉非常感謝這位老兵，因為他的緣故，阿布都拉終於知道自己現在身處名為「因格利」的國家中。

「乾杯。」他也回敬道。

阿布都拉遲疑地拿起杯子。對他而言，這杯褐色液體簡直就像來自駱駝膀胱裡的「那種液體」。他聞了一下，杯子裡散發出來的味道並沒有消除他剛剛產生的那種差勁的第一印象。不過，他實在太渴了，只好不情願地嘗試喝一口。好吧，至少是能喝的。

「好喝吧？」那位老士兵問。

「哦，這位上尉先生，喝起來……挺微妙的。」阿布都拉說著，努力不讓自己打顫。

「真有趣，你竟然叫我『上尉』。」士兵繼續說。「我當然沒當過上尉，我的軍銜最高只到下士。我雖然經歷了許多，而且也有機會升遷，但在輪到我之前，斯坦蘭吉亞就捲入戰爭了——真是一場可怕的戰爭，不是嗎？我們還在準備進軍之時，敵人就出乎預料地迅速阻擊我們。我的意思是，至少一切都結束了，再為已成定局的事煩惱也沒有任何意義，不過我還是得說幾句——跟因格利人打這場戰爭從一開始就不公平。他們有巫師在，簡直躺著也會贏。我這些話的意思則是，像我這種普通人要怎麼跟會魔法的人對抗？根本沒有贏的可能性！還是要我告訴你，我們那場戰爭中怎麼計劃接下來的事？」

阿布都拉終於知道這次魔精在哪一點上捉弄他了——眼前這人，本該幫助他的男人，擺明就跟雷聲突然轟然而下同樣令人煩躁。他堅定地說：

「這位最英勇的謀略者啊，我完全不懂軍事。」

「又沒關係，你聽我說就好。」士兵興高采烈地繼續說。「我們那時被因格利擊敗了，然後我們逃亡——不管了，往各地逃就對了。因格利征服了斯坦蘭吉亞並佔領了整個國家。至於我們的王室成員嘛，願神保佑，他們也跟我們一樣開始逃亡。然後，因格利國王準備讓他的弟弟登上我國的王位，有些謠言甚至還說，這位王子會合法地與我國的碧翠絲公主結婚，進一步鞏固他的地位。但幸好公主與整個王室家族一起逃走了，我真心希望她能活久一點。不要被抓到更好。話說回來，這位新王子也不壞，他給了斯坦蘭吉亞軍隊每人一筆遣散費後，才解除武裝、解散我國軍隊。想知道我怎麼用這筆錢嗎？」

「如果你想說的話，這位勇敢的老將啊，當然沒問題。」阿布都拉勉強忍住想哈氣並打瞌睡的念頭，禮貌性地回答。

「我想看看因格利。在找到我的定居地之前，我想在這個征服我們的國家內四處走走。遣散費是相當多的一筆錢，我會用我的方式好好理財。」士兵說。

「真是恭喜你。」阿布都拉說。

「遣散費有一半都是金幣。」士兵說。

「嗯！」阿布都拉回道。

此時，有幾位像是當地人的旅店客人正好進門，這讓阿布都拉能鬆懈一下了。這些人有絕大部分都是農夫，身著骯髒的馬褲及古怪的罩衫。那種裝扮讓阿布都拉想到自己的睡袍及笨重的靴子。他們看上去相當愉悅，一邊高聲談論著自己的作物有多麼豐收，一邊敲打著桌角並要求趕快送上啤酒。女店主及身材矮小、眼神彷彿在閃耀的店主正到處拿著托盤，進進出出地送酒，因為自從那些人進門後，陸續又有更多的客人進門。

結果阿布都拉反而不知道該說終於能夠放鬆了，還是該說懊惱，又或者還是被逗樂了——士兵立刻因那些人而對阿布都拉失去了興致，跑去搭訕那些新客並互相聊開了。那些客人似乎並不覺得他很無趣，似乎也不擔憂他曾是敵兵的這個身分，其中一位甚至請他喝了更多杯啤酒。新客人陸續進來，而那位士兵受歡迎的程度更加熱切了，連帶著他面前的啤酒杯也越來越多，甚至可以在他面前擺成一整排了。最後連晚餐都有人替他買單。就算與老兵之間隔著一整群的人，阿布都拉還是一直聽到從裡面傳出來的囈語：

真是一場偉大的戰鬥……你們的巫師實在太強了……有沒有看到……我們的那些騎兵——左、右翼被整個包圍了……把我們追到山上去……我們這些步兵被擊退……搞到像兔子那樣到處跑跳……那人，不是個壞人……把我們集合起來……付了我們……遣散費

於此同時，阿布都拉雖然沒有再叫任何的餐點過來，女店主還是替他端來一盤溫熱的菜餚及添上啤酒。他依然覺得口乾舌燥，因此對能喝到啤酒感到開心。而這頓像蘇丹晚宴的晚餐美味至極，以至於他好一陣子就為了享用眼前的食物，根本沒

有理會那位士兵。待阿布都拉再次望向那老兵之時，他正低下身子檢查他那些空盤子，那雙藍眼透露著一股真誠無比的熱情。他甚至將桌上的酒杯及盤子挪開並以此當作棋子似的，向那些鄉村農夫及聽眾講解有關於因格利攻打斯坦蘭吉亞的戰役中所有的一切細節。

過沒多久，士兵連杯子、叉子都拿來當作棋子之類的替代物，鹽罐及胡椒罐則被他用作扮演斯坦蘭吉亞國王與將軍們，搞得沒有任何物體可以拿來當作因格利王國的國王、國王的弟弟及巫師了。而這件事並沒有因此困擾著他，他打開綁在腰帶上的袋子，從中拿出了兩枚金幣及幾枚銀幣就當作因格利的國王、巫師及將軍們，丟在桌上時還發出響亮的敲擊聲。

阿布都拉認為他這種作法無疑就是蠢斃了。因為這兩枚金幣可造成了不小的騷動與呼聲。隔壁桌邊的四位長相粗獷的年輕人立刻轉過來看，對此感到極度有興趣，結果士兵沉浸在自己的戰役解說之中，根本沒有發覺。

圍在士兵身邊的人最後都起身，回去忙他們該做的事，而士兵打算跟他們同步動身起行，一邊將袋子甩到肩上當作背包，一邊從最頂端的內袋中掏出一頂骯髒的軍帽並戴上，然後順道在起身之時，詢問前往最近的城鎮的路該怎麼走。當眾人都搶著你先我後，大聲地向他解釋最佳路途之時，阿布都拉也正準備找女店主將帳結清，結果她正巧抽不出空檔幫阿布都拉結帳。待她忙完後準備替阿布都拉處理帳單時，士兵早已消失在外頭街道的轉角處。

阿布都拉並沒有因此感到遺憾。無論魔精認為那位士兵能幫到他什麼，他再也不需要了。他對這一次自己的心之所向與命運的巧合雷同感到開心。

他也不可能擁有如同那位士兵的傻勁，當然是用自己身上所擁有的最小幣值的銀幣將帳款結清。即使只是一枚銀幣，在這段地帶都算是一筆不小的錢，女店主只能回到旅店內將零錢找出來給阿布都拉。他在等女店主回到面前時，碰巧聽見那四位粗獷的年輕人緊密地交談要事。

「如果我們從那條舊馬道切過去，能在山頂的樹林中攔截他。」其中一個人說。

「然後躲在馬道兩旁的樹叢內，我們就能包夾他。」另一個說。

「記得錢得平分成四人份啊。因為他肯定有更多金幣。」第三位堅持道。

「我們得先確定他死了再說，不然他會傳出去。」第四個說。

他們一致通過這項搶劫方案，於是起身便打算離開。女店主此時正急忙地捧著兩手滿滿的銅幣來給阿布都拉。

「這位先生，希望我沒找錯錢——南方鑄的銀幣在我們這裡相當少見，因此我得先問我的丈夫，有關於你的銀幣的幣值是多少——他說你國家的一枚銀幣，等同我國的一百枚銅幣，那麼你今天的費用是五枚銅幣，我得找……」女店主說。

「願上天祝福妳。這位旅店菁英、天上啤酒的釀造者。」阿布都拉急忙應答，趕快將女店主手中遞來的其中一手滿滿的銅幣推回去給她，回絕了與女店主多聊一點的機會。

阿布都拉來不及將銅幣都好好收著，只好趕快收拾，留下身後愣住的女店主就急忙追上那位士兵。雖然那士兵是個無恥又只會依賴別人的無能者，又是個令人煩躁的臭傢伙——即使如此，阿布都拉也不覺得他得因錢財而被謀殺送命。

註1　原文為game pie。一種以被狩獵的動物肉為主原料的派。最早發源於羅馬時代，後在十六世紀傳入西方國家，並在十九世紀於英國維多利亞時代達到鼎盛，且為貴族們所喜好。有各種不同的變體配方，但核心配方是各種動物肉製成的，包含了鹿肉、雞肉、牛肉、鴿肉及鵝肉等其他動物肉類。一路發展到二十世紀成為中產階級或更下層階級也能嚐一口的美食，現今成為了許多餐館或英國人民都能吃上的菜餚。

註2　原文為white clay pipe。指一種白黏土燒製而成的菸斗，這種菸斗並不耐用。在歐洲的幾支主要河流中都有發現此種黏土原料（白灰泥），英國則主要從泰晤士河出產。

第十章　血與鬥爭

阿布都拉上路後，發現自己無法加快步伐。在因格利王國涼爽的氣候下，他又一動也不動地坐著，現在不只是渾身僵硬，也因為前日長時間行走的影響而讓他的雙腿疼痛不已。

左靴的內袋除了磨傷了他，也使腳上形成了相當嚴重的水泡。光走了大約一百碼的路程就使他快走不穩了，但他擔心那位士兵，所以還是吃力地持續行走，維持著路程上的推進。經過好幾間草皮屋頂的房屋，再從村莊離開，在他眼前的路如同水流一樣展開。那位士兵就在路途的前方，正沿著路線往較高拔的地方走去，似乎走到最後就會抵達方才無意間聽到的伏擊地點。阿布都拉只好繼續跛腳前行，努力加快速度。

令人煩躁的藍煙從在腰旁搖曳的瓶子冒出。

「你一定要用這種方式趕路？」那藍煙說道。

「沒、錯——你建議的、那位助我之人，現在、反而需要、我的幫助。」阿布都拉氣喘吁吁地說。

「哼。」魔精繼續說。「我現在終於能理解你在想什麼了，看來誰都無法阻止你腦袋裡那些對人生的浪漫奢望，我猜你下次許願可能就是需要一副閃亮的盔甲。」

由於士兵的行走速路並不快，因此阿布都拉才能縮短兩人之間的距離，然後進入了迎來眼前的不遠處的樹林。不過自從進入樹林後，路因為需要讓用路人方便行走而改得蜿蜒，本來在前方的士兵因而從他的視線範圍內消失了，直到阿布都拉緩慢地繞過這段山路的最後一處轉角處時，他才看見士兵出現在眼前極近之處。此時，那幾位意圖搶劫士兵的年輕人選在這個時機展開伏擊。

那群伏襲之人的其中兩位各從山路兩側跳出來，想要直接將士兵的背部壓制，準備將他壓在地上。剩下的兩人則從正面迎擊士兵。眼前的打鬥持續了一段時間，即使阿布都拉相當猶疑，因為在他的人生中，他從未打過任何人，最後他還是出面幫忙。

當阿布都拉靠近之時，一連串的奇蹟突然出現。起初從山路兩側伏擊士兵的人朝反方向，像是往外飄，直接飛了出去。其中一位的頭部直接與樹幹來了個親密接觸，已毫無戰鬥能力；另一位則四肢張開，成大字型地癱在地上。而正面迎擊士兵的那兩人，其中一位正在加倍思考著如何擊倒士兵時，就被同時擊中，他似乎被擊中了腹部而跪地倒下。而最讓阿布都拉感到驚嚇的是，剩下的最後那位竟然被擊飛，勾到樹枝，受到了降落時的衝擊而昏過去。

此時，跪地倒下的那人自己起身，掏出了一把長形的窄刃刀就朝士兵衝去。士兵直接掐住了那人握刀的手腕，努力壓制住刀刃的攻勢，兩方陷入了僵持中。阿布都拉有自信地認為局勢將會倒向士兵那一方，僵局會破局。當他正在想著，原來擔心士兵根本是多此一舉之時，倒在士兵身後的那傢伙也起身並手持一把細刀[1]並刺向士兵的背部。

阿布都拉見狀，趕快採取了緊急措施——他跳上前去直接用魔精瓶往那人的頭部硬生生地敲下去。

欸！魔精似乎感受到痛一樣叫出聲，而被敲中的那傢伙像是被砍倒的橡樹，直接倒在原地。

聽到那一聲清脆的敲頭聲後，無論他的手裡是否還忙著捆綁另一人，士兵轉身過來察看。阿布都拉急忙地往後跳開，他對於那士兵轉身的速度感到警戒，也對那雙拳頭的氣勢感到退卻，因為這士兵現在簡直就像是雙手持鈍器的殺人高手。

「這位勇敢的老將啊，我聽見他們正在討論如何把你殺了，所以我趕來警告你的，又或者提供協助。」他飛快地解釋。

阿布都拉發現士兵始終瞪著自己。他的雙眼還是保持著湛藍色，卻不再流露天真的氣息，即使在參吉的西城市集裡，那都可以說是相當英敏的眼神。那雙眼細細打量著阿布都拉全身上下，所幸一切如常，沒有異狀。

「真是謝謝。」士兵說完，轉身就朝他綁起來那人的頭部踹過去，讓他停止掙扎。如此一來，這四人都被橫掃倒地了。

「我們或許，應該要通報保安官。」阿布都拉提議。

「有什麼用？」士兵反問回去。

那士兵回答完後，低下身，就像是老手般翻找那位被他一腳踹頭的人的口袋，然後掏出一堆銅幣。這讓阿布都拉有點吃驚，因為士兵對這種結果竟然露出了得意的笑容，還將銅幣往自己的口袋裡塞去。

「可惜，這是把腐朽的刀。」士兵說完就將那把刀弄斷。「你人既然在這，幹嘛不去搜一下被你打倒的那人？剩下的兩個交給我，我猜你那邊應該會搜出幾枚銀幣。」

「這是什麼意思？這國家有規定可以允許『搶劫盜賊』嗎？」阿布都拉疑惑地問。

「我從來沒聽過有這種規定，但我還是打算這麼做。不然我怎麼會在旅店掏出我的金幣？這世道就是會有幾個壞人想要搶一個笨老兵，而且這些壞人自己明明也有錢。」士兵平靜地說。

士兵走到另一側的路邊，在從樹枝掉落下來的那人身上搜身。阿布都拉雖然還是非常猶豫，他不知道自己是否也要做這種令人感到不悅的事，但還是跟士兵一樣彎下腰，從被他用魔精瓶敲暈的人身上搜刮財產。現在，他對這士兵已經改觀了，因為眼前的士兵竟然能獨力抵擋四名要搶劫他的刺客，從這點來看，無論如何，與他友好交流肯定比與他為敵好多了。阿布都拉從被他擊暈的人身上搜出三枚銀幣，不過他想折斷那人遺留下來的那把細刀。

「啊，不——那可是把不錯的刀，你自己留著吧。」士兵勸他。

「我老實說，我完全沒用過刀。」阿布都拉將刀丟給士兵後，補充說道。「我是和平主義者。」

「那你在因格利肯定活不了幾天。」士兵繼續說。「刀就留著，你就算只是用來切肉也行。反正我的背包裡還有六把更好的刀，也是從不同地方的壞傢伙身上搶來的，我用不著你那把。那幾枚銀幣，你也留著。我掏出金幣時，你根本也沒有任何興趣，我猜你身上不缺錢吧？」

這人也太敏銳了吧。阿布都拉一邊如此想著，一邊將銀幣收好。

「我可沒不缺到眼前有錢卻不拿的程度。」阿布都拉說。

反正錢都拿了，那乾脆也敲詐一下那人靴子上的鞋帶吧。阿布都拉將鞋帶抽下來，然後將他腰帶上的魔精瓶牢固地綁起來。不過被阿布都拉搜刮的那人正在掙扎，還發出呻吟。

「他快醒了，我們最好趕快離開。」士兵繼續說。「等他們醒來，接著就會到處瞎掰說是我們先襲擊的，因為他們是當地人，而我跟你都是外國人，所以這裡的居民也只會相信他們。要是你也贊同我說的，你最好跟著我穿越這座山抄近路走。」

「這位最溫柔的戰士啊，我同意你，如果我能與你同行，那我會感到光榮。」阿布都拉回答。

「我沒差啦。」士兵繼續說。「路途中有個不用什麼心機的旅伴，生活有點新意也不錯。」

士兵說完就從某棵樹後方拿出了他的背包跟軍帽。原來在他開始應戰前，似乎就做好準備，還有餘力將他的私人物品給藏好。接著，士兵領著阿布都拉進入樹林。

他們安全地在樹林中徒步前行了一段時間。士兵的行進方式讓阿布都拉難以適應，因為他的步伐輕快又不費多餘的體力。眼前的路明明就是上坡，卻像是在走下坡路。阿布都拉的左腳還是相當疼痛，因此只能緩慢地跛腳行進。

士兵見狀，於是在前方的高地緩坡之下的谷地中等阿布都拉。

「那雙精美的靴子害你受傷了嗎？」他一邊說，一邊放下自己的背包。「你坐在那邊的石頭上後脫掉靴子。我有一些用不到的急救包，應該是戰爭中使用的——我猜啦，反正就是在斯坦蘭吉亞的某處撿到的。」

阿布都拉聽了對方的話，坐在石頭上並緩慢地脫下靴子。他脫下靴子的同時感到雙腳被解放的一種舒適感，但當他看見自己脫下靴子後的腳時，心情再也無法保持舒暢了。那傷口實在是很嚴重，連士兵看了都小小地驚訝出聲，然後在那道傷口覆蓋上一層白色藥膏，就像磁針一樣附著在上面，完全不須包紮。不過阿布都拉起初還是痛喊出聲，隨即就感到患處傳來了陣陣清涼的感覺，感覺輕飄飄的。他忍不住開口問道：

「這也是一種魔法嗎？」

「可能是吧。我認為是因格利王國的巫師製作並供應給他們的軍隊使用的。好了，穿鞋吧，現在可以走了。趁那些臭傢伙的父親們騎馬來追我們之前，越快遠離這裡越好。」士兵回答。

阿布都拉將靴子小心地穿上。他只覺得，那藥膏肯定是用什麼魔咒製作而成的。現在，他那隻腳感覺起來就跟沒受過傷差不多，而且還能跟上士兵的步行速度。當然，這樣是最好的，因為士兵根本沒有停下來，一直前行著。待到後來，阿布都拉覺得到目前為止所走的里程數都幾乎與他在沙漠所走的路途匹敵了。不過，他也常常慌張地回過頭察看，害怕後方有騎士追上來。他倒是學會了自己安慰自己，至少，現在追著他的動物變成了馬，不再是駱駝了。當然，如果完全沒有任何追兵才是最好的。不過，他也突然發現一件事，他還住在參吉之時也是同樣的狀況，他父親大房那邊的親戚自父親過世後，就一直強逼著他不放，也算是一種「追趕」吧。他對自己從前沒能發現這點感到有點生氣。

過了一段時間後，因為他們抄小路的關係，已經算是爬到了較高海拔的地帶，原先的林間景象轉而變成灌木叢、岩石及荒地滿布。

夜幕快要降臨之時，他們已來到山稜的最高處，腳邊都是一些從岩縫中絕境重生而冒出石縫，又擁有強烈氣味的植物群，不然就是一大片的岩石。士兵在前方沿著大型岩石間的夾縫往前艱難地行走時，阿布都拉在心裡想著：這裡真像是另類的沙漠，根本不可能找到什麼能當作晚餐的食物嘛。

沿著山間夾縫中走了一陣子，士兵突然停下來，然後放下背包：

「你幫我照看一下行李，這一邊的懸崖上方好像有口岩洞，我上去看看，希望那是個可以過一晚的好地方。」

阿布都拉疲倦地抬起頭察看著。離他們的頭頂上有一段距離的高處岩壁，看起來的確有個黑暗又向外的洞口。不過就他們在底下看上去，那邊似乎冷又堅硬，就算心裡不想在那過夜，他還是覺得至少比躺在岩石上好多了。他擔心地望著士兵，只見對方輕鬆地交互換手、換腳，迅速地攀岩並抵達洞口。

接著，在下方的阿布都拉聽見上方傳來類似瘋狂輪轉的金屬滑輪的聲音。只見士兵從洞裡向後跳，用一隻手掌護住了自己的臉，還跳得太過後面而差點摔下懸崖。所幸，他伴隨著其他被他不小心踢落的碎石一起滑落岩壁，還一邊在口中碎唸有詞。

「有野生動物！我們還是往前走吧！」士兵喘著氣說。

阿布都拉發現他身上有八道血流不止且又非常長的抓痕，其中的四條抓痕起自額頭，然後一路劃過他的手臂、臉頰及下巴；另外四條抓痕則是劃破了他的衣袖，從破掉的衣袖中可以看到，手腕及手肘都被抓紅了，所以正在流血。幸好他及時用手掌擋住了臉，至少沒有失去任何一眼。不過士兵看上去受到不小的驚嚇，阿布都拉見他發楞，只能撿起他的行李並帶著他繼續向前走。阿布都拉此時感到相當慌張，也只能加快速度持續走著，他可完全不想見到任何有能力傷害到這位士兵的動物。

他們又沿著岩壁夾縫地帶走了一百碼，正巧抵達了盡頭。夾縫地帶的盡頭相較剛剛的山洞，正巧是完美無比的紮營點。他們現在已到了山的另一側，如果往外瞧，眼前的情景還能俯瞰底下、眺望遠方，西沉的夕陽賜予大地朦朧般金色、綠色交雜的一層面紗，形成一幅畫般的美景。這座山溝的盡頭即是一處寬廣又平坦的片岩，雖然基座有點向上的坡度，上面的岩石又將整個傾斜的片岩給蓋住了，簡直就是另一座山洞。不過比這更好的是，有一條小溪流正穿越過許多岩石緩慢地從他們腳邊流過。

這裡的一切條件以紮營點而言實在非常理想，但離那山洞裡的不知名生物過近，以至於阿布都拉可不想在這裡繼續停留。士兵反而堅持要在這裡紮營，因為他現在是受傷的狀態。士兵倒在一處能好好倚靠的岩石邊，然後從巫師的急救包裡拿出藥膏。當他在傷口上塗藥膏時，他向阿布都拉叮嚀：

「點燃火焰，生火！野生動物怕火。」

阿布都拉也只能妥協了。他為了生火，於是到處找剛剛腳邊常見的那些味道濃烈的植物，拿了好幾叢。上方岩壁還有一個應該是老鷹或不知名的生物所築的舊巢，也為生火提供了一堆嫩枝及乾燥的樹枝作為燃料，所以這讓他很快就聚齊了許多薪柴。

士兵擦好藥膏後，隨即拿出一盒火絨盒，然後在一些傾斜的石堆中生起一小撮火。火焰像正在快樂跳舞那般跳動著，味道聞起來則像阿布都拉平常在攤位常常使用的薰香的香料。味道與灰煙從山溝中向外飄散，然後渲染了他們頭頂上正要落至山頭的夕陽。如果生火能嚇阻那住在山洞內的不知名生物，那在這裡紮營就堪稱完美了。為什麼只能說是堪稱完美？因為他們走到現在，已經走了好幾英里，完全沒有任何可以吃的。想到這些，阿布都拉立刻嘆氣。

「要拿這個裝水嗎？除非——」士兵從他的背包內拿出一個金屬罐問阿布都拉，然後他又看向阿布都拉腰帶上的魔精瓶。「你那瓶子內有比水更有用的？」

「唉，並不是這樣的，這只是傳家物，用辛吉斯巴特出產的霧玻璃做的，作為紀念某些回憶而用的。」阿布都拉回答。

阿布都拉當然不想讓士兵這種並非老實的人知道裡面有魔精。

「真可惜。那你就幫忙找一些水回來吧，我來弄晚餐。」士兵說。

因為士兵即將弄點晚餐來吃，這讓在這紮營變得完美無比了。阿布都拉雀躍地奔向溪流。他取了水回來後，發現士兵早已拿出一個燉鍋，正將一些裝滿袋子的乾燥肉及乾豌豆往鍋內倒下去。接著，士兵在鍋內注入水及幾顆神祕的小方塊，再放到生好的火上煮到沸騰。在一段猶如奇蹟似的超短時限內，一鍋燉肉就這樣完成了，聞起來好像非常美味。

士兵將一半的燉肉倒在錫盤，然後遞過去給阿布都拉。

「又是巫師做的嗎？」阿布都拉問道。

「我想是吧，這些也是我在戰場上撿到的。」士兵回道。

士兵拿起燉鍋放到他自己面前，打算就鍋起食，然後他不知道從哪裡拿出兩根湯匙，一根遞給阿布都拉。兩人坐在火旁愉快地享用燉肉，眼前的火正在燒紅，偶爾也會有燃燒的聲響。他們頭頂上的天空緩慢地在粉紅色、鮮紅色及金色間漸行變換，而他們腳下的遠方地面則是一片蔚藍。

「你不常在野外過生活吧？」士兵繼續說。「你身上的衣服很漂亮，靴子也是時髦的設計，但好像有一些新的磨損痕跡。而且我從你的口音、身上的膚色及曬傷來推測——你應該來自遙遠的其他南方國家，對吧？」

「你還真都說中了，這位擁有敏銳觀察力的老兵啊。」阿布都拉謹慎地回答。「我只知道你來自斯坦蘭吉亞，而且還用一種古怪無比的方式在這個國家吃得很開，因為你一路炫富，誘惑沿途的人們來搶劫你……」

「可惡！他媽的才沒有什麼遣散費！」士兵憤怒地打斷他。「無論是因格利，又或者是斯坦蘭吉亞，根本就沒給我錢。我把血與汗都奉獻在那些戰爭之中了，我們這些軍人全都是這樣的，結果，他們只會說些：『好了，各位有志之士，戰爭結束啦，就是這樣，現在和平啦。』說完就叫我們滾蛋，然後又不管我們的死活。因此我告訴自己——好！那就如此！那些因格利人欠我那些我所應得的。一定是因為他們在戰爭中啟用巫師才贏的，利用巫師的魔法優勢在這場戰爭中簡直就是作弊。於是我決定自己賺遣散費，就用你今天看到的那方法，向因格利人討回那些該是我的一切。如果你要說我設局給別人，隨你便。但你都看到了，也質疑我——我只是從那些試圖搶劫我的人身上取錢罷了。」

「的確。但這位高尚的老兵啊，我從未從我的嘴內說出『騙局』兩個字。」阿布都拉真誠地說。「我只是認為這一招相當聰明，只有你才做得到。」

士兵聽到後，情緒似乎稍微平靜下來了。他若有所思地遙望著蔚藍的遠方：

「你看到了嗎？底下那全都是金貝利周遭的原野，我想那應該能讓我大賺不少金幣。不過，你知道嗎？我從斯坦蘭吉亞出發的時候，只帶著一塊只值三便士的銀塊，還有一顆常用來假裝成金磅的黃銅鈕扣。」

「以現在來說，你的確賺了不少。」阿布都拉說。

「我還會賺更多。」士兵彷彿以此向阿布都拉承諾。

他將燉鍋洗乾淨後放在一旁，然後從背包內又拿出兩顆蘋果，將其中一顆遞給阿布都拉，自己也吃了一顆。吃完後，他舒展背部後就躺下，凝視遠方已經被夜幕蓋上的平地。

阿布都拉本來正在心裡想著，那士兵應該在腦中計算自己能賺多少金幣，擬定計畫中。結果士兵一說話，反而嚇到了他。

「我很喜歡在黃昏之時野營。看看現在的夕陽，那光輝簡直美到讓人無法言語。」

眼前的景色的確是美景。雲層從南方疊疊上移，又在各種不同高度的天上飄開，構成一幅紅寶石般的風景畫。阿布都拉看見山巒是紫色的，偶爾也會覆蓋上一層酒紅色，一處冒著煙、橘色的分脊長得像是火山口，還有一口看上去平靜無比的玫瑰色之湖。更遠方躺著島嶼、沙洲、海灣及海岬的身影，沉浸在無垠廣闊的金藍色空海中。他們此時就像在眺望天堂的彼岸或是通往西方的極樂之土。

「你看那邊的雲。」士兵用手指著遠方說著。「那雲看起來很像一座城堡吧？」

的確如此。城堡就像矗立在天上的潟湖般，由數座金色、如紅寶石色及深藍色且令人讚嘆的高瘦高塔排列著。金色的那片天空中穿出一座高塔之中最高的塔。眼前的景象使阿布都拉痛切地想起他被拖往地牢時，在蘇丹的宮殿之中，那朝天而見的雲層。雖然那高塔的形狀跟之前所見不太一樣，卻還是喚起他藏在心底的悲傷，讓他大聲呼喊著：

「哦——夜花，妳在哪？」

註1　原文為 long thin knife。根據情境推測應該是如投擲用的暗器小刀差不多大小的武器。

第十一章　再次失去願望

士兵撐著手肘，轉過來望向阿布都拉：

「你剛才說的是什麼意思？」

「沒事，我只覺得我的人生充滿悲傷。」阿布都拉說。

「說啦！分享一下而已，我都說了那麼多自己的事了。」士兵說。

「說出來你也不會相信。這位最兇殘的火槍手啊，我的悲傷遠超出你所感受的。」阿布都拉說。

「那就快說啊。」士兵說。

夕陽西下牽動了阿布都拉心中潛藏已久的傷感，所以當他開口述說之時，已然發現講述過去這幾天發生的事並不費力。那座彷彿雲製成的城堡逐漸渲染融化，溶入天上潟湖的沙洲之中；夕陽緩慢地褪去了紫色的外衣，變為褐色，最後變成像士兵臉上癒合中的三條抓痕那般的暗紅色。

阿布都拉向士兵述說了自己的過去，但只挑重點說——他當然沒有講到自己時常幻想的那些夢境，還有最近那些夢竟然轉變成現實的那些私人要事。關於魔精的事，他當然也隻字不提，因為他擔心眼前的士兵會趁自己半夜入睡之時，將魔精瓶偷走後就消失。阿布都拉如此強烈地懷疑士兵，所以並未將事情全盤托出，因此他對於「編造這些事實」感到心安理得。不過，要是將魔精的事情完全隱瞞，也實在難以接續到阿布都拉過去的結尾，甚至是現在。所幸阿布都拉自認將這些事情銜接處理得不錯，因為他在向士兵說那些故事時，營造出一種自己是依靠意志力擺脫鎖鍊和盜賊的氛圍，然後一路獨力向北，來到因格利。

「嗯……」聽了阿布都拉的故事之後，士兵若有所思地向火裡丟了一些散發香味的嫩樹枝，在他們面前的火源可是現在唯一的光源。「你的人生經歷真特別，但我認為這些對你而言都是好經驗。命運揭示你會娶一位公主為妻，而我也有一個夢想。我想跟性格恬靜又善良的小國公主結婚，但這只是我的幻想啦。」

阿布都拉突然想到一個相當棒的點子，他故作鎮靜地說：

「你可以辦到的。我遇到你的那一天就作了個夢，又應該說是我產生了幻覺？夢中有一位紫藍霧形狀的天使，在我面前指著你。這位最睿智的戰士啊，你當時在旅店外頭的長椅上睡覺。他向我說，你在追尋夜花這件事情上能夠幫我許多忙。他甚至還說，如果你辦到了，你就能真的娶到一位公主作為報酬。」

阿布都拉如此說服自己，他認為這種說法就算是以假亂真，也非常像是真的。他提醒自己，魔精逼得他預支了明天的願望，因此後天才能再跟魔精許願。

「你可以幫我嗎？」他望著士兵那張映上閃爍火光的臉，迫切地詢問。「如果你真能得到這份巨大報酬。」

士兵一開始似乎並沒有什麼興趣，也沒有吃驚。他思考一下後才開口：

「我不知道有什麼能肯定幫上你的方法。我話說在前頭，我並不是專門應對鎮尼的專家，他們似乎不曾到過這麼遠的北方國家。我認為你應該要去請教那些該死的因格利巫師，詢問他們為何鎮尼會抓走公主。如果你不介意的話，我很榮幸能幫助你逼問巫師，找出答案。不過剛才你說的公主報酬——公主可不是樹上的果實，一摘就有。現在離我們最近的公主肯定是因格利國王的女兒，不過那可是在遙遠的金貝利。如果你那位煙霧般的天使朋友口中所言即是，那我們最好就繼續走下去，往金貝利出發去看看，而且效忠因格利國王的巫師也在那，就一起處理吧，如何？」

「這超棒的！這位親愛的軍師！」阿布都拉說。

「那就這樣——但我還是要提醒你，我不保證自己能夠幫上你的忙。」士兵說完，接著就從背包裡拿出兩條毯子，然後給了阿布都拉其中一條，建議阿布都拉再添一些柴火並準備入眠了。

阿布都拉解開腰帶上的魔精瓶，小心放在離士兵那邊有點遠的斜岩，也靠自己近一點，再好好地蓋上毯子，準備度過這難以入睡的一夜。這裡的岩石地帶雖然平坦，但卻硬，即使這裡不像沙漠夜裡的低氣溫，因格利王國的濕氣聚集起來，也足以使他周遭的溫度下降，並使他冷得發抖。而且阿布都拉只要一闔上雙眼，就會立刻想到在洞穴內襲擊士兵的那不知名生物，他身為商人的敏銳感官令他感覺那生物就在紮營處周圍繞行，甚至有幾次他睜開雙眼就感覺看到了火源遮蓋的視線縫隙中有動靜。只要發現一點蛛絲馬跡，他就會嚇得起身，然後朝火裡添更多的柴薪，旺起的火焰便照亮了更大的範圍，一再揭示那裡空無一物。他像是被反覆折磨著，最後花了一段時間才真的入睡，但卻作了個地獄般的夢。

他夢見一位鎮尼在接近黎明之時坐在他的胸口。他睜開雙眼，想趕走那位鎮尼，結果發現那根本不是鎮尼，應該就是來自洞穴內的不知名生物。牠伸出巨大的雙前掌就那樣壓著他的胸口，頭部慢慢靠近阿布都拉的臉，朝他怒目而視。那雙眼彷彿內鑲在黑亮又柔軟的皮毛外衣上，兩盞散發深邃之藍的燈源。阿布都拉完全無法形容那到底是什麼生物，就像是巨大黑豹型態的惡魔。

他大叫一聲後趕緊起身。

眼前自然什麼都沒有出現。早晨正巧到來，柴薪也燒光了，餘燼之中微露桃紅之光。士兵看起來就像糊成一整團的深灰色物體，他在火源的另一側輕聲打呼，身上罩著毯子。士兵的身影之後的情景是一片被白色薄霧籠罩的地面。阿布都拉疲倦地朝著火源裡又丟了一些嫩樹枝，然後沉沉睡去。

當阿布都拉再次醒來之時，反而是被魔精風怒般的狂嘯給吵醒。

「快阻止牠！快把牠從我身上弄走！」

阿布都拉趕緊一步起身，士兵也是。此時陽光已經照亮整片大地，因此他們不會看錯或看不到眼前任何的光景。有隻小黑貓正俯臥在魔精瓶旁，也就是阿布都拉剛剛頭部所躺之處。這小黑貓除了好奇這裡之外，不然就是以為瓶子內有食物。牠堅定又小心翼翼地將小黑鼻塞入瓶口。而在小黑貓發亮的黑色頭部邊緣處，魔精散出好幾段藍煙噴湧而出，接著便扭曲成了各種變形的頭部、手及臉的形狀，最後又變回散開的霧狀。

「快救我！」那好幾段的煙霧開始齊聲尖叫。「牠想吃掉我不然就是要對我做什麼壞事！」

但小黑貓完全無視魔精的抗議，牠看起來似乎覺得瓶子裡的氣味相當誘人。

參吉人都不喜歡貓，而且他們甚至覺得，貓跟牠們的食物——老鼠——沒什麼兩樣。所以在參吉生活的人們要是見到有貓靠近，不但會踢牠，而且只要能夠抓到小貓，還會淹死小貓們。阿布都拉朝貓飛奔而去，並瞄準牠使出了一記飛踢。他嘴裡同時大喊著：

「滾！走開！」

小黑貓躍起並躲開了阿布都拉的飛踢，朝上方的岩石上蹦蹦蹬去，然後在岩石上做出警備姿勢，然後一邊哈氣，一邊瞪著阿布都拉。

「牠的聽力倒是不錯。」阿布都拉如此想著，抬頭望向牠。他發現那隻小黑貓的眼睛是藍色的。那麼，昨天夜裡壓在他胸口的就是牠了吧。阿布都拉撿起腳下的一塊小石子準備丟向那隻小黑貓。

「不要那樣做！」士兵阻止了阿布都拉。「牠只是隻可憐的小動物。」

阿布都拉丟出石子之前，小黑貓就從他們的視線範圍小步小步地跳走了。

「那野獸有什麼好可憐的！這位溫柔的戰士啊，那生物昨天晚上可是差點挖掉你一隻眼睛。」阿布都拉說。

「我知道。牠只是在保護自己。你那瓶子內裝的是位魔精？難不成就是那位紫藍煙霧朋友？」士兵溫和地說。

有個到處經銷地毯的旅行商人向阿布都拉說過，大部分北方人都會對動物們異常地投入感情。不過魔精連道謝都沒有，早就消失不見。阿布都拉不悅地轉向走去魔精瓶那，完全無法想像這種狀況竟然會發生。他知道自己現在得像隻老鷹，無時無刻地照看魔精瓶了。

「是的。」阿布都拉說。

「我就知道，我聽說過魔精的事。欸，你過來看一下吧。」士兵彎下腰，小心地撿起他的帽子，臉上還帶著一種古怪而柔和的微笑。

從早上開始，士兵給人感覺到一股不對勁，似乎在一夕之間，給人感覺變得柔和，失去戾氣。阿布都拉無法確認他的異狀是否與受傷有關，但那些抓痕現在已幾乎消失。阿布都拉狐疑地走過去。

一瞬間，一隻貓又出現在岩石上，嘴內發出金屬滑輪般的聲音，全身上下的黑毛都豎起了憤怒、擔憂。阿布都拉沒有理會牠，轉而低頭看向士兵手上的骯髒的帽子中，正有一雙藍眼回瞪著他，粉紅小嘴還持續發出威嚇的哈氣聲。這隻小黑貓晃動著小小的身體，似乎想要從帽子爬出來，為了維持平衡，牠緊張地快速顫動著像是瓶刷的黑色小尾。

「很可愛，對吧？」士兵陶醉地問。

阿布都拉看向在岩石上不斷嘶吼的貓時被震愣了。他再專心地注視，發現那也是隻黑貓，並且還突然開始增大化，結果變成了強悍的黑豹矗立在那，對阿布都拉露出白色的巨大獠牙並咆哮著。

「這位勇敢的同行者啊，牠們八成是跟隨著女巫的某種動物。」阿布都拉嚇得全身顫抖。

「如果牠們真的是，那女巫不是已經死去，就是發生了什麼事。你也看到了，牠們住在野外的洞裡，那隻母貓在夜裡用盡全力帶著小貓來到這。真令人驚訝，不是嗎？牠現在肯定覺得我們能夠幫牠。」士兵說。

士兵抬頭看向那隻還在怒吼的巨大野獸，彷彿沒注意到牠身型變化似地安撫著牠：

「下來吧，親愛的小可愛，妳知道我們不會傷害妳跟妳的小貓的。」

那隻母獸從岩石上一躍而下，讓阿布都拉發出一聲壓抑的尖叫後躲開她，結果一屁股地重跌在地上。母獸那龐大的黑色身體從他頭上躍過去，然後阿布都拉卻發現士兵竟然開始發出笑聲。阿布都拉對此有點不高興地抬頭一看，發現那隻母獸變回了原樣。牠親暱地在士兵寬闊的肩上徘徊，還不時以頰間與身軀磨蹭著士兵的臉。

「哦！妳好棒！小午夜！妳知道我會幫妳照顧小傲慢，對吧？看起來沒錯呢，妳看妳都在呼嚕了——」士兵樂得一直笑。

阿布都拉一臉厭惡地站起身，實在無法忍受，轉身逃離這肉麻的互動情景。燉鍋在昨夜已被徹底地清乾淨，錫盤也清得乾淨到發亮。就算如此，他還是將它們拿去溪流邊再洗一次。內心除了忍受不了外，也希望士兵趕快忘記這些擁有魔法的野獸，稍微想想他們早餐如何處理。

當士兵終於將帽子平穩地放下，然後溫柔地將母貓從肩上抱下時，他只是想到要準備早餐給貓夥伴們：

「牠們需要牛奶，還有一盤美味又新鮮的魚，讓你那位魔精朋友弄一些過來。」

一道紫藍煙霧又從瓶內噴發，那些霧又變成魔精惱怒又猙獰的臉：

「不行！我一天只能實現一個願望，他昨天就用掉了今天的額度了。要魚就去溪流裡自己釣啦！」

那士兵憤怒地朝魔精走去：

「這種深山之中的溪流根本不會有魚。況且小午夜牠要是餓肚子了，要怎麼餵她的小貓。」

「喔，那還真是可憐喔。你這士兵，威脅我是沒用的，有人可許了更毫無意義的願望而變成蟾蜍，你說呢？」魔精反脣相譏。

這士兵真不知道該說他勇敢還是笨，阿布都拉這樣想著。

「你敢對我這麼做的話——無論我變成什麼，我都會打爛你的瓶子！我可不是為了一己之私而許願的人！」士兵大吼著。

「哦，是哦？相較起來，那我更喜歡自私的人。所以你現在是想要變成蟾蜍？」魔精反駁。

藍煙的散布又更加猖狂了，它們形成了魔精的手臂，手臂正準備要架好阿布都拉所害怕的那種手勢。

「好，等等，兩位，停——這位魔精中的藍寶石啊，算我求你。你先不要管那士兵了，你當作你施捨恩惠給我們，再讓我預支一次願望。讓這些小動物們不要挨餓，好嗎？」阿布都拉急忙說道。

「我再說一次，你也要變成蟾蜍，是嗎？」魔精質問阿布都拉。

「如果預言曾說過，夜花注定要嫁給一隻蟾蜍的話——好，你把我變成蟾蜍也無所謂。但在這之前，請你先取來一些牛奶和魚吧。這位偉大無比的魔精啊。」阿布都拉真誠地說。

「又是該死的預言！我可沒辦法與預言抗衡。好，如果你們在接下來的兩天以內都不打擾我，讓我在瓶內安靜待著，我可以實現這個願望。」魔精不高興地旋轉著。

「好吧！」阿布都拉嘆了口氣。浪費了一個願望真不知道未來怎麼辦，真是可怕。

一瞬間，一壺牛奶、一盤鮭魚就出現在阿布都拉腳邊的岩石之上。魔精惡狠狠地瞅了阿布都拉一眼後，立刻縮回瓶子裡。

「做得好！」士兵說。

他說完後就開始大展身手，努力地使用牛奶開始燉煮鮭魚。除此之外，還因為小貓的緣故，細心地重複檢查著自己是否剃掉了魚肉中所有的魚刺。

阿布都拉此時發現，那隻母黑貓一直安靜地舔弄著帽裡的小黑貓，完全沒有發現到剛剛魔精就出現在身邊，結果卻能立刻注意到有一條鮭魚。士兵起先開始處理魚肉準備開始煮魚之時，她立刻就離開了小貓身邊，用消瘦的身體不停來回圍繞著士兵打轉著，似乎正在表達她的著急，不斷地朝士兵喵叫。士兵見狀，也只能一直朝她哄說：

「我親愛的黑色小可愛，快好了，就快好了！」

阿布都拉也只能如此猜想著——貓的魔法與魔精的魔法體系或屬性完全不同，因此他們感知不到彼此。這種狀況之下唯一值得一提的是，鮭魚跟牛奶的分量足夠到他與士兵兩人都還有得吃。母黑貓雖然狼吞虎嚥著，但還是保持優雅的姿態；小黑貓則輕輕用小前掌拍打牛奶的表面，然後不小心打了個噴嚏，才找到最適合他的方式，舔喝著散發鮭魚味道的牛奶。阿布都拉與士兵兩人則享用著牛奶粥及烤鮭魚肉。

吃完這頓豐盛的早餐之後，阿布都拉發現自己看待世界的想法漸趨轉向成正面。他努力說服自己，魔精幫他找到的這個幫手，一定是位好夥伴。而且魔精的個性也沒原來印象中那麼糟糕，不是嗎？他相信自己肯定很快就能見到夜花了，而且，他心中還有一種念頭——蘇丹以及那位沙塵大盜喀布爾·阿克巴，搞不好也不是什麼真正壞到徹底的人。但直到他知道士兵打算將這兩隻貓帶上，跟著他們一起前往金貝利時，他前面所想的那些正向念頭完全被怒氣給消除了。

「這位最仁慈的戰士及體貼的騎士啊，你之前說的那些賺錢計畫呢？你不能就這樣把小貓放在帽子裡，然後這樣去搶劫吧。」他抗議著。

「那種事我不用做了，因為你都已經答應要替我找到一位公主娶為妻子了。何況午夜和小傲慢要這樣留在這荒山野嶺中繼續餓肚子嗎？太殘酷了吧。」士兵平靜地回答。

阿布都拉知道自己肯定在這件事情上無法說服士兵，所以相當不高興。他將魔精瓶綁回自己的腰帶上，在心中向自己保證，再也不會答應士兵任何請求了。士兵將身邊的行李整理好後便熄滅火源，然後緩慢地拿起帽子與捧好帽中的小貓。他就這樣循著溪流流動的方向準備下山，開始行走時還朝午夜吹口哨，彷彿午夜就是狗一樣。

午夜心中也有其盤算。當阿布都拉準備好要跟上士兵時，她直接擋在了阿布都拉準備要前進的路，似乎有什麼事想透過眼神告訴阿布都拉。但阿布都拉自然不會理她並試圖繞過去，繼續他的旅程。午夜見狀，再次膨脹了她的身軀，直接變成比之前看上去還要更巨大的黑豹，再次擋下阿布都拉並朝他咆哮著。這巨大的凶狠身影令阿布都拉被嚇愣了。接著，黑豹朝他撲來，他根本來不及反應，連喊叫都沒機會，只能緊緊地閉合他的上下眼皮，等待那刻不知道何時會被撕開喉嚨的可怕時機。

可惡！我再也不信什麼命運還是預言之類的東西。

一種柔軟的觸感，微弱地踏上了他的喉結周圍，然後一雙腳掌平穩地扳在阿布都拉的肩上，後腳則緊緊地扣牢在他胸前的外衣上。阿布都拉感受到了，因此睜開眼才發現眼前的午夜又恢復成正常大小的貓。那雙藍綠色的眼睛正仰望著阿布都拉，用眼神傳達著：

帶著我走，不然你——

「好吧，這位強大又會變形的貓科動物。但妳最好別再抓壞我衣服上的刺繡了，這衣服可是我最棒的一件。我也得提醒妳，我可以帶著妳走，但我並不願意這麼做，我可不喜歡貓喔。」阿布都拉回答午夜的眼神之意。

午夜冷靜地輕快踏在阿布都拉的肩膀上，然後非常得意地接受了阿布都拉的說法，平衡著身體找到了最佳位置，就整隻坐在阿布都拉的頸部與肩部周圍的部位。

過了早晨，這日剩餘的時間中，阿布都拉持續漫步於山路中。

第十二章　追兵已至

傍晚已至，阿布都拉幾乎習慣了午夜的相伴。

那隻貓和賈馬的狗不同，聞起來的味道是清淨的，而且顯然她很盡母親的本分。只有需要餵養小貓時，她才會從阿布都拉的肩膀落下。如果不是因為阿布都拉每次被她警戒，她便會突然變得相當巨大，不然阿布都拉認為過沒多久，自己本該能夠忍受和午夜作伴的。說到那小傲慢啊，阿布都拉承認，牠的確迷人又可愛。他們一行人停留吃午飯時，牠還會把玩士兵的雙髮辮尾，甚至晃動牠微小的身軀試圖追趕著蝴蝶。接下來一日所剩的時光中，牠都窩靠在士兵的外套上胸處，一顆小頭興致高昂地往外瞧見——那些草原、樹林以及路途所經過的，一處擁有一整排羊齒蕨的瀑布。

阿布都拉非常厭惡士兵對他的新寵物夥伴們各種過於關注的行為。他們之後決定在下山後第一座山谷的城鎮旅館過上一宿，士兵則在此聲明，他的貓夥伴們必須受到熱情且應有的款待。

旅館老闆及夫人，與阿布都拉的想法一樣，認為並不需要這麼做。而他們的心情似乎還在阿布都拉抵達旅館前就差到不行，因為在他們到來之前的當日早上，一壺牛奶及一整條鮭魚突然神祕地消失了。他們以一臉不屑的表情，默默將外觀大小合適的籃子及柔軟的枕頭遞來。將貓放進籃子裡後，他們又一臉不甘願，迅速地找齊並送來了奶油、雞肝及魚。之後，他們更不情願地弄來某一種藥草。依照士兵所說，這一種藥草可以防止貓的耳道發炎。後來，兩人又邁著沉穩的腳步，出發尋找另外一種據說有除蟲作用的藥草。不過，正因為士兵懷疑小傲慢身上可能有跳蚤，要求旅館老闆夫婦準備燒熱的洗澡水讓牠洗澡時，夫婦兩人徹底地，難以置信。

阿布都拉只好迫於情勢，前去向他們商討看看。

「做人民生意的兩位，王子與公主啊。」他繼續說。「請容忍一下我這位好朋友的怪癖吧。要洗澡水的意思，當然是他跟我、我們兩人需要洗澡。旅行使我們全身都髒了，所以期盼有乾淨的熱水能夠洗澡——理所當然，我們肯定會支付這項要求所產生的額外費用。」

「你說什麼？我——洗澡？」士兵在旅館老闆夫婦踏著沉重的腳步離開後，取大桶子來準備燒熱洗澡水時說。

「對，我就是在講你啊！」阿布都拉繼續說。「否則，你、你的兩隻貓，今晚就在這跟我分開。我有個在參吉的朋友叫做賈馬，他的狗至少都比你好聞點，無論小傲慢身上有沒有跳蚤，都是一位絕佳的自我清潔者。唉，你這位不洗澡的戰士。」

「但，如果你離開，我的公主，還有你那蘇丹的女兒該怎麼辦？」士兵問。

「我會想到辦法的，一定有其他辦法。」阿布都拉繼續說。「不過，我寧願你還是先洗個澡。而且，可以的話，你把小傲慢抓進去澡盆跟你一起洗澡也沒關係啊，這就是之所以我請老闆準備洗澡水的原因。」

「但泡澡，會讓人變弱。」士兵遲疑地說。「嗯，不過，我在想洗澡的時候可以邀請午夜也加入，這個想法倒是還不錯。」

「你開心就好。乾脆把兩隻貓都帶去當洗澡用的海綿吧。你這愛當貓奴的步兵。」阿布都拉說完便離去，自己去享受他洗澡放鬆的時光了。

因氣候炎熱，居住在參吉的人時常洗澡。連阿布都拉至少每兩天就會光顧一次公共澡堂，他非常想念那樣的生活。賈馬也是每個星期光顧一次，聽說他都將狗抓進浴池順便洗一洗。

用熱水沖洗過後，阿布都拉心情整個都好多了。他心裡正想著，那士兵寵貓的程度其實跟賈馬寵狗有過之而無不及。同時，他也希望賈馬和狗安全地逃離參吉了。假設，他們真的成功離開了參吉，阿布都拉也希望他們在沙漠中沒有吃苦才是。

士兵洗完澡後，看起來沒有衰弱的跡象。只不過皮膚的顏色變淡了，變成淡褐色。午夜似乎一看到水就一副想逃的模樣。但士兵說，小傲慢可是在洗澡時都玩得很開心。他還用疼惜的語氣說著：牠還會玩肥皂泡泡呢。

「希望妳值得我們對妳這麼做。」阿布都拉對午夜說。

午夜吃完奶油和雞肉後，坐在他的床邊，正細心地以貓的方式清理自己的全身的毛。午夜聽到阿布都拉所說的後馬上轉過來，瞪大著圓滾滾的雙眼，像是在責備一般看著阿布都拉說。那還用說嗎？我當然值得！接著，她又開始嚴肅地以貓的方式舔理全身與自己的雙耳。

第二天早晨來臨，送到他們眼前的帳單簡直貴到不行，而熱水就占了額外費用中最貴的部分，但是讓貓靠著的枕頭、籃子和藥草的花費也不便宜。於是，阿布都拉一邊顫抖著，一邊將錢付清。然後，他焦慮地開口詢問：到金貝利還要多久？

老闆夫婦則回答：走路的話，需要六天。

六、六天！只差一點，阿布都拉就要大聲怨嘆了。照這種花錢的速度與方式來看，就算六天後真的找得到夜花，阿布都拉也只能給予她貧困的生活水準。而且，在接下來六天的時間裡，他還得繼續忍受著貓奴士兵。然後，他們還得想辦法找到巫師，才能開始尋找夜花的蹤跡。

這樣可不行。阿布都拉心想著。那麼，他向魔精許的下一個願望，必須要是送他們去金貝利才能讓他自己接受眼前的現實。如此一來，他只需要再忍受兩天的時間。

如此念頭倒是有安慰到阿布都拉自己，於是，他邁出步伐，繼續旅程。午夜則沉穩地待在他肩膀上，魔精瓶則在他的腰間輕輕搖曳著。陽光灑在大地上，在歷經之前的沙漠旅程後，相較之下，鄉間路途中綠意濃厚的景色真令人享受。

阿布都拉甚至開始欣賞那些有草皮屋頂的房屋。它們都擁有曲折又令人賞心悅目的花園，門口還圍著不少仔細修剪過的玫瑰及其他花卉。士兵告訴他，住在這的人習慣以草皮製作成屋頂，於是稱之為茅草屋頂。士兵還掛保證，他說茅草屋頂一定能夠防雨防潮，不過阿布都拉實在很難相信。

過沒多久，阿布都拉再度墜落進入另一個白日夢裡。在那夢中，他和夜花居住在一間鄉間小屋，有著茅草屋頂、玫瑰花環繞的門。他開始在夢裡思考著，自己一定會為了她打造一座在方圓數英里之內的任何人都會嚮往的花園。

運氣不好的是，早晨快要結束時，他的白日夢被漸趨強烈的雨勢斷碎了。午夜厭惡雨水，而她在阿布都拉耳邊大聲叫怨著。

「快把她塞進你外套。」士兵說。

「我才不要，你這太過寵愛動物的人。」阿布都拉繼續說。「我們關係也沒很好，她一定會找到時機抓傷我的胸部。」

士兵將自己的帽子遞給阿布都拉，小傲慢便窩在帽子裡，小心翼翼地披著一條髒髒的手帕，然後他又將午夜接過，將她包裹在自己的外套裡，安穩地好好扣上扣子。他們繼續走了大約半英里的路程，這時的雨勢已經變成劇烈豪雨了。

魔精突然現身，散發出些許藍煙並以不完整的姿態掛在瓶身上：

「你就不能想點有用的辦法嗎？水會一直灌進來，然後就潑到我身上。」

小傲慢也因相同的想法而扯開微弱又尖銳的喉嚨，用盡全身的力氣嘶吼。阿布都拉撥開眼睛前方被打濕的髮絲，他實在被煩得受不了了。

「我們要找到避雨的地方才行。」士兵說。

而這次運氣變好了，路途前方的下個轉角處就出現一間旅館。他們心懷感激地踏過泥濘地，進入旅館的酒吧。阿布都拉感到開心，他發現茅草屋頂還真的可以遮風避雨。

士兵以阿布都拉已漸漸熟悉的對人處事，訂了一間有著火爐的貴賓套房，讓兩隻貓夥伴住得安穩又舒服，他還替一行人點了四份午餐。阿布都拉心裡憂慮著這次得要花多少錢。雖然他無法反駁，沒錯，窩在有火爐的房間確實是挺舒服的。他在火爐前站著，身上還在滴水，手裡拿著一杯啤酒——但是這旅館的啤酒難喝到就像來自健康欠佳的駱駝身上。他們便像這樣等待午餐的到來。午夜舔乾小貓身上的雨水，然後也將自己濕透的部分舔乾。士兵將靴子擺近火爐邊，以蒸發靴子上的雨水；魔精瓶置於火爐之前，正緩緩散出水蒸氣，他也沒有再抱怨了。

他們聽見外面傳來馬的聲音。絕大多數的因格利人在經濟狀況穩定可負擔之下，通常會選擇以騎馬的方式旅行，因此這並不是什麼稀奇的事。這些騎士騎著馬來到這間旅館留宿也相當正常，他們肯定也是淋濕了。阿布都拉正想著：昨天我應該堅持要魔精給我們馬，而不是牛奶和鮭魚。

突然，他聽到窗外那幾名騎士正斥聲質問旅館老闆。

「有兩個人——因為攻擊行為與搶劫而被通緝，是一名斯坦蘭吉亞士兵與一名身著花俏衣服、黑色皮膚的年輕人。你有看到他們嗎？」

那人話都還沒說完之時，士兵就已來到窗邊。他的背倚著牆，這樣他就能透過平行於窗櫺的方式向外看而不被察覺。他一手緊抓著背包，另一手緊抓帽子。

「有四個人。」士兵說。「他們是警衛隊，看衣服就知道了。」

阿布都拉瞠目結舌般張口站著，心裡正想著：還不都是因為你這貓奴！向旅館老闆要籃子，又要熱洗澡水，這樣不就讓人更記得你了。竟然還要貴賓套房。他心裡如此想時，便傳來了旅館老闆巴結警衛的聲音，他說：

「是的，那兩人都在這裡，就在套房裡。」

「讓小傲慢進來這，再抓好午夜。那幾個人一進來旅館時，我們就準備從窗戶離開。」士兵將帽子遞給阿布都拉後說。

但小傲慢在這時鑽到一張橡木做的長椅底下冒險。阿布都拉想要進去抓牠。而他手裡抓著掙扎的小貓，跪著從長椅底下出來時，聽見漸漸傳來的沉重靴踏聲已經進入酒吧。士兵正打開窗邊的鎖，阿布都拉則將小傲慢塞進帽子內，然後立刻轉身想要抓午夜。他看見魔精瓶還在火爐前取暖著，午夜則盤踞於房間對邊的高處木架上。這下完蛋了。靴子聲越來越近，即將抵達套房的門口。士兵見狀開始用力敲打窗戶，而窗戶明顯卡住了。

「午夜，來這裡！」阿布都拉迅速地拿起魔精瓶，再立刻往窗邊跑。

「你們離遠點。這窗戶卡住了，我必須將它踢開。」士兵說。

阿布都拉震驚地退到一邊。這時，門被用力退開，三名穿制服的強壯警衛終於入侵了。那一瞬間，士兵的靴子踢中窗框。窗戶被用力彈開後，士兵立刻著急地爬出去。三名警衛大聲吼叫，其中兩人往窗戶衝去，另一人則往阿布都拉撲過去。阿布都拉推翻他們面前的一張橡木長椅，藉此阻擋他們，然後衝向窗戶。他知道自己沒有時間停下來思考，只能如此衝進劇烈的雨勢中，於是翻出窗戶。

這時，他突然想到午夜，於是轉過身回頭。

午夜又巨大化了，而且這次比之前任何一次都還要巨大。窗下的她看上去像一團碩大的黑影，龐大的白色獠牙正朝那三人一步步靠近。那三人見狀立刻混亂地撞在一起，急忙退往後方的門，互相爭著從門口逃出。阿布都拉感激地又轉過身前去追士兵。他迅速朝旅館遠方的轉角處跑去，而第四名警衛——本該留在外面負責牽住馬繩的，看到後也開始追他們。但過沒多久，他就發現自己愚蠢無比，又回到原處牽住馬。只不過，當他朝馬走去時，馬群已經全散開了。阿布都拉跟在士兵後方，躍過廚房，來到後方一座被雨淋得一塌糊塗的菜園，當下他還聽見背後傳來那四名警衛試圖控制馬群而發出的呼喊聲。

士兵本來就是逃跑高手，所以他立刻找到了一條由菜園通往果園的路徑，再通過果園來到寬廣的原野，這途中完全不浪費時間，精打細算。原野的遠方坐落著一片樹林，且在雨勢的掩護之下，這些環境因素都好像在承諾他們的人身安全無虞。

「你有抓到午夜嗎？」他們在滿是水窪的草地上踏水行走。士兵喘著氣問他。

「沒有。」阿布都拉回道，而他早喘到沒有力氣再解釋。

「你說什麼？」士兵大喊一聲後，停下來轉身。

此時，四名馭馬的警衛已躍過果園的圍籬進入原野。兩人同時朝樹林奔去。他們往生長茂密的灌木叢前行時，警衛們已穿越了半片原野。阿布都拉與士兵穿梭灌木叢，躍進開闊樹林的領域。他們一深入其中，阿布都拉便感到無比驚訝。林地上鋪滿了數量驚人，彷彿有數千數萬且光采奪目地綻放著的藍色花朵，像是藍色的地毯連綿到遠方。

「這、這些是什麼花？」阿布都拉氣喘吁吁。

「藍鈴花。」士兵回答。「你如果弄丟了午夜，我會殺了你。」

「我沒有、她會找到我們。跟你說過、她會巨大化、魔法。」阿布都拉一邊張口喘氣，一邊說。但那士兵從來沒見過午夜會這幾招，他並不相信阿布都拉說的。

「快一點。我們必須回去接她。」士兵說。

他們開始奔馳，逕自踏碎了途中地上的藍鈴花。一瞬間，這片林地都充盈著藍鈴花陌生又狂野的香氣。阿布都拉相信自己已經漫步於天堂中，前提是這場灰黑的暴雨與那些警衛的斥喝聲都沒有出現。很快地，他又陷入幻想。當他為了與夜花一同居住的房子而打造花園時，他肯定會在花園裡種滿無數且滿布一地的藍鈴花。儘管他正陷入白日夢中，也並非沒有看見眼前的事態——他們一邊跑著，一邊在身後腳下經過的區域踏出一道道白色草莖與碎花的痕跡。他的白日夢並未塞住他的耳畔，他聽見了騎乘並馭馬而行的警衛踏進森林追趕他時，馬蹄踏斷樹枝斷裂的聲音。

「情況危急！快叫出你的魔精甩掉那些人啊！」士兵呼喊。

「我要提醒你……這位、士兵中的藍寶石……得等到後天、才能再許願。」阿布都拉喘息著。

「他可以額外再生出一個許願機會給你啊。」士兵說。

藍色的煙從阿布都拉手中的瓶子飄出來，生氣地舞動著。

「我上次答應你的條件是兩天內不准再煩我。」魔精繼續說。「我只要求一件事，讓我在瓶裡面對屬於我的哀傷。但你答應我了嗎？你沒有！只要有點不對勁，你就開始哀號額外的許願機會。你們沒人會替我著想嗎？」

「緊急、哦藍鈴花啊、瓶中魔精的、藍鈴花、啊。」阿布都拉喘著氣說。「快將我們送往、遠方的……」

「喔，這可不行，絕對不行！你不能在沒找回午夜前，就許願將我們送往遠方。快叫魔精讓我們在救回午夜前隱形。」士兵說。

「這位、魔精中的藍寶……」阿布都拉真的已經喘不過氣。

「如果有什麼比這場大雨，還有被煩著索取預支的願望更令人討厭的事。」魔精打斷他，薰衣草色的雲狀身體優雅地仰升。「那就是以花言巧語拐騙，意圖引誘我實現他的願望。想要許願就直說吧。」

「把我們送去金貝利。」阿布都拉說。

「讓那些傢伙找不到我們。」士兵同時出聲。

他們一邊奔跑一邊互瞪著。

「還真是終於下定決心了。」魔精交叉手臂放在胸前，輕蔑般地飄在他們身後。

「無論你們決定怎麼浪費願望，對我來說都算是願望。我只是必須提醒你們，這個願望就是這兩天內能許的最後一個。」

「我不能棄午夜而去。」士兵說。

「如果我們……必須得浪費一個願望。」阿布都拉喘著氣說。「那應該、有用的、愚蠢的賞金獵人、送我們去、我們的任務、金貝利。」

「你去吧，我可不去。」士兵說。

「騎馬的人離這不到五十英尺了。」魔精提醒。

他們向後看，發現魔精所說的確實沒錯。

「那讓他們無法看見我們。」阿布都拉急忙讓步之下，喘著氣說。

「就到午夜找到我們為止。」士兵補充說明。「我知道她可以，以她的聰明才智一定可以。」

阿布都拉瞧見魔精霧狀的臉上抹著一道邪惡般的笑容，霧狀的手劃動著什麼。

有一種濕黏又詭異的感覺產生。阿布都拉周圍的一切開始扭曲，一下變得寬廣，且藍色與綠色交雜混亂著；一下卻又開始模糊並失去焦點。他以緩慢又耗力的艱苦姿勢在巨大的藍鈴花叢間爬行。每過一段距離，他大而長疣的手掌必須小心翼翼地摸索一番後才能確認無誤並落地。他不知道為何自己不能往下看，只能朝上與看向四周。這行進方式實在太麻煩，他很想停下來就待在原地俯臥著，只不過地上傳來了恐怖的震動感。他能夠親身感覺到某些巨大生物正朝他前來，於是他使盡全身的氣力，瘋狂地繼續向前爬。他差點就沒辦法及時逃過了。

一頂有著金屬蹄鐵的馬蹄，在此時就像高大圓塔，壓落在阿布都拉的旁邊。他嚇到全身被震懾住了，動彈不得。他能夠感覺到那些巨大生物也停下了，而且還離他非常近。隨之而來的是一陣雜亂又響徹八方的聲音，但他聽不清楚這到底是什麼聲音。聲音持續許久，接著，強而有力的馬蹄聲再次響徹起來，且也持續了一段時間，馬蹄接觸地面的聲音一直都離他們很近。經過了將近一天之久，騎馬警衛終於放棄了搜索，紛紛鬧鬧而去。

第十三章　不向命運屈服

阿布都拉在原地持續等待了一段時間後，確認那些不知道是什麼的生物沒有返回，才終於繼續爬動。他腦袋一片模糊，不知道到底發生什麼事，腦袋朦朧一片地爬著。他強烈地想要知道自己到底怎麼了。而他似乎了解一些端倪，只是腦袋的思緒不像之前那樣靈活，沒辦法好好地持續思考。

在他持續爬動的期間，雨——停了。這使得他的思緒因悲傷而驅動了起來，而雨勢清淨了他的皮膚，又讓他感到舒適暢快。突然，一隻蒼蠅在雨後落陽中拍動翅膀飛行著，然後在阿布都拉身旁的藍鈴花葉梢上停留。阿布都拉立刻伸出長舌，捲住了那隻蒼蠅並吞下。好吃！他如此想著，但又馬上想到，蒼蠅可是很髒的一種生物！這讓他心底產生了一股異樣感，不知道該如何形容。他繼續爬著，爬上了另一叢藍鈴花。

在那又冒出另一隻似乎與他長得一樣的生物。

那生物全身都是布滿著褐色，看上去身上長滿了像是疣的東西，還有著一雙黃眼睛。牠一見到阿布都拉，立刻敞開沒有唇邊肉的大嘴巴，發出令人恐懼的聲音，而身軀也漸漸膨脹。

阿布都拉並沒有因此停下腳步，他轉過去利用下半身被變化的腿，以最快的速度繼續前進。終於，他清楚了解了自己的變化了，原來他變成了一隻蟾蜍。在找到午夜之前，魔精不懷好意地將他變成了蟾蜍。如果午夜見到他，肯定會吃掉他的。為了避免被發現，阿布都拉爬進離他最近的一叢隨風揚起的藍鈴花之下躲藏。

過了一小時後，藍鈴花叢反而被一個巨大的黑色爪型物體給撥開。那生物好像對阿布都拉有興趣，見牠張縮著黑爪，來回不停地輕輕拍點阿布都拉疣狀的身軀。

阿布都拉被嚇得內心慌張不已，但外表還是一如往常，而他立刻往後跳開。結果，以他蟾蜍的身軀，他只能察覺自己現在是四腳朝天仰躺著的狀態，躺在藍鈴花的簇擁間。

首先，他朝頭上的樹木動動眼球，嘗試回想著以往頭腦內冒出思緒的感覺。當然，過去的記憶中有讓人非常不高興的部分，例如，兩名盜賊變成蟾蜍爬行於綠洲的池畔，還有方才吞下了一隻蒼蠅，以及差點給紛沓而來的馬群踩死之類的事情。然後，在他四處張望之下，他發現士兵就在附近逗留著。那人臉上的表情與阿布都拉一樣，都是滿臉困惑的模樣。士兵的背包放在一旁，視線的邊緣中，還能看見小傲慢拼命地想從士兵的帽子裡爬出來，而魔精瓶安安穩穩地立於帽子旁。

魔精的身體出現於瓶外，變成一絲微小的煙尾，有點像用酒精點燃的燈火那樣。

「有趣嗎？」魔精的兩條手臂掛在瓶外，語氣帶點嘲笑的意味。「如何？被捉弄的感覺怎麼樣？現在好好教育你一下，看你還敢不敢糾纏我，索取額外的許願機會。」

他們變回人形，而午夜突然嚇了一跳。她生氣地拱起毛茸茸的貓背，對他們兩人發出抱怨似的貓哼聲。

士兵伸手想要撫摸她，也不斷安慰著她，然後告訴魔精：

「如果你再嚇她，小心我打破你的瓶子。」

「這句話早就聽你講過。你要是會這麼做，你早就做了。而且這瓶子有附魔過，打不破的。」魔精回道。

「那我就讓他下次許願時就把你變成一隻蟾蜍。」士兵說完重話，還用大拇指的指尖反手戳了阿布都拉。

魔精無力地瞪了阿布都拉，但阿布都拉沒說什麼，反倒覺得士兵的提議挺好的，還能讓魔精稍微聽話點。阿布都拉嘆了氣，無論如何，他沒有辦法不浪費願望。

一行人挺起胸膛，拎起隨身行李後又繼續趕路。但是這次的安排縝密多了，刻意找了最窄小的路線前行。當日夜晚，他們並沒有去住旅館，而是停留在一間老舊又空無一人的穀倉內過夜。他們進到穀倉內後，午夜雖然豎起警示意味的貓耳，鬍鬚挺得直直的，但又有點對穀倉內的環境感興趣，所以立刻就深入暗處。沒多久，她蹬著貓步走回來，嘴裡還叼著一隻看似已死的老鼠，細心地放在士兵的帽子內並示意要給小傲慢。顯然小傲慢不知道自己的母親做出如此行動的意涵是什麼，也不知道眼前的老鼠是要做什麼用的。他思考了一下後，小腦袋中產生了結論，這應該是可以讓他用力跳撲蓋死的玩具。午夜再度踏出優雅的貓步離開，阿布都拉連半夜都聽得到她狩獵時會發出的聲音。

不過，士兵還是擔心貓夥伴們這樣會餓肚子。第二天早上，他將阿布都拉叫起來，前往離這裡最近的農場買些牛奶。

「你自己去買啦！」阿布都拉不耐煩地說。

但是，他最後依然自行前往農場，腰間還綁著士兵從背包裡遞給他用來裝牛奶的鐵罐，而另一邊則是搖晃著的魔精瓶。

接下來的兩天裡，早上的他們都是如此度過的，唯一的差異是，這兩天夜裡的他們都是睡在稻草堆上。某一天早上，阿布都拉買了一條看起來做的很細心又賣相很好的一條新出爐麵包，而剩下的那天早上則買了幾顆雞蛋。第三天，阿布都拉正返回稻草堆的途中，正在嘗試理清某一件事的緣由，那就是他的情緒。自己近期越來越難控制生氣的時刻，他的脾氣似乎越來越差，他想這是否與自己不被尊重有關聯？

阿布都拉一直都是處在全身僵硬又疲勞感充斥的狀態，這不只是因為將不少時間都奉獻給士兵的那兩隻貓夥伴——雖然那確實是原因中的一部分，但其中又有一部分是午夜造成的。阿布都拉清楚，他應該要感謝午夜的挺身而出，不然面對警衛時，沒有午夜的保護，他們是無法脫身的。說到感激午夜，這件事當然不能與他跟午夜的關係混為一談，阿布都拉依然跟午夜沒有相應適合的相處模式。午夜每天一副傲氣般地立於他的肩膀，還表現出阿布都拉對她而言不過是馬匹的模樣。阿布都拉只覺得連動物都如此對待自己，實在是說不過去。

後來，阿布都拉一整天都在想他前兩天所思考的事，他邁著沉重步伐持續走在鄉下小徑之上，午夜優雅且愉快地乘坐在脖子周圍，前方的士兵也愉快地繼續前行。

事實上，阿布都拉並不是不喜歡貓，他現在已經非常習慣貓夥伴們的存在，有時也會跟貓奴士兵同樣覺得小傲慢可愛到不行。所以，他推斷自己煩惱的原因並不是這個。他的煩惱與不開心，應該與士兵及魔精有最大的關聯性——因為他們時常延宕了他出發尋找夜花的計畫與時程。如果阿布都拉不事事求穩，他可能得在鄉間小徑上沉悶走上整個人生，更永遠到不了金貝利。好，就算他真到得了金貝利，他還必須找到一位能夠幫上忙的巫師。他如此想著，因此覺得不能再這麼繼續下去。

當天夜裡，他們找到已化為廢墟的石製高塔並留宿。這比睡在稻草堆裡要好，還能生火，也能從士兵的背包裡拿出食物煮熱來吃。相較前陣子總是下雨，這次阿布都拉總算能讓身體保持乾燥又暖和的狀態，這令他打起精神。

士兵在這段路途中感到挺愉快的，他倚靠石牆坐著，端詳著外面已經探頭的夕陽，而小傲慢窩睡在他旁邊的帽子內。

「這一路上我都在想。明天——你是不是又能跟你那位藍色煙霧朋友許願了？目前最適合你又最務實的願望，你知道是什麼嗎？你將魔毯許回來，有了魔毯就能更快完成我們的計畫。」他說。

「這位聰明絕頂的士兵先生，請問，我直接許他送我們直飛金貝利不是更省時間，還更省事嗎？」阿布都拉有點不悅。

「你說的確實沒錯，但我已經了解那魔精了，他會盡他所能把願望搞砸。」士兵繼續解釋。「我想說的是，只有你知道怎麼引導魔毯，所以，只有你可以讓我們在不引起騷動的狀況下，安全無恙地將我們送到要去的地方，這樣就能同時保留能夠在緊急狀下使用的許願機會。」

士兵的話聽起來很有道理，但阿布都拉只動了動嘴巴，發出了點聲音，並沒有真正地回覆。士兵的建言讓阿布都拉意識到——這士兵當然能搞清楚魔精的想法，他就是那種能夠要求別人替他做事的高手。一行人當中足以令他做出違背自己意願的行動的只有午夜，而午夜只在小傲慢有需求時才勉為其難地違背自己的意願，最終——小傲慢成了一行人中最有話語權的「人」。他不過就是一隻小貓！阿布都拉心裡這麼想著。士兵知道了魔精的思維，而魔精似乎也對阿布都拉了解得很透徹，阿布都拉因此變成一行人之中最卑微的那一個。他終於發覺，自己一直覺得不受到尊重的原因就是這樣。這下他可徹底明白了，他跟他父親大房那裡的親戚，關係也都像他們一行人。他發覺就算明白了這一點，也沒讓他心情好過多少。

阿布都拉只能小聲抱怨，因為大聲咆哮在參吉的居民來看，可是非常無禮又粗魯的行為。士兵自然不知道阿布都拉在想什麼，他指著天空的遠方，開心地說：

「美麗的夕陽又出現了，你們看！那邊又有一座城堡。」

天空中出現了壯闊的鵝黃之湖，也有島嶼及海岬組成的部分，還有由雲朵齊聚而成，綿延數英尺的高地，覆蓋在一片正方形的雲朵之上，彷彿是聳立於之上的城堡。

「這和那天看到的城堡長得不一樣。」阿布都拉覺得他得從現在開始學會表達己見。

「當然不一樣，你不會看見長得一樣的雲兩次的。」士兵說。

第二天的清晨一到，阿布都拉故意趕著第一個醒來。他衝下床時，晨曦的幾絲光線才剛劃過。他拎起魔精瓶立刻就往外走，且走到離他們留宿的高塔廢墟有點距離之時才立刻叫喚：

「魔精，給我出來。」

藍煙如幽靈般地緩慢從瓶口出現，魔精一臉沉悶又不情願的模樣。

「你這是什麼意思？你那些稱呼別人是什麼寶石、什麼花的好話呢？」魔精問。

「你不是說你不喜歡嗎？那我就不說了啊。」阿布都拉繼續解釋。「現在的我務實許多，接下來我的願望與我現在的想法是一致的。」

「哼——」那一小縷輕煙化成的魔精說。「你要魔毯回來，是吧。」

「完全不是。」阿布都拉說出來的話讓魔精非常驚訝，讓他立刻就從瓶中顯現全身，睜大那雙煙霧狀的雙眼並盯著阿布都拉。在黎明更加擴大的光照之下，他那雙眼更加真實、閃閃發亮，就像是真正的人類之眼。

「讓我說明一下。是這樣的——雖然天上的聲音說我會娶她為妻，但命運很明顯地拖延我尋找夜花。每次我要向命運抵抗，你會跳出來確認我許的願對一行人而言沒有任何益處，又常害我被駱駝或者馭馬騎兵追殺；要不然，就像那士兵，一直浪費我的許願機會。你對我的這些惡言相向，還有那貓奴士兵不間斷的施壓，這些實在讓我厭煩到不行。我——因此決定要挑戰命運，從現在開始，我要浪費掉每一個能夠許願的機會，把願望全部用掉，如此一來，命運就會被迫接下我們的旅程安排，不再讓這些無賴行為左右本來的旅程，不然，關於夜花的預言永遠也不會實現。」阿布都拉說。

「你在耍幼稚？還是想逞英雄？不，我看你是瘋了。」魔精說。

「不對——我只是變得務實了。」阿布都拉繼續說。「而且我要挑戰你的能力。

我希望浪費願望時，至少還能有點用，比如說為某些地區或某些人帶來幫助。」

「那你此時要許的願望是？讓無家可歸的小孩都找到好人家住嗎？還是讓瞎子重見天日？又或者是要我扮演義賊，將全世界富豪的財產拿走再交給窮人？」魔精露出一臉嘲諷的笑容說著。

「我想要——」阿布都拉回道。「我應該會許願將那兩個被你變成蟾蜍的盜賊變回人類。」

「這個願望還可以，我很高興幫你達成。」魔精的臉上滿是惡笑。

「這個願望會有什麼後果？」阿布都拉問。

「哦，還好啦。蘇丹的手下們現在還駐留在綠洲。蘇丹非常篤定你還在沙漠裡的某個角落，那些手下正在對整個沙漠地區展開全範圍搜捕。但我想他們願意騰出時間去抓兩名盜賊，好向蘇丹證明他們的追捕能力。」

阿布都拉考慮了一下，然後說：

「在沙漠裡，可能因為搜捕我們而無故遭殃的還有誰？」

「你還真的對『浪費願望』這件事非常努力思考耶。除了搜捕你的人外，那裡沒什麼人，但有一些專門織地毯的人，還有一名占卜師。當然啊，賈馬與他的狗也在。」魔精睥睨望著他。

「啊，對——」阿布都拉繼續說。「那我將這次要浪費的願望，使用在賈馬與他的狗身上。我希望他們能夠在安逸的地方，享受安逸的生活——嗯，讓我想一下——對了，那麼，就送賈馬到最近的王宮裡當廚師，而他的狗可以當警衛。」

「這個願望很難有什麼差錯出現。」魔精的聲音有點悲哀。

「這就是我的目的。」阿布都拉繼續說。「如果我能找到如何不讓你實現願望時產生問題的方法的話……」

「有一個願望，你要是向我許，絕對不會有問題。」魔精說。

他的聲音中透露出對這個話題接續的渴求，阿布都拉馬上就知道魔精的言下之意。魔精想從拘禁之瓶這道附魔咒裡解放。要許這樣的願望確實簡單。不過，阿布都拉心裡想著，這必須在確定某件事之後才能許，也就是魔精會為了報答他的許願幫助之情，而選擇在許完願後幫助他尋找夜花。但魔精絕對不可能幫忙的，甚至不會回報他。如果阿布都拉釋放了魔精，他得放棄挑戰命運。而阿布都拉已下定決心抗戰。

「你剛才說的，我以後會考慮。我今天的願望就是送賈馬和他的狗去安全的地方。沒問題了嗎？」阿布都拉說。

「當然啦……」魔精失望地說，那霧狀的臉消失前所展露的表情看起來好像非常難過，這讓阿布都拉心中產生隱憂與不安。那魔精會不會又有辦法搞砸剛才的願望？雖然阿布都拉這麼想，但他也知道這無法得知。

阿布都拉轉身，發現士兵正盯著他這裡瞧。他不清楚士兵聽到多少方才的對話，但是他準備好與其認真「以嘴巴戰鬥一番」。但出乎阿布都拉意料之外，士兵僅輕描淡寫地說：

「我完全無法理解你的邏輯。」

最後，士兵建議一行人可以啟程了，直到抵達能買到早餐的農場就暫時停留。

阿布都拉再次讓午夜立在肩膀，以繼續他們日以繼夜、日復一日的長途旅程。他們整天都在幽暗又有點深邃的小徑中前行，儘管路途中不再有警衛或追兵，他們似乎也沒與金貝利拉近多少。但，士兵也找了一個在路旁挖土溝的人詢問到金貝利所需的時間，那人說大概要四天，用走的話——

這該死的命運，阿布都拉心裡想著。

隔天早上，他趁其他人還在睡覺時，繞過去前晚過夜的稻草堆的對邊，為綠洲裡那兩隻蟾蜍許願變回人類。魔精聽到後變得相當不開心：

「你當時也聽到了，我會把第一個打開瓶子的人變成蟾蜍，你要我摧毀由我創造的傑作嗎？」

「沒錯。」阿布都拉說。

「無論蘇丹的手下是否還在附近，而且還有可能將他們吊死？」魔精問。

「即使如此。」阿布都拉此時回想他自己變成蟾蜍時的心情，然後說。「我想他們還是比較喜歡身為人類的自己吧。」

「好……吧。」魔精有些扼腕地說。「你明知道這麼做會讓我對他們的報復泡湯的，可是你在乎過嗎？我只是一個你每天用來許願的瓶子。」

第十四章　魔毯再臨

阿布都拉轉過身，又發現士兵正盯著他瞧，不過這次士兵卻沒有開口。阿布都拉非常確定士兵在等待時機。

他們奮力地趕路，走得越遠，地勢也越來越高聳，旅途因此越來越艱辛了。滿是綠意的小徑逐漸變成了砂道，砂道上還長著有刺的矮樹叢。士兵一邊鼓勵他們，一邊高興地說著——至少來到了不一樣的地方。不過阿布都拉只是嘴上唸了一下，他暗自斷定絕對不會讓那士兵抓住任何空檔或機會。

夜幕降臨，他們已經艱困地走了好一段距離，終於到達了較為空曠且能夠休息的荒野，從那之上俯瞰著整片平原。士兵愉快地說著：地平線的另一端有處模糊又稍微凸出的地方，肯定就是金貝利了。

一行人將行李放下，準備在這紮營留宿。士兵這時的表情看起來比以往更加快樂，還叫阿布都拉到他旁邊，看著小傲慢玩弄著自己的背包扣環，說著小傲慢這樣有多麼可愛。

「毫無疑問。」阿布都拉繼續說。「這比端詳彼端那的金貝利還要無聊。」後來，天際線出現了火紅色的落陽。他們共進晚餐之時，士兵還指著紅日叫阿布都拉過來瞧瞧，叫他仔細看那邊有著大片像是城堡狀的紅雲。

「不覺得很美嗎？」士兵說。

「只不過是朵雲。一點藝術感都沒有。」阿布都拉說。

「我的朋友。我認為你被那魔精給影響了。」士兵說。

「為何這麼說？」阿布都拉問道。

士兵用湯匙指著遠方掛著落日的黑色丘陵說：

「你看到了嗎？那是金貝利。我有個預感，我們一到那裡，天空又會開始劇烈變化，你也有吧？但我們就是一直到不了那。別認為我無法理解你——你年輕，愛情觸礁，耐心耗光——如此一來，你自然會認為命運處處跟你作對。聽我的，命運永遠都不站在誰那邊，魔精也是，他誰也不會幫。」

「你怎麼得出這個結論的？」阿布都拉追問。

「因為魔精討厭所有人。」士兵繼續說。「也許這是他的天性，但我敢斷言，肯定跟他被關在瓶子裡也有關係。你也別忘了，無論他的想法如何，他就是得實現你的願望。你不必反抗他。為什麼不許下對你自己最有幫助的願望，然後把想要的東西拿到手，再來處理他所造成的那些負面影響？我將這段旅程、這些遭遇都分析過了。結論就是，無論那魔精會將未來搞得有多糟糕，你現在能夠做的最佳決策就是取回魔毯。」

士兵在說話時，發生了一件令阿布都拉非常吃驚的事。午夜竟然自己爬上了阿布都拉的膝蓋，並且用毛茸茸的身體蹭他的臉，發出貓撒嬌時會有的呼嚕聲。不得不說，阿布都拉被這突如其來的「寵幸」驚嚇到了。這一路上，他讓午夜、魔精及士兵從自己這裡予取予求，命運肯定也是如此。

「如果我許願取回魔毯——我打賭，魔精在那一瞬間造成的災難將遠大於取回魔毯所帶來的好處。」阿布都拉說。

「你確定要打賭嗎？我從來沒拒絕過打賭。好，我賭一枚金幣——魔毯的幫助能抵禦災難，剩下的肯定只有正面影響。」士兵疑惑地說道。

「成交。」阿布都拉應允。「又如你所願了。這位朋友，有個問題一直讓我很困惑，你怎麼沒被升為將軍之類的？」

「我也覺得很怪。」士兵同意。「我肯定是個優秀的將軍。」

隔天早晨，一行人醒來後，發現他們周遭圍繞著一片濃霧，一切都被白色的水氣給籠罩，只能模糊地看見離他們最近的矮樹叢。午夜捲起身體，窩靠著阿布都拉的身體直發抖。而阿布都拉將魔精瓶落地的那一瞬間能夠感覺到，瓶子裡的魔精表露了不滿。

「給我出來——」阿布都拉說。「讓我許願。」

魔精以空乏情緒的聲音反駁：

「我在瓶子裡同樣可以幫你達成。我不喜歡濕濕的地方。」

「是喔。」阿布都拉說。「我要取回魔毯。」

「好啊，我就讓你學乖點，最好別再隨便打賭。」魔精答應了。

一段時間過去，阿布都拉期盼著，往上一瞧然後四處察看，什麼事情也沒發生。這時，午夜突然跳出來，小傲慢也隨之從士兵的背包裡探出小小的頭，雙耳朝著南方歪著。當阿布都拉也跟著他們朝同個方向直視，好像聽見了一道輕微的低語嘶聲，又說不定是某種物體穿越霧氣時颳起的風聲。沒多久，水氣跟著霧一起開始旋轉，轉動漸趨強烈。灰色的長條身影在他們頭頂出現了，魔毯隨即落在阿布都拉旁邊的地上。

有位看似眼熟的乘客在魔毯上。這人的身體捲成一團，睡得毫無防備，他還有著大片的鬍子，看起來非常邪惡。因為睡姿的關係，他的鷹勾鼻壓迫在魔毯上，但阿布都拉依然可以隱約看見——他的鬍子與髒透的頭巾中間有著金鼻環。而且，他其中一手握著一把銀製手柄的手槍。毫無疑問的，喀布爾．阿克巴再次現身了。

「嗯，我賭贏了。」阿布都拉喃喃自語著。

即使阿布都拉的聲音微小細弱，但也可能是濕冷所導致的，這也讓盜賊老大感到輾轉難眠，持續滾動，焦躁地發出夢話。士兵將手指抵在唇邊，搖頭示意阿布都拉。阿布都拉看到後微傾示意，如果他現在是獨自一人在這裡，他肯定會不知道該怎麼做，但士兵在這，可靠到讓他覺得現在足以與阿克巴匹敵。阿布都拉盡自己所能保持靜謐無聲，輕輕地發出一道柔和的打呼聲，並對魔毯輕語道：

「從你身上的人底下出來，飛到我這。」

魔毯的邊緣處隨之滾動。阿布都拉知道魔毯聽到命令並嘗試執行。魔毯強力扭動著，但阿克巴實在太重，無法讓魔毯從他的身體底下如此簡單地離開。魔毯只好嘗試其他方式，它往天空緩慢直直升起一英寸左右的高度。阿布都拉在搞清楚它想做什麼之前，它就從睡得香甜的阿克巴身體底下衝出來了。

「不！」阿布都拉說完，已經太遲了。

阿克巴重摔在地上，那力道使他驚醒。他立刻起身，揮舞著手上那銀製手柄的手槍，還用一種陌生又不知道從何而來的語言嘶吼著。

士兵立刻警覺到了，冷靜地制止一衝出來就在亂漂的魔毯，並用其蓋住阿克巴的頭。

「快奪走他的槍啊！」士兵說完，還得使出足夠強壯的力道才能壓制住阿克巴。

阿布都拉立刻單膝定地，也跟著士兵壓制阿克巴，然後抓住那隻一直揮舞的持槍之手。那隻手實在過於強壯，阿布都拉沒辦法從那手中奪走手槍，只好使盡力氣持續壓制，但卻沒有辦法達到很好的效果，跟著胡亂揮動、持續掙扎的手臂東撞西撞，而在他身旁的士兵也是。阿克巴身體的壯碩與力道超乎他們的想像。到處亂揮時，阿布都拉曾嘗試掰開持槍的一根手指頭。卻沒想到，阿克巴突然大吼一聲，唐突撐起了自己的全身，害得阿布都拉整個向後翻倒，而魔毯又不知道為何會從阿克巴那蓋到阿布都拉頭上。士兵依然賣力緊抓著阿克巴。阿克巴的身體一直更加地往上撐，嘶吼聲都震得天空快要碎裂、崩塌了。即使如此，士兵依然不打算鬆開自己的手。士兵本來是抓著阿克巴的手臂以壓制住他，見壓不住了，接著又改成用手環抱住腰部，再來又圈住他的腿部上緣。只見阿克巴怒吼，那吼聲簡直就是雷降，其身軀再度看似又更龐大了，直到士兵甚至沒辦法同時壓制他也在變粗的雙腿。最後一刻，士兵至少還是緊緊抱住了阿克巴的一條腿。突然，阿克巴展開他巨大的雙翼試圖想要以飛行的方式掙脫，但士兵依然沒有辦法停下阿克巴的掙扎，且自己快要被甩開了，持續失去壓制力，開始下滑，卻還是緊抓著阿克巴。阿克巴試圖用那條被抱住的腿想踢走士兵，但是並沒有辦法成功踢走。

阿布都拉試著掙脫魔毯，同時也看見了眼前整段對峙的過程。午夜甚至變得比之前面對警衛時更加龐大並守護著小傲慢；但再大也沒有用，在他們面前的可是強大的鎮尼中最為巨大的一位，那鎮尼一半的身體還穿出雲狀的霧，振動著雙翼，霧被雙翼拍動得像循環流動的煙。士兵依然拼命壓住他的巨爪，使他沒有辦法離地。

「最強大的鎮尼，給我解釋清楚！」阿布都拉對著雲霧大喊。「我以七之印[1]之名，命令你停下來。」

「凡人，你竟敢命令我？」鎮尼停止吼叫，雙翼也停止了拍動，從雲層上方傳來低沉的聲音。

「沒錯。請你說明，為什麼拿走我的魔毯？還有為什麼要化身為卑劣的沙漠盜賊？你至少騙了我兩次！」阿布都拉問道。

「好吧。」鎮尼說完便笨拙地跪下。

「放開他吧。」阿布都拉對士兵說。而士兵並不清楚鎮尼為何聽從阿布都拉的請求，依然緊抓著其中一隻巨爪。「現在他得待在這，然後回答我的問題。」

士兵細心地慢慢將鎮尼的腳給放開，然後揮去臉上冒出的汗。鎮尼收起雙翼跪下，而士兵好像不太放心。這是當然的，即便那位鎮尼跪下來，也還是高聳如房子，且隔著霧層往鎮尼那裡看，只能看到那面恐怖又凶惡無比的臉龐。阿布都拉朝午夜那瞅了一眼，發現她變回「普通尺寸」，小傲慢的脖子被她叼著，兩貓飛快地往樹叢躲藏而去。但是阿布都拉絕大部分的集中力與注意力都在鎮尼臉上，他印象中曾看過那深棕又深邃無比的眼神，還有從鷹勾鼻中間穿過的金鼻環——儘管是短暫的一瞬間——就是夜花從夜之花園被抓走的那一刻。

「不好意思，我更正。你總共騙了我三次。」阿布都拉說。

「喔吼——不只三次吧！」鎮尼無奈地說。他聲音震耳欲聾。他繼續說。「多到連我自己也不知道幾次了。」

一聽到對方這麼說，阿布都拉生氣了。他將手臂環胸，語氣不悅地說：

「解釋清楚。」

「如你所願。」鎮尼繼續說。「我長久以來希望有人來問我，只是我以為會是法克坦公爵最先來問我，或是沙亞克那三位對彼此有敵意的王子，從未想過有你的存在。不過，其他人都沒有決心與毅力，這真的有點讓我驚訝，因為我從來沒把你們當成是一回事，所以無法設想到你會有任何作用，就算是你旁邊的士兵也是。我告訴你們吧！我是好鎮尼中，最高位階的其中一個，我叫哈斯路爾。」

「我竟然不知道這世上有好鎮尼。」士兵說。

「喔，當然有啊！天真的北方人啊。」阿布都拉繼續說。「我曾經聽過傳聞，有很多人曾講過這個名字，哈斯路爾的位階幾乎可以說跟天使一樣崇高。」

鎮尼聽到後皺眉，臉色看起來不怎麼好。

「你這做生意的人，消息來源竟然還是錯的。」他氣勢澎湃地說。「我的位階甚至比某幾個天使還要高！我旗下還率領著兩百名比我還低階的天使們，那些天使還是我城堡入口的守衛。」

阿布都拉仍然雙手環胸，用腳點點地上。

「那麼——」阿布都拉繼續問。「你給我解釋清楚，為什麼你對我做的那些事跟我們熟知的那些天使的行為差這麼多？」

「人類，不要怪到我頭上，這又不是我的錯。」鎮尼解釋。「我可是被迫這麼做的啊。你聽我說完吧，等你了解背後的緣由後，就請你諒解我。我的母親——『尊靈』妲茲菈，在二十年前因鬆懈了戒備，而被『邪惡鎮尼』邪軍侵犯。後來，母親生下了一位鎮尼，名叫達爾澤，也就是我的弟弟。你也知道的，善與惡、正義與邪惡是沒有辦法共融的，導致達爾澤身體欠佳、膚色蒼白且非常瘦弱。我的母親沒有辦法繼續看著達爾澤如此下去，無法忍受之下，只好把他交給我撫養。他是我一手提拔長大的，所以我非常疼愛他這位弟弟。你設身處地想一下，當我發現他竟然遺傳到他父親血統那裡的邪惡意識，我的心裡有多百感交集，交雜著憂傷與恐懼。當他成人之時，想立刻做的事情竟然是偷走我的生命之源，然後把它藏起來，以此使役我。」

「你再解釋一次好嗎？」士兵問。「所以，總歸來說，你是說你已經死了？」

「當然不是。」哈斯路爾繼續說。「你們這些無知的人類要明白一件事，我們鎮尼跟平凡的人類有決定性的差異。我們身上的特定之處被摧毀時才會有真正意義的死亡，所以全部的鎮尼都非常小心翼翼地將那一小部分從身上拿下並藏好，而我也是。我正巧在教導達爾澤怎麼藏好自己的生命之源時，可能是因為過於放心又太疼愛他了，不經思考地說出了我的生命之源所在地，他立刻將我的生命之源奪走，並轉換成他的力量。否則我將會被他毀掉生命之源，迎來你們人類口中的真正的死亡。」

「重點來了，我就是要知道這個。所以是他叫你抓走夜花的。」阿布都拉問。

「正確。」哈斯路爾繼續說。「我的弟弟同時也遺傳了我的母親妲茲菈那愛富華炫貴的惡習，他叫我偷走全世界的公主。你想一下就知道了。我的弟弟也是適婚的時候了，但就像我剛剛說的，他這樣的混血鎮尼，根本不可能有女鎮尼願意與他共組家庭。所以，他只能在凡人中尋找適合的對象，而他又是鎮尼，因此只有高貴世家才能門當戶對了。」

「我真心為你的弟弟感到憐惜。」阿布都拉問。「不過，他這樣還不滿足嗎？為什麼一定要全世界的公主？」

「不滿足？」哈斯路爾詢問。「他現在擁有我的力量。他肯定仔細推敲過，也清楚明白公主這些平凡人，沒辦法如我們鎮尼在雲上那樣行動，因此，他偷走我的生命之源後，第一道命令就是盜走因格利王國裡一名巫師的——移動城堡，然後讓他的妻子們住在那。接著，他當然開始叫我去一一盜走公主，這就是我要說的全部了。當然，我替達爾澤做這些工作的同時，也正想著其他的計畫。我每次抓走一位公主，至少都會產生一名傷心透徹的追求者或不知道哪一國的失望王子。如此一來，他們就會來救公主吧。那麼，這些情人要救出公主的話，就得向我弟弟達爾澤挑戰，並從他那得知我的生命之源藏在何處，削弱他的力量。」

「所以我就是這樣被拉進整件事中的，這位無比陰深的陰謀者啊。」阿布都拉冷漠地問。「我——現在是你奪回生命之源的計畫中的一部分，是嗎？」

「可以說是吧。在我原來的計畫中，我更期待來自阿爾伯利亞的王位繼承者或佩契斯坦的王子，但這兩個年輕人卻只是跑去打獵了。這些人的靈魂即使高貴，但缺乏決心。就算是高諾蘭王也是，他女兒被我盜走後，他不過就是變成不靠女兒的幫忙，嘗試將藏書分類好，並再編排好目錄表。說到底，就算是這樣，高諾蘭王應該也要比你有機會，畢竟你誕生時所出現的預言，其代表的意義實在過於模糊。我承認，我會賣魔毯給你，純粹是想來點餘興節目。」哈斯路爾回答。

「你說什麼！」阿布都拉大吼。

「就是這樣沒錯，因為從你這產生的白日夢挺多的，那些內容又讓人感到有趣。」哈斯路爾說。

即便一行人現在處於寒冷的霧氣與風交會之中，阿布都拉的兩頰卻越來越燙。

「接著。」哈斯路爾繼續說。「我沒預料到的事情發生了，你竟然能從參吉的蘇丹手底下逃走，於是我就變成喀布爾·阿克巴，讓你一嚐夙願——那些白日夢變成現實的感覺。依照往常慣例，我都幫每位公主的追求者安排了屬於他們的冒險。」

雖然覺得有點難堪，阿布都拉確實看見了，哈斯路爾巨大的褐金色之眼斜斜地看了士兵。

「目前你讓幾位悲傷的王子行動了？這位奧妙又滑稽的鎮尼。」士兵問。

「大約三十個吧。」哈斯路爾繼續說。「不過我也說了，大部分的王子或其他人根本沒有採取任何行動。我由衷地認為這實在過於奇特，因為這些人的身世背景都比你好上太多了。但至少還有值得欣慰的事，一共還有一百三十二位公主正等著我抓。」

「我認為你得承認我有能力。」阿布都拉繼續說。「我的身家背景比那些王子卑微，但這是命運的話，我保證我會接受挑戰，因為我已經在這段時間內挑戰過命運了。」

哈斯路爾露出微笑——他笑起來時，跟他皺起眉頭時一樣醜。

「我明白，這也是我為什麼會顯現在你眼前的緣故。昨日，我旗下的兩名天使返回我身邊，他們以人類的姿態被吊死。吊死前，還說這都是你的錯。」哈斯路爾點頭說。

「無庸置疑，他們認為當一隻長生不朽的蟾蜍比較好。」阿布都拉行禮後說。「哦，體貼又專盜公主的沙漠大盜，再回答我最後一個問題，夜花在哪裡？達爾澤就更別說了，也告訴我他在哪？」

哈斯路爾咧嘴一笑，露出了口內的尖牙，臉上盡是恐怖的肌肉線條。他伸出尖尖的大拇指，往後上方指著：

「這還用得著你問，你們這些被地上束縛的冒險者，我剛不都解釋了，所以夜花當然在你們這幾天於落日之時，看見的那座城堡裡啊。然後，我剛剛也說了，城堡原本屬於因格利王國的一位巫師，但抵達那裡非常困難。就算你真的做到了，你最好記得一件事——我，被我弟弟達爾澤奴役，得與你們抗衡。」

「我知道了。」阿布都拉回道。

哈斯路爾將他也是巨爪的雙手置於地上並開始挺起身軀。

「我得確定——魔毯並沒有收到跟蹤我的指令。那麼，我可以離開了嗎？」他問道。

「不！等一下！」士兵大叫著。這時候，阿布都拉也想起有件事忘了問：

「那魔精呢？他是怎樣？」

但是士兵說話的聲音卻大於他的音量：

「等一下！你這怪物！那城堡一直在那裡，是不是有什麼玄機？」

哈斯路爾再次展開笑容並以單膝平衡跪地：

「不愧是當軍人的士兵，果然有著敏銳的觀察力。你說的沒錯，那座城堡之所以在那，就是因為我即將要抓走因格利國王的女兒——也就是薇拉莉雅公主。」

「我、我的公主……」士兵說。

哈斯路爾的笑容不只是笑容了，他開始訕笑面對眼前的一切，將頭往後仰，並在霧氣中吼叫：

「這實在令我很有疑慮啊。這位士兵，這公主才四歲而已。雖然她對你可能沒什麼用，我相信你對我來說可能有用。我認為你跟那位來自參吉的朋友，將扮演著我布局中的兩枚關鍵棋子。」

「什麼意思？」士兵非常不爽地問。

「因為你們會幫助我成功盜取薇拉莉亞公主。」哈斯路爾說完便振動雙翼，同時也笑著衝上天，隱沒在霧氣之中。

註1　由來可能參考自《新約聖經・啟示錄》中的Seven Seals，此處原文為Seven Great Seals。

第十五章　抵達金貝利的冒險者們

「你真的要問我的看法的話。」士兵實在是悶到不行，將背包扔在魔毯上就開口。「那『生物』簡直跟他弟弟聽起來差不多壞——如果真如他所說的，他有那麼一位兄弟的話。」

「他真的有啦，鎮尼不會說謊的。」阿布都拉繼續說。「他們只是覺得鎮尼應當比人類還要高人一等，就算是好鎮尼也這麼想。而哈斯路爾之名的確是被記載在好鎮尼的名單當中。」

「我怎麼知道你不是在耍我！」士兵突然間發現一件事。「午夜去哪了？可惡！她一定被嚇死了。」

士兵吵著要到附近的樹叢內尋獵午夜的行蹤，而阿布都拉當然也不再嘗試向他解釋那些參吉小孩從學校學到的鎮尼知識。另外，他也擔心士兵所說的可能成真，哈斯路爾可能發誓過遵守七大誓言，也就是七之印，使他進入好鎮尼中的高位階級，但是他弟弟達爾澤的出現，使得哈斯路爾可以完美地鑽七大誓言的漏洞，違背七大誓言中的每一道約束。反正，無論哈斯路爾是好鎮尼，又或者是壞鎮尼，他看起來也樂在其中。

阿布都拉將魔精瓶放在魔毯上。不過魔精瓶立刻側倒，滾離了魔毯。

「不行、不行！」魔精在瓶子裡發出吼叫。「我才不要坐那東西！你不知道我之前是怎麼掉下來的嗎？我討厭高的地方！」

「哦——不要再鬧了！」士兵說。

士兵一手抱住午夜，午夜用後腿踢著士兵，還不時咬士兵的手臂，不然就是用貓爪刮著士兵的身體，展現貓到底有多麼不喜歡會飛的毯子。現在的處境已經夠煩人了。阿布都拉猜測士兵不高興的原因主要是——薇拉莉雅公主才四歲的事實。士兵在旅途中，持續沉浸於他認為薇拉莉雅公主是自己的未婚妻的夢想中，而被告知事實後，當然有種被耍的感覺。

阿布都拉緊緊抓著魔精瓶，就那樣趕快上了魔毯。他刻意避開不去提他們之前打的賭，不過顯然地，他就是賭局最後的贏家了。他們的確許願取回了魔毯，但魔毯被禁止跟蹤哈斯路爾，所以魔毯的回歸現在對拯救夜花而言是沒有用的。

混亂了一段時間後，士兵還是將他自己、帽子、小傲慢及午夜，勉強地穩妥安置在魔毯上了。

「下命令吧。」士兵說完，那棕色的臉泛上紅潮。

阿布都拉開始發出鼾聲，魔毯緩慢地向上升起一尺左右的高度。午夜又開始喵喵叫，一邊掙扎著；魔精則是在瓶內掙扎，晃得吵死人。

「哦——優雅動人、被附魔的花毯啊。」阿布都拉繼續說。「由最繁複的咒語所織成的魔毯——我請求你，以安穩且安全無虞的速度飛去金貝利，也得使用你體內的偉大魔智，確保我們可以在路途中不被任何人發現。」

魔毯聽從命令，持續升高，從霧氣外穿入過去並朝南方而飛。士兵將午夜好好地夾在腋下，而瓶內則傳來模糊又有點顫抖的聲音：

「你一定要說這麼多噁心的好話嗎？」

「這魔毯——」阿布都拉繼續說。「可不像你，它身上有的是最純潔又正向、出色的魔法，只願意聽從動人之語，它可是一位魔毯詩人。」

魔毯那邊似乎產生了相當自豪的異樣感，魔毯的細碎滾毛邊滿意地向上彎翹，似乎覺得被稱讚有點甜頭了吧，於是筆直地往陽光越漸金黃之處飛行，穿出雲霧。魔精瓶溢出一點點藍煙，不過又立刻慌忙地大叫一聲後，縮回瓶裡。

「太誇張了，是我的話就不會這麼做。」魔精說。

魔毯一開始不讓陌生人看見一行人並不困難，在霧氣與雲層之上持續飛行即可。像香醇牛奶般的濃厚霧雲就在一行人的下方滾滾流動。但隨著太陽漸漸緩升，綠色與金色交雜的原野地表開始從霧氣間露出，然後散發出一瞬間刺眼閃爍的光芒。接著是陸陸續續在原野上的地表上出現的白色道路與偶然穿插於霧氣間的好幾棟房子。小傲慢看著魔毯下滾動的地景，似乎非常著迷，牠站在魔毯的邊緣，以一副看起來就快要掉出去的模樣向下偷看，士兵只能趕快用力抓著牠毛毛的小尾巴，防止牠落出魔毯外。

這時，魔毯傾斜一邊，沿著溪流旁的一整排樹林，跟隨溪流而飛。午夜嚇得將所有的爪尖都插進魔毯的布料裡好固定著身軀，阿布都拉只能在傾斜的最後那瞬間幫士兵將背包給抓回來。

「為了不被人看到，我們一定得搞得這麼小心嗎？」士兵感覺自己有點「暈船」，頭昏腦脹。

他們像藏於樹林中的流浪者，潛藏在樹林生長的邊緣處滑翔著。

「我認為必須這麼做。」阿布都拉繼續說。「從我的經驗來看，只要是看見這件品質高級的魔毯的人，每個人都想盜走並擁有他。」

說完，他還將關於那位騎駱駝的人的回憶告訴士兵。

士兵不得不同意阿布都拉確實說得有理。

「但這一定會影響到我們旅行的速度。」士兵繼續說。「我認為，我們得加速趕到金貝利，然後進到王宮，好向國王警告，有位鎮尼要來盜走他的女兒，也就是抓走薇拉莉雅公主。國王肯定會好好獎賞提供消息的人一番。」

經過哈斯路爾的說明後，得知真相後被迫放棄與薇拉莉雅公主結婚的士兵，反而轉念想賺一大筆錢。

「別怕，我們會這麼做的。」阿布都拉說完，再度絕口不提兩人之前的賭局。

最後，他們總共花了將近一天的時間才抵達了金貝利。

過程中，魔毯依然沿著河岸，從稀疏的樹林再到廣大的森林都滑翔飛行著。後來，當遇到底下是一片完全空曠的原野時，魔毯才會以更快的速度飛行。

當日傍晚，他們終於到了金貝利，高聳城牆內盡是一棟又一棟的高塔連綿而去，那是一座規模少說也有參吉的三倍那麼大的城市。阿布都拉指示魔毯在離國王居所，也就是離王宮近一點的地方找家不錯的旅館，然後找個沒人的地方、沒人的時間點，將一行人放到地面上，如此一來，就沒人懷疑他們是來自外地的冒險者。

魔毯遵守命令，像一條乖巧的蛇，迅速鑽過城牆，並沿著屋頂的輪廓滑動，就像在海底浮動的比目魚隨之改變滑動的姿態。阿布都拉一行人環視著底下的一切。寬度不一的各條街上都擠滿穿著華貴的人以及高貴的馬車。金貝利的每棟房子在阿布都拉的眼裡宛如王宮。他瞧見那些高聳入雲的高塔、金色穹頂似的屋頂以及華美的建築雕刻裝飾，甚至還有大理石製的庭園，就算是參吉的蘇丹也想囊括進自己的城市之中吧。稍微沒那麼華美的房子——如果相較起來算是沒那麼華美的話——上頭則是以漆色表現圖騰的精美。至於林立的商店群中，所販售的商品品質與數量，阿布都拉都看得出來與參吉的西城市集比實在贏太多了。阿布都拉心想，這也難怪蘇丹會那麼著急地想與因格利結成姻緣世家。

魔毯找到的旅館坐落於金貝利的中央地帶，一處由大理石雕砌而成的雄偉房子旁邊的位置。旅館外牆鑲嵌著應該是某位大師的傑作——以石灰岩雕成型的各式果類，還漆上最亮眼的色彩，再加上金色的果葉雕飾。

魔毯輕輕地落在旅館馬廄的屋簷上，機靈地將阿布都拉他們落在一座可以好好躲藏，設有一個加裝的金鍍外表風向儀的金塔上。一行人就坐在那，環顧了金貝利城中的街景以及周圍的風景，直到下方沒人為止。

下方正巧有兩位看似是這裡雇傭的僕人，他們正在清洗一輛鍍金的馬車，一邊做著工作，一邊聊著八卦。那些八卦的內容幾乎都是關於這間旅館的老闆。內容說道，老闆將錢看得比什麼都還要重要。兩人抱怨完寒酸的薪水後，其中之一還說道：

「有聽說那個盜遍北方，來自斯坦蘭吉亞的士兵的傳聞嗎？有消息說，他可能到這裡了耶。」

「我猜啦，他肯定已經到了。不過城門那裡早就聽聞了，在警衛們的注視之下，他逃不了太遠的。」另一個人則回答。

士兵望向阿布都拉。

阿布都拉壓低聲量問道：你有其他衣服可以換嗎？

士兵點頭，然後在背包裡用力翻動著。沒多久，他直接掏出兩件看似農民會穿的工作罩衫，前後都縫有刺繡。阿布都拉好奇士兵的這兩件衣服打哪來的。

「晾衣繩上拿的啊。」士兵呢喃說著，然後拿出衣物刷及刮鬍刀，自然地融入在屋頂的樣式之中換衣服，盡量不發出任何聲音，然後開始刷著褲子。不過他試著以乾式的方式刮鬍時，無法避免發出明顯的聲響。那兩名僕人注意到後，不時會抬頭看一下。

「我猜是鳥。」其中一名僕人說。

阿布都拉將第二件罩衫套在自己本來的外套之上，這樣一來，外套看起來就不是他身上最華貴的了。不過，穿成這樣肯定會很熱，但不這麼做的話，很難不被士兵看見自己從外套內袋裡拿錢出來。阿布都拉用衣物刷梳理了一下頭髮，又梳了一下鬍子——現在應有十二根鬍子——然後也用衣物刷刷了一下褲子。都完成後，士兵將刮鬍刀給阿布都拉，然後什麼也不說似地將雙髮辮推過來。

「朋友，你這不只是偉大的犧牲，也是最聰明的計畫。」阿布都拉呢喃說道。

阿布都拉狠下心用刮鬍刀切斷了士兵的雙髮辮，並將那些頭髮藏於風向儀之後。如此一來，就算是精明幹練的士兵，這種犧牲也讓外貌有了劇烈改變，看起來確實像一位毛髮濃密的富農。阿布都拉則希望冒充士兵的弟弟這招能過關。

下方的僕人們在他們「變裝」完成後，也結束了洗淨馬車的工作，準備將馬車推回馬車房。當他們到了魔毯停留的屋頂正下方時，其中一人開口問道：

「聽說有人要將公主擄走，你怎麼看？」

「哦，你說那謠言哦，我認為謠言是真的。」另一人繼續表達看法。「如果你是想問這個的話，我也聽說宮廷巫師這次是冒著巨大風險，對王宮送出警告訊息的。

真是可憐的人耶，他以前可不是那種會冒任何風險的人。」

士兵又看了阿布都拉一眼，而士兵的嘴型像是在咒罵。

「別在意。我想應該還有其他賺錢的方法。」阿布都拉低語道。

一行人等待那兩人已經徹底穿過庭院並走進旅館後，阿布都拉才要求魔毯將一行人穩穩地降於庭院中。它非常聽從阿布都拉的話，就這樣停在庭院中。阿布都拉收起魔毯，然後將魔精瓶順勢包裹在被收起的魔毯內；士兵則拎著背包及帶著兩隻貓，隨著阿布都拉一同走進旅館，還努力擺出一副有點笨拙又受人景仰的模樣。

這次，旅館老闆上前歡迎他們進來。不久前，那兩位僕人所道之語也讓阿布都拉提高警戒。阿布達拉假裝將金幣夾在兩指之間，並露出一點端倪。當然，老闆貪婪的眼神一定捕捉得到那枚金幣，他緊瞪著金幣的程度讓阿布都拉都懷疑他有沒有將阿布都拉一行人放在眼裡？不過，阿布都拉一直保持著禮貌，至少旅館老闆也是如此。旅館老闆領著一行人來到位於二樓的一處寬敞好房，隨即又允諾會送晚餐和熱洗澡水過來。

「還有，貓需要……」士兵又開始了他的貓奴行為。

阿布都拉一聽到就狠下心踢了士兵的腳踝。

「這樣就行，這位猶如雄獅的旅館主人。」阿布都拉繼續說。「不過啊，這位善良無比的旅館之主啊，要是你機敏的服務生再拿來籃子、墊子外加一盤鮭魚，某位擁有高強魔力的女巫知道後一定會非常開心。我們一行人明天得到女巫那裡，將這對擁有奇特本領的貓咪送去，她要是知道我們的旅途故事，肯定會慷慨地獎賞一下那些善待這對貓咪的人們。」

「好的，這位先生，我會盡力的。」旅館老闆說。

阿布都拉又假裝隨意地丟過金幣，旅館老闆收到後敬了個榮重之禮並離去。此時的阿布都拉實在非常滿意自己剛才的表現。

「為什麼要這麼矯情！」士兵生氣了。「而且現在該怎麼辦？我在這可是通緝犯耶，國王好像也知道有關哈斯路爾及達爾澤那些鎮尼的事。」

阿布都拉見士兵此時屈服了，能夠使主導旅途的權力轉向自己身上，那真是令人愉快。

「啊，但國王會知道天上的城堡裡，其實就是充滿著別國被盜來的公主，而且還留了位子準備收容他的女兒嗎？」阿布都拉繼續說。「這位朋友，你別忘了一件事，國王本人沒有與鎮尼們一對一地相覷交談的機會，我們搞不好可以利用這件事，這是我們的優勢。」

「那要怎麼做才行？」士兵追問。「難道你能阻止哈斯路爾奪走那小女孩嗎？而且你知道如何到達那座城堡嗎！」

「我不行，不過我在想，哪位巫師有可能會知道。」阿布都拉繼續說。「我們得重新擬定一下計畫。最好不要強迫某位效力國王的巫師幫助我們，取而代之的是，打聽看看其他哪位巫師最厲害，再付點錢找他幫忙。」

「好吧，但那得交給你做。」士兵繼續說。「任何有實力的巫師馬上就能發現我是斯坦蘭吉亞人，並在我逃跑前叫警衛把我抓走。」

旅館老闆迅速地送來貓吃的食物。他走進來遞了一碗奶油、一盤已剔除骨頭的鮭魚，還有一小盤小鯡魚。旅館老闆夫人也在後方，也是擁有一雙差不多貪婪的眼神的人。她拿著一籃看起來很柔軟的草編籃及一塊刺有圖案的地墊。阿布都拉看到這些，嘗試擺出別那麼矯情的模樣。

「實在是非常感謝你，這位最厲害的旅館老闆。」阿布都拉繼續說。「我肯定會向女巫進言，說道你是位多棒的人。」

「不需要，這位先生。我們這些金貝利人對使用魔法的人都很尊敬。」旅館老闆夫人說。

阿布都拉心情轉變為懊悔。或許，他應該早點想到假扮成巫師。因此，阿布都拉打算藉由談話來釋放他的失落：

「這墊子裡只有孔雀毛對吧？女巫是位挑剔的人，我怕她——」

「沒錯，這位先生。關於這些眉角，我都很清楚。」旅館老闆夫人說。

士兵看情況不太對勁就咳了一聲，而阿布都拉停止刁難對方。他放開胸懷地說：「除了貓咪，我們還受人委託帶訊息給金貝利的巫師。本來，我們打算將消息帶給宮廷巫師，不過我們在旅行中聽說他好像遭遇不測。」

「是的。」旅館老闆說完並將他妻子拉到一旁。「有位宮廷巫師就像您說的那樣，失蹤了。不過幸運的是，宮廷巫師有另外一位。如果你需要的話，我可以告訴你怎麼去第二位宮廷巫師沙利曼那裡。」

他一說完，視線有所意圖地看著阿布都拉的手指。

阿布都拉嘆氣後拿出價值最高、額度最高的銀幣。價格正好與這項情報的價值相符。旅館老闆給了他有關沙利曼的詳細情報後，於是收下了相對應的銀幣金額，並承諾熱洗澡水及晚餐等等就到。洗澡水還真的送來了，而且也是熱騰騰的，晚餐的菜色也非常棒，這令阿布都拉打從心底的覺得開心。士兵與小傲慢進去裝滿熱水的澡盆洗澡時，阿布都拉趁勢將錢從原來外套的內袋，換到貼身腰帶內，如此一來便讓阿布都拉鬆了口氣。

士兵洗完澡，感到全身舒暢。他吃完晚餐後就將腳放到桌上，然後抽著他那根的白陶菸斗。然後，他似乎覺得有趣似地將鞋帶從魔精瓶卸下，左右甩來甩去逗著小傲慢。

「無庸置疑——錢真的是萬能之物。你傍晚要去找宮廷巫師？我認為得快點才行。」他說。

當然，阿布都拉也同意這個看法。

「我擔心的是他的收費標準。」阿布都拉說。

「我猜很貴。除非你可以說服他，那鎮尼說的話能幫助到他或讓他產生興趣。與此同時——」士兵用一種思考周延又低沉的語氣說道，還一邊抽上鞋帶，故意讓小傲慢抓不到。「我估計你別提到魔毯與魔精的事比較好。這些以魔法或巫術維生的紳士們，熱愛一切與之相關的人事物，就像這裡的旅館老闆特別愛錢。我知道你不想讓他以魔毯之類的代價來相抵作為報酬，你為何不把他們留下？讓我來顧。」

阿布都拉開始猶豫了，因為聽上去言之有理，但卻令人懷疑。

「順道一提，我還欠你一枚金幣。」士兵說。

「有這件事？」阿布都拉繼續說。「夜花說我是個女的之後，我首次聽到這種再度讓我感到驚訝的事。」

「我們之前有個賭局啊。」士兵繼續說。「魔毯帶來哈斯路爾，而這哈斯路爾、達爾澤這些鎮尼甚至比魔精還難搞。你贏了那場賭局，那就拿去吧。」士兵從房間的另一頭騰空拋過一枚金幣給阿布都拉。

阿布都拉確實接住後收進腰帶並笑出聲。這位士兵一直以來都是這樣的人，確實很誠實，始終如一。他開心地下樓，內心則對見到夜花充滿期待。旅館老闆夫人看到他下樓，又立刻趕上去，再次仔細說明如何到達巫師沙利曼的宅邸。他實在太開心了，對再次付出了一枚銀幣感到不痛不癢。

而沙利曼所居住的房子離旅館還算近，但身處古城區之中，因此得穿越一些很雜亂又隱蔽的巷弄與庭院。此時已近薄暮，一到兩顆像是融化般的星星已經融入在藍黑色的天空中，並正巧吊在穹頂及尖塔之上，金貝利亮到就像整座城市的上空飄浮著如月亮光芒的銀之球體。

阿布都拉望著那些光球，有點懷疑它們是不是有著魔法的特殊裝置？不過與此同時，他正巧發現一道看似有四隻腳的黑色影子掠過屋頂潛移。這當然很有可能是某隻出來找食物的在地流浪貓，不過阿布都拉深知那肯定是午夜，他不可能認不出來那屬於午夜的行走方式。原先午夜消失在山牆的影子之中時，他還以為午夜是出來獵殺鴿子的，準備搞一餐不適合小傲慢吃的肉。但是阿布都拉已經轉彎並走進另外一條巷子的一半，午夜突然又出現了，順著他頭上的不知道哪戶人家的矮護牆上悄悄移動。阿布都拉此時覺得午夜搞不好是在跟著他。

阿布都拉越過狹窄庭院及中間的盆栽後，他見到午夜從夜空中劃出一條弧線，從某一邊的簷槽又跳到另一戶的簷槽上，跟著他進入了同一座庭院。他確定了一件事——午夜確實是跟著自己。而阿布都拉完全不知道為什麼她要這麼做。阿布都拉走過了兩條街，依然還注意著午夜的行動，但他只有在某一處拱門之上見到午夜一次。阿布都拉終於來到巫師沙利曼所住之處，那有一處鋪有許多圓石底的庭院，然而午夜的身影就在此時真的消失了，阿布都拉找不到她在哪。他聳了聳肩，就那麼走到了房子門前。

那棟帥氣的房子有著鑽石狀的老窗，陳舊又不規則的古牆壁上似乎用上漆的方式畫著一大堆魔法圖騰。前門兩旁的銅製高柱燃燒著看似非常高溫的黃色之焰。阿布都拉握持著門扣，而門扣長得像是一張不懷好意的笑臉，還張著嘴，嘴裡叼著門環。於是，阿布都拉大膽地敲下門扣。

有著一副冷酷消瘦長臉的男僕人應了門。

「這位先生，巫師沙利曼目前很忙，恐怕沒有辦法接待你。」僕人繼續說。「在有任何進一步的指示前，他都不見人。」

僕人一說完就想關上門。

「不！等等！這位忠心無比的僕人、最受人喜愛的侍從！聽我說！」阿布都拉出聲反制。「我要說的事很重要，有危險即將降臨於國王的女兒身上。」

「巫師早就知道了，這位先生。」僕人一說完，將關門的動作又延續下去。

阿布都拉迅速將自己的腳抵住門縫。

「你得聽我說完啊！這位最有耐心的僕人。」阿布都拉繼續說。「我有事——」

此時，男僕身後傳來了像是年輕女子的細膩聲音：

「等等，曼弗瑞德，我知道他要說的事有多重要。」

門再度被推開。僕人立刻就消失於後方的走廊之中，一下子又出現於前廳的位置。取代僕人而站在阿布都拉眼前的，是一位擁有迷人魅力的年輕女子，她有著看起來蓬鬆的黑捲髮及可人的臉龐。阿布都拉看到都呆住了，不過僅是一眼之緣，他就能依照北方人的標準來判斷，她的美麗程度根本跟夜花稱得上是有過之而無不及。不過阿布都拉也禮貌性地，隨即別開了視線。她的身形外表很明顯是待產中。居住於參吉的女子們要是懷孕了，無論怎樣都不會讓自己外出。這下子，阿布都拉害怕到甚至不知道自己該朝哪看。

「我是巫師的妻子，蕾蒂．沙利曼。」這位年輕女子問道。「你會來到這就代表有話想說。有什麼事嗎？」

阿布都拉向之行禮，這讓他能將視線都放在門檻上。

「哦，來自親切的金貝利的豐收之月啊。」他繼續說。「我叫做阿布都拉，『阿布都拉』之子，是來自遙遠的參吉的地毯商。我為您的丈夫帶來他會想聽的情報。這位來自巫師家族中亮眼的美人，請替我轉達他。今日早上，我與威力強大無比，名叫哈斯路爾的鎮尼，聊過有關因格利國王那最受他疼愛的女兒的事。」

蕾蒂．沙利曼看起來完全不習慣這種來自參吉的禮節。

「我的天——」她繼續說。「喔，我的意思是，你也太有禮貌了！我知道你說的都是真的，對吧？我想你得跟班談談，請快進來！」

她自門內退了一點，讓阿布都拉能夠進門來到房子內。阿布都拉依然保持著禮節，以垂下目光的方式踏入屋內。此時，有種不知道是什麼東西蹦到阿布都拉背上的觸感。緊接著，這東西立刻緊抓著阿布都拉的身體，然後從他頭上劃過一道圓弧，躍過去並停在了蕾蒂凸出的肚子上。隨即又是一陣金屬滑輪的嘶叫。

「午夜！你在幹什麼！」阿布都拉生氣地說。他往前快要跌倒似的，緊張到踩不穩步伐。

「蘇菲！」蕾蒂看到後立刻大叫出聲。她緊抱著貓，然後向後踩空了幾步才站穩。

「哦！天啊，蘇菲，妳害我擔心到快瘋了！曼弗瑞德，去叫班過來！我不在乎他現在手上在忙什麼！現在有更緊急的事！」

第十六章 降臨於午夜與小傲慢身上的怪事

阿布都拉進門沒多久，就發現整棟屋子陷入一片慌亂。又有兩位僕人出現。他們當中的第二位，那身穿藍長袍的少年似乎是巫師沙利曼的學徒，緊跟隨著帶頭的第一位僕人。房內的人除了阿布都拉，幾乎都陷入奔跑與混亂中，而蕾蒂抱著午夜也加入了大廳的混亂之中，慌忙地到處跑，還一邊喊叫，一邊對僕人們下達指示。如迷霧般的混亂之中，曼弗瑞德認真地帶著阿布都拉坐下，且還倒了一杯葡萄酒給他。如果他認為該這麼招待自己，那麼阿布都拉也只能選擇坐下了，一邊喝著葡萄酒，一邊新奇地觀察這場不知道在忙些什麼的混亂。

當他開始意識到，這事態恐怕會持續相當久時，所有人的動作突然就停止了。一位身材高大、威嚴無比的黑袍男子不知道從房子的哪處冒出來，對著這一切開口說道：

「現在到底是什麼狀況？」

這位男子替阿布都拉說出了內心的一切擔憂，阿布都拉因此對這位男子產生了些許興趣。他的頭髮是淡紅色的，還有一張疲憊又線條稜角分明的臉。而他那一襲黑袍讓阿布都拉篤定他就是巫師沙利曼——其實以他的個人氣質，穿什麼都像是一位巫師。阿布都拉起身並向他行禮，巫師粗獷的臉此時則對他投以奇特的眼光，然後立刻轉望著蕾蒂。

「他是從參吉過來的，班。」蕾蒂繼續說。「他了解那些有關於公主這幾天可能遭遇的危險。而且他還帶著蘇菲！你看！蘇菲變成貓了！班，你一定要立刻把她變回來！」

蕾蒂是一位難過時會讓人更加疼惜的女孩，所以當沙利曼輕輕地握住了她的手臂時，阿布都拉並沒有感到意外。

「是啊。那是當然的，我的摯愛。」沙利曼說。

阿布都拉看到沙利曼親吻蕾蒂的額頭後，他失落地思考著，不知道自己的人生裡能有幾次機會像他們那樣，親暱地親吻夜花？又或者能否對夜花說出，接下來沙利曼追加的那句話：冷靜點，記得注意肚子裡的孩子。

沙利曼叮嚀完蕾蒂後，立刻對後面的僕人說：

「你們難道不知道要關門嗎？我看金貝利有一半的人都知道這裡出事了。」

沙利曼這樣的舉動讓阿布都拉對他更有好感了。事實上，他實在很想起身去關門，只不過擔憂著，這戶人家的傳統搞不好是遇到危險之時要將門打開，所以遲遲沒有付諸行動。他再次行禮後，發現沙立曼立刻轉望著他。

「這位年輕人。到底怎麼了？你怎麼知道這隻『貓』是我妻子的姊姊？」沙利曼問道。

阿布都拉對此問題完全沒轍了。他為了這道問題，花費唇舌解釋了非常多次，也講得很明白。他解釋過自己完全不知道那隻名叫午夜的貓曾經是人類，也不知道她與宮廷巫師有著姻親關係，且還是宮廷巫師夫人的姊姊。但他們似乎沒將這些話放在心上。因為見到那隻名叫午夜的貓（蘇菲）實在令他們太開心了，所以無論阿布都拉講了什麼，他們都認為阿布都拉純粹是基於他們之間的友情，才帶著蘇菲過來的。結果，他完全不用付給沙利曼任何報酬，而沙利曼認為自己反而才欠阿布都拉人情。當阿布都拉解釋這樣可不行之時，沙利曼只好替他圓場：

「嗯，沒關係，就先這樣。跟我來，我們先幫她變回人類再談。」

即使如此，他的語氣依然保持友善且令人感到可靠，這使阿布都拉感到暖心無比。於是他跟著其他人來到好像是這棟房子的後方的一間巨大房間——不知為何，阿布都拉卻有種身處異處、莫名的疑惑，因為這裡的地面與牆面都以非正常的方式傾斜著。

阿布都拉從來沒見過真正的巫師施法現場。他好奇地到處看，發現房內都是相當精密的魔咒、巫術及相關工具設備。離他最近的是一些精美的花絲藝術品，還圍繞著一圈霧狀的煙。除此之外，附近還有奇形怪狀的巨型蠟燭正立在各種樣式的圖騰中。遠點則有用濕陶土做成的奇異意象。更遠之處，他看見有一座噴著五道泉水的噴泉，水流噴出到落下的過程中，逐漸變成了各式各樣相異的幾何圖案。高聳的噴泉籠罩了阿布都拉一半的視線，擋住後方更多的奇異珍寶。

「這裡沒空間可以施法。」沙利曼迅速穿梭至房間的另一邊。「我們到隔壁去工作，『這些』可以幫我們阻擋一下。跟著我來，快點。」

其他人迅速地跟著沙利曼，進到隔壁那間更小的房間。小房間內只有牆壁掛著幾面圓鏡，其他部分幾乎是沒有任何擺設。

蕾蒂緩慢地將午夜放在房間地板中央的一塊藍綠相間的岩石上。午夜伏臥著舔理自身前腳的內側，令人感覺這一切好像都跟她無關，散發出一股悠哉的氣息。而除了她之外的人，當然也包含了蕾蒂及沙利曼家的僕人們，他們急忙在午夜周圍利用許多長銀條，搭起了有點像帳篷的物體。

阿布都拉戰戰兢兢地靠牆站立並無能為力地看著這一切。他現在突然感到後悔——怎麼如此老實地向沙利曼強調對方沒欠自己什麼，他應該要把握機會問沙利曼如何抵達天上的城堡。他又立刻開始換位思考，反正那時自己說的話也沒人要聽，因此等眼前的狀況平息後再問較好。當他正思考著這些時，長銀條已經被形塑成有銀星外貌的骨架，他被眼前眾人忙碌的情景搞混了，這情景以反射的姿態出現在牆上那些圓鏡內，穿插成各種濃縮、變形且中間凸折的模樣，與眼前的實景可說是混在一起。鏡面也隨著牆面及地面彎曲成非正常的弧度。

終於，沙利曼用他骨頭浮出線條分明的手掌拍手叫道：

「沒問題了，蕾蒂留在這繼續幫我就好，其他人可以去別間房確認一下薇拉莉雅公主的守護咒有沒有受到任何影響。」

沙利曼的學徒及僕人們聽到命令後便照做，盡速離開了。沙利曼展開了他的雙臂，而阿布都拉想看個仔細，並用他的眼睛明白地記錄下現在的過程，但是沙利曼的施術一開始運作，他就搞不清楚這到底是什麼狀況了。他從前面的對話及準備可以猜測出一些端倪，但似乎什麼都沒有具體地展現出來。這狀況就像是五音不全的人在聽音樂。每隔一陣子，巫師沙利曼會說出一個語音深沉、奇怪的詞，使房間的視野在肉眼看來變得模糊，也讓阿布都拉的腦袋變得迷幻，這樣他就更看不清眼前發生的一切了。不過，阿布都拉最難以理解的還是牆上那些鏡子。

那些鏡子持續顯現出看起來像是倒影顯像的圓形圖樣，看起來又不像是如此或可以說完全不是？每當阿布都拉查看鏡子，鏡中反射出長銀條形塑的那層骨架，然後逐漸變換各種模樣的銀光型態——有星狀、三角形狀也有六角形狀，有時則是沒看過的稜角分明、神祕的新圖樣——但是他眼前那真正實體的銀色骨架卻完全沒有發光，也沒有變形或成長。阿布都拉有幾次發現，鏡內的反射只會顯現出沙利曼展開手臂的模樣，但在實際的房間內，他的手卻不像鏡內那樣，而是貼著身體的。其中一面鏡子有時又會反射著蕾蒂靜靜地站著、雙手握緊並露出戰戰兢兢的模樣。但阿布都拉回望房內實際的她時，她反而在房內到處不停地走著，揮舞著奇特的手勢，還露出非常認真且冷靜的表情。午夜則完全未出現於鏡子之中。但在房內，也難以在蕾蒂不久前將她放下的地方看見她。

最後，所有的長銀條瞬間發出了銀色霧光，包圍著中央。沙利曼說出最終那句深沉的咒語後便往後退。

「可惡！」中央區域內突然冒出了神祕的聲音。「我完全無法聞到你在哪了！」

這讓沙利曼笑出來了，蕾蒂聽到後還直接大笑了起來。阿布都拉跟著他們的目光趕緊找到這個讓他們如此開懷的人在哪，看到後立刻又將視線移開。因為，伏臥在施法區域中央內的年輕女子沒有穿任何衣物。那僅一瞬間的視線所至，讓阿布都拉發現那位女子的頭髮顏色並不像蕾蒂是黑色的，即使那位女子長得很像蕾蒂。蕾蒂從房內不知何處，拿了一件綠巫師袍就跑過來遞給年輕女子。阿布都拉此時勇敢地再次查看，發現那位女子已經披上了長袍。蕾蒂嘗試著緊擁她，然後協助她從中央區域走出來。

「哦，蘇菲，到底發生了什麼？」蕾蒂一直不停地問。

「讓我休息一下。」蘇菲看起來難以用兩條腿穩定站立的平衡感，雖然有點困難，但她還是回應了蕾蒂的擁抱，然後緩慢地走向了沙利曼，也抱了他。

「少了一條尾巴，有種奇怪的感覺。不過真是太感謝你了，班。」

蘇菲走向阿布都拉，她現在的步伐變得相對穩定許多。阿布都拉被她逼近後慢慢退到牆邊，背抵著牆面，害怕她也要對自己展開胸懷並擁抱，不過蘇菲僅僅開口說道：

「你懷疑我為什麼一直跟著你，對吧？其實我總是在金貝利迷路。」

「我非常高興能為您服務，這位迷人可愛的生靈變幻者。」阿布都拉雖然這麼說，身體還是有點僵直。

他一看到蘇菲，無法確認自己會如何與蘇菲相處，也不知道會不會比「午夜」形態還較好溝通。但論年輕女子而言，阿布都拉感覺得到她是個性強悍的那種類型，而且甚至強烈到有種令人不太舒服的程度——就像自己父親大房的姐姐，法蒂瑪。

蕾蒂不斷地想要知道蘇菲怎麼會變成一隻貓，一直問東問西，而沙利曼也感到有點憂慮，於是開口問道：

「蘇菲，這代表霍爾也變成了動物到處流浪嗎？」

「不、不是這樣。」蘇菲說完，表情盡顯憂慮。「我完全不知道霍爾在哪，因為就是他把我變成貓的。」

「妳說什麼？妳先生竟然把妳變成一隻貓！」蕾蒂驚訝著說。「所以你們又吵架了？」

「是這樣沒錯，但我認為霍爾也有他的理由。」蘇菲繼續說。「你們也知道，之前有人想要偷走霍爾的移動城堡。我們收到情報後，離盜賊抵達剩下不到半天，霍爾又剛好正在為國王製作一個占卜咒。魔咒的占卜卦象告訴我們，將有力量強大的『生物』來偷走城堡後，也劫走薇拉莉雅公主。霍爾知道後，說他得立刻向國王送出警告訊息。訊息有送到這嗎？」

「當然。」沙利曼繼續說。「公主現在分分秒秒都被保護著。我還借助了惡魔的力量，以在房間設下守護咒的屏障。無論那到底是什麼，都沒有機會能夠跨過去威脅到公主。」

「真是謝天謝地——我總算能鬆一口氣了。你們知道嗎？那是位鎮尼。」蘇菲說。

「就算是鎮尼，也無法穿越屏障。」沙利曼繼續問。「那霍爾之後怎麼做呢？」

「他罵我——」蘇菲繼續說。「用威爾斯話罵我啦。反正，後來他讓麥可及新學徒先離開這裡，最後也想把我送離城堡。但我對他說，如果卡西法和他要留下，我也要留在他身邊。難道他就不能對我下一道，讓鎮尼無法察覺我的存在的魔咒就好？反正就這樣吵起來了啦。」

「我怎麼一點也不意外呢？」蕾蒂覺得好笑。

蘇菲的臉泛起紅暈，不服氣地仰起下巴說道：

「好吧！誰叫霍爾一直勸我去威爾斯跟他姊姊一起待著，他還說我在那比這裡安全很多，他知道我跟他姊姊不合的！反正，我解釋了很多次，如果我可以留在城堡裡又不被發現的話，肯定可以幫上忙的。反正就是這樣——」她不想讓別人看見她的表情。「那位鎮尼到城堡時，我們依然在吵架。然後我聽到很大的聲音，再來就是漆黑一片了。情況有點混亂，我只記得霍爾喊出了貓形咒，而且喊得很著急，聽不清楚唸了什麼。最後還向卡西法大叫——」

「哦，卡西法是火魔，是他們的朋友。」蕾蒂為卡西法輕聲地向阿布都拉打招呼。

「——喔，他叫卡西法快點離開並保護自己為重，因為他們兩人都打不贏那位鎮尼，合力也是。」蘇菲繼續說。「再來就是，城堡被整個掀開了，像起士盒的盒蓋被打開一樣。我醒來後，就變成一隻在金貝利北方山上的流浪貓。」

蘇菲低下頭。蕾蒂與沙利曼以眼神交換了彼此的不解。

「為什麼在那邊的山上？」沙利曼繼續說。「那裡離城堡可有段距離耶。」

「不是這樣的，城堡的魔法連接同時存在於四個地點。我猜我被丟在中間地帶吧。不過這倒是還好，因為那裡有不少老鼠跟鳥可以吃。」蘇菲回答。

一聽到蘇菲所說的，蕾蒂標緻又可人的臉立刻變得扭曲。

「蘇菲妳！」蕾蒂尖叫。「妳吃老鼠！」

「有差嗎？貓就是吃那些。」蘇菲又再次仰起下巴。「老鼠很美味，不過我不太喜歡鳥，吃鳥時沒剝下來的那些羽毛會卡在你的喉嚨。但是……」

她突然又變得哽咽起來，再次將自己的臉遮住：

「發生這些事的時間點實在太糟了。我到了山裡一星期後，摩根出生了。所以他是一隻小貓——」

這件事比蘇菲以老鼠當作食物更讓蕾蒂嚇壞了。蕾蒂聽完，立刻泣不成聲地抱住蘇菲：

「我的天！蘇菲！那妳怎麼辦？」

「當然囉！貓怎麼做，我就怎麼做。我有找『食物』餵他，也會幫他舔乾淨身體。蕾蒂，別擔心，我把他交給阿布都拉的那位士兵朋友照顧了。那個人會殺掉任何敢傷害小貓的人。但是……」她轉向沙利曼。「我想我必須把摩根帶來，讓你把他變回人類。」

沙利曼看起來幾乎跟蕾蒂一樣，一副焦躁不安的模樣：

「真希望我能早點知道這些事！說到摩根，如果他是因為妳身上的貓形咒的關係而被影響——以小貓的姿態出生。那現在應該已經變回人類了。我們得趕快確認一下。」

沙利曼跨到牆上的其中一面圓鏡之前，以雙手劃出一道圓。

那面鏡子——應該說所有的鏡子——同時立刻顯現了阿布都拉一行人下榻的旅館房間的影像，而這裡牆上的每面鏡子能以不同角度來審視房間，清楚到好像也掛在旅館房間內那般。阿布都拉一面接著一面檢視了所有鏡子，鏡子內顯現的影像確實令在場所有人感到警覺。不知為何，魔毯以敞開的姿態躺在地板上，毯上則躺著一個圓滾滾的粉紅裸體嬰兒。這孩子年紀還小，但阿布都拉已經看出他的個性大概跟蘇菲一樣強悍。此時，他剛好也發揮著自己強悍的那一面。他在空中踢打著腿和拳頭，臉上的表情看起來非常生氣，嘴變成像是只會散發憤怒的方形洞口。雖然從這裡看過去，鏡中顯現的影像沒有任何聲音，不過卻能看得出來，鏡中的摩根正在製造巨大的「噪音」。

「另外一個人是誰？我似乎見過他。」沙利曼問。

「這位創造奇蹟的人啊，他是來自斯坦蘭吉亞的士兵。」阿布都拉無奈地回答。

「好吧，我可能是從他的臉聯想到其他人了。」沙利曼說。

鏡中的士兵正站在哭瘋的摩根旁邊，一副嚇壞的模樣，完全不知道該如何是好。他似乎期盼魔精可以幫上一點忙，因為他的手上正握著魔精瓶。不過瓶中的魔精卻散成好幾道不成形的藍色煙霧，每張從煙霧中顯現的臉看起來都像是在用手摀住雙耳，與士兵同樣無能為力。

「哦，這可憐的小朋友！」蕾蒂說。

「應該要說可憐的是士兵吧？」蘇菲繼續說。「摩根現在很生氣，他沒有以別的姿態生活過，出生就是貓的姿態，而以貓的姿態能做到的事情比小嬰兒還要多，他一定是在氣突然沒辦法走路這件事。班，你可不可以……」

蘇菲還沒有問完問題，一陣聽起來像是巨大的絲綢被撕扯的聲音傳了進來。他們所在的房間開始震動著。沙利曼突然大聲下達指令後就衝向門口，隨即又趕快閃避。外面有群哀聲哭號的「生物」掠過門口與牆邊，牠們經過房間後，隨即又陷進對面的牆壁裡消失不見。那些東西的速度太過快速，快到模糊不清，但可以看得出來那並不是人類。阿布都拉的眼前雖然模糊，但捕捉到牠們似乎擁有許多長有尖爪的腿，也有只會發出尖嘯，連腿都沒有的個體，甚至還看到僅有發狂獨眼的；也有的是頭上長有複眼的。除此之外，他還看見長有獠牙的頭、飄垂的舌頭以及燃燒的尾巴。這些「生物」中，速度最快的長得像是一顆滾動泥球。

這些生物迅速掠過的身影很快就消失了。學徒急壞了，一打開門就往內衝：

「先生！先生！守護咒的屏障被摧毀了，防禦快撐不住了……」

沙利曼抓住他的手臂，急忙帶他衝回隔壁房間，還不忘回頭向其他人喊著：

「我會盡我所能快點回來！薇拉莉雅公主現在有危險！」

阿布都拉想要察看士兵與嬰兒的狀態，但現在只能從圓鏡中看到自己的倒影，看不見其他影像。蕾蒂及蘇菲憂慮的臉也只能倒映在鏡上，她們也像阿布都拉那樣，想要查看嬰兒的狀態。

「該死！」蘇菲繼續說。「蕾蒂，妳會用這些鏡子嗎？」

「我沒辦法，那是班的獨門絕技。」蕾蒂說。

阿布都拉想到還在旅館房間的魔毯及魔精瓶：

「兩位如珍珠般美麗的、最迷人的淑女們啊。如果可以的話，請同意我在旅館的其他客人來抱怨噪音之前，盡快趕回旅館。」

蘇菲與蕾蒂也立刻回覆她們也要同行。阿布都拉很難忍住不去勸阻她們，但經過前面的交談及接下來的思量過後，他知道蕾蒂目前的狀態完全不適合快速移動及穿越街道。當三人穿過了隔壁房間那已經混亂不堪、瀕臨破損的魔咒與屏障時，沙利曼還從中逮到空檔，指示曼弗瑞德準備好馬車。而曼弗瑞德正在準備馬車時，蕾蒂領蘇菲上樓去換一套合適一點的衣服。

在這段時間內，阿布都拉只能在大廳裡來回走動。幸好每個人的行動都非常快速，他僅等了大約五分鐘。但在那段時間內，他至少嘗試打開之前進來的那道前門十幾次，卻發現魔咒封住了那道門。他感到自己快要瀕臨崩潰的邊緣，在蕾蒂與蘇菲下樓之前，感覺上等了有一個世紀那麼長。她們兩人都穿好了凸顯她們的美麗及優雅的服裝。曼弗瑞德此時終於打開了門，一匹紅棕色的馬正拉著精緻的敞篷馬車，在鵝卵石鋪成的路上等待一行人的搭乘。阿布都拉很想要直接跳上去，然後一路快馬加鞭，狂奔趕路，不過這麼做實在有失禮節。他等到曼弗瑞德扶著蘇菲與蕾蒂兩位女士上了馬車後，才爬上了駕駛的位子上。馬車還沒等到阿布都拉在蘇菲旁邊的座位就定位，便照著靈活的步伐，開始在路途中一邊行進，一邊發出馬蹄與地面擊打的聲音。阿布都拉覺得這樣還是不夠快，沒了鏡子，他很難想像士兵會做出什麼事。

「希望班能快點修好保護公主的屏障。」當一行人飛快穿越過廣場時，蕾蒂焦慮地開口。

蕾蒂才剛說完，馬車身後就迸現了一連串的不知名爆炸聲，聽起來就像沒有處置好煙火的存放。而不知何處又傳來了鐘聲，是一連串慘淡、連綿的「鏮」聲。

「後面那些到底是什麼聲音？」蘇菲才說完，就立刻找到了答案。她指著天空喊著。「喔！可惡！看！看那裡！」

阿布都拉奮力朝她所指之處看去。他看見展開的黑色雙翼籠罩住離他們最近的穹頂，像是承載了尖塔上空的繁星的模樣。略低處有好幾座塔頂正冒出火花以及傳出剛剛那些像煙火聲的聲音，阿布都拉知道那些是警衛與軍隊朝那雙翅膀射擊的關係，他很想當面向那些人勸告，那種武器對鎮尼這類存在毫無用處。那巨大的黑色雙翼冷靜且沉著地應對攻擊，然後，他升起並盤旋，立刻消失於藍與黑交雜的夜空之中。

「看起來是你的那位鎮尼朋友。」蘇菲繼續說。「我想我們讓班在緊急狀況下被分散注意力了。」

「喔，哈斯路爾就是這麼打算的，這位曾經是貓的貓女士啊。」阿布都拉繼續說。「妳還記得他說過的話嗎？他離開前向我們說，我們之中有人會成為他盜走公主的助力。」

金貝利城內的其他大鐘跟著開始敲響警訊，居民紛紛在街道上圍觀著並抬頭望著夜空。他們所乘坐的馬車則在這場混亂及喧鬧中持續奔馳，但隨著人潮開始聚集後，馬車的速度被迫得漸漸放慢。街上的居民傳遞消息的速度比想像中還快，他們互相傳遞著「公主不見了」的消息。阿布都拉聽見人們說「有隻邪惡的魔鬼把薇拉莉雅公主抓走了」時，發現大部分居民都感到恐懼且慌張，但也有其他的聲音說著：

那位宮廷巫師一定要被絞死才行！付他那麼多錢卻沒什麼用！

「真是的！」蕾蒂繼續說。「國王一定不相信班了，班很努力要阻止這些事！」

「別擔心。我們接到摩根後，我馬上去向國王解釋這一切，我很擅長應付他。」蘇菲回答。

坐在馬車上的阿布都拉相信蘇菲。即使如此，他依然非常不安，憂慮難耐。

時間好像又過了一個世紀那麼長，而事實上只是五分鐘的路途終於結束。馬車終於從庭院中的人潮中擠身而出，抵達了旅館。

旅館的庭院幾乎擠滿了金貝利的居民。他們議論紛紛地朝天空比手劃腳：我看到牠有一雙翅膀。又或者是：我看到的是一隻像鳥的怪物，牠的巨爪抓著薇拉莉雅公主。

阿布都拉在馬車停下後，跳下車，將滿腹的不耐以喧囂表現出來：

「讓開！給我讓開！各位！這兩位女巫大人有急事！」

一陣護送開路之下，阿布都拉終於將蘇菲及蕾蒂帶到旅館門口並推開大門。

「真希望你剛剛沒說那些話！」蕾蒂對他的話感到無比尷尬接著說。「班不喜歡讓別人知道我是位女巫。」

「他現在可顧不了這麼多了啦！」阿布都拉說完，將她們推向前入內，還經過了旅館老闆的注視目光，往樓梯走去。「這位善良無比的旅館老闆啊，這兩位就是我跟你說的女巫。她們憂心貓咪有沒有怎麼樣。」

阿布都拉飛快地跳上樓梯，追到蕾蒂的面前，然後越過蘇菲，筆直地朝房門口衝去，毫不猶豫地推開房門：

「先別——」

他話都還沒說完，嘴巴在看到房內充滿著一片寂靜後就停下來了。

房內已人去樓空。

第十七章 阿布都拉終於來到天空之城

阿布都拉與兩位女士只見桌上似乎都是還有餘溫的剩餘晚餐，還有個裡面被鋪滿墊子的籃子被放在那些晚餐之間。房間內的其中一張床留著曾有人躺在上面的痕跡，還餘留一點菸斗的煙息。如此看來，士兵不久之前應該還躺在床上抽著菸。房間的窗戶是關閉的。阿布都拉首先往窗邊跑去，他打算兩手推開窗戶向外瞧——他沒有想太多，身體沒有任何理由地就動起來了，因為當下他只能想到去窗戶外察看這件事。結果一不小心，阿布都拉的腳絆到了一碟在地上的滿滿奶油，整盤就那麼翻倒了，濃醇的奶黃色奶油從地板上緩慢流溢出一條明顯的半凝固痕跡，直直流穿了魔毯。

阿布都拉回頭往地上查看，他確定魔毯還在這裡。這裡到底發生了什麼事？士兵從房內消失得無影無蹤，那位名叫摩根的吵鬧小嬰兒也不見蹤影。阿布都拉隨即又環視四周，檢查了房內任何可能之處，發現魔精瓶也跟著消失了。

「喔，不！」剛抵達門口的蘇菲繼續說。「摩根呢？沒有魔毯的話，他不可能跑遠的！」

阿布都拉此時希望自己能確切地了解這裡到底發生了什麼事：

「這位有著『最有精神的小嬰兒』之母啊，我接下來要說的話無意造成妳的困擾——不過，我剛察覺本該在這裡的魔精也一起消失了。」

蘇菲的上額頭到鼻樑上緣輕微地往內皺起：

「魔精？」

阿布都拉此時想到，蘇菲不久前還是「午夜」形態時，似乎總是沒發現魔精的存在。這時，大口喘氣的蕾蒂也來到了門口。她彎著腰，一手壓在自己的腰側：

「發生什麼事了？」

「他們不在這裡。我想那位士兵把摩根帶去找旅館夫人了，可能是因為她知道怎麼照顧小嬰兒。」蘇菲如此推測。

像是抓到救命稻草般，阿布都拉趕緊說：

「我去找他。」

阿布都拉思考著，而且蘇菲的推測總是對的，於是他跑下了一階樓梯。的確，這是大多數的男人突然遇到一個只會大聲哭叫的嬰兒，理所當然會有的反應——不過，這是在手邊沒有魔精瓶的前提下。

再下一階後，阿布都拉發現階梯低處都是準備要上樓的一群男人——他們身著重靴及某種制服。旅館老闆正在引著他們上樓的途中說：

「各位男士，他們在二樓。那位你們口中的，來自斯坦蘭吉亞的士兵——上面那位要是把辮子剪掉，就是你們要找的人了。而另一位比較年輕的傢伙……很明顯就是你們說的那位共犯。」

阿布都拉聽到那些人的交談內容後，回過身，照著這樣的步伐，輕聲又大膽地踮腳尖上了兩階梯子，一次一次銷聲匿跡地跑回二樓的房間。

「兩位迷人又美麗的女士……大難臨頭啦！」他又喘著氣地對房內的兩位說道。「那狡猾又陰險的旅館老闆，現在竟然帶著警衛來抓我與不知道跑哪去的士兵。我們現在能怎麼做？」

現在，該是強悍的女性出來控制局面、捍衛一切的時刻了。阿布都拉對於果決的蘇菲正是這樣的人感到非常欣慰。她立刻將房門關上，隨即鎖上門栓。

「把妳的手帕借我。」蘇菲向蕾蒂說完就接過手帕，她立刻用手帕將沾到魔毯的奶油擦乾淨，然後轉向阿布都拉說著。「你過來，跟我一起坐魔毯，然後由你叫魔毯載我們去找摩根。然後，蕾蒂，妳留在這裡擋住那些警衛，我不覺得魔毯還能載妳。」

「好啦。」蕾蒂繼續說。「我本來就想在國王怪罪班之前，先一步回去陪他一起面對。但在那之前，我要先好好地責備這間旅館的老闆一頓，這應該是面對國王的好經驗。」

蕾蒂跟蘇菲一樣是位強悍的女人。她挺起胸膛與雙肩，邁開手肘，要盡最大努力擋住那些來勢洶洶的旅館老闆與警衛。

阿布都拉非常滿意蕾蒂的可靠。他低臥在魔毯上後發出鼾聲，聽到鼾聲的魔毯開始輕微地震動。

「喔，這品質極優的織物啊、毯中之石榴石及貴橄欖石啊。」阿布都拉繼續說。「我這位爛透了、笨拙又粗魯的一介小市民，對於將奶油翻倒在你那無價的身軀感到無比愧疚的深深歉意——」

門外立刻應來了重重的敲門聲。外面的人大聲叫喊著：奉國王之名，命令你們，立刻開門！

阿布都拉心想，這下可沒時間對魔毯說阿諛奉承的話了。他開口輕聲請求魔毯：

「毯兄，我懇求您，請載我以及這位女士去士兵與嬰兒那。」

從魔毯的顫動動作來看，雖然它有些不開心，但還是將阿布都拉的命令給聽進去了。它就像之前的旅程那樣，筆直地衝出去，然後穿越了窗框。由於阿布都拉這次異常地提高警覺。在那一瞬間，他看見了玻璃與黑窗框的殘影掠眼而過，就像穿越水上與水下的界線。魔毯出了窗後就立刻升起，在照亮金貝利的銀色之球眺望著街道滑翔。不過，他懷疑也在魔毯上的蘇菲是否看到了這副光景。蘇菲的兩隻手都緊緊牢扣著阿布都拉的手臂，所以他認為她肯定是害怕到閉上眼睛。

「我怕高！最好不要太遠！」蘇菲說。

「這張無比傑出的魔毯會盡可能安全地載客的，這位令人崇敬無比的女巫啊。」阿布都拉嘗試著對兩方同時獻殷勤，安撫著蘇菲，但似乎沒有什麼用處。當魔毯於金貝利城中的塔間穿梭來回，還在光影上掠過並繞著像是王宮的穹頂飛，蘇菲依然緊抓著阿布都拉，手指掐到阿布都拉口中不時輕哀出聲。然後，周而復始循環這個流程。

「它到底在幹嘛啦。」蘇菲喘著說。很明顯地，她並沒有完全閉上眼睛。

「冷靜點，這位最穩重的女術士。」阿布都拉再度嘗試安撫蘇菲。「這只是跟盤旋升高的鳥差不多。」

阿布都拉私自認為這張魔毯應該是失去了目標的蹤跡才會這樣。而當金貝利在夜空底下的光芒及那穹頂在兩人的視線下再次縮小，阿布都拉才真正確定自己猜對了。他們已飛離金貝利的地面達數百英尺高。盤旋最終來到第四次之時——這比第三次的迴轉半徑都還要更大，也讓人頭暈目眩——從這麼高的地方看地上的金貝利，已經變成像是寶石光輝的聚集處。

蘇菲的頭一往下看就感到一股搖晃感，她更用力地抓住阿布都拉的手。

「喔，天啊，我快被嚇死了。我們根本就還在上升嘛！你那悲慘的士兵朋友肯定帶摩根去追那鎮尼了！」蘇菲說。

此時，他們已經飛到極高的地方。阿布都拉因此認為，恐怕蘇菲的猜測可能是真的。

「無論如何，他一定想救回公主——然後再拿到一大筆獎金。」阿布都拉說。

「但是他沒有資格帶走我的孩子！」蘇菲對這件事表達了自己的立場。「我一定要叫他給我個心服口服的解釋！但沒有魔毯，他又怎麼能找到那位鎮尼？」

「這位滿是母愛的月亮之女啊，我認為他一定是叫魔精跟蹤哈斯路爾了。」阿布都拉解釋。

「魔精？魔精到底是什麼？」蘇菲聽了又問。

「我向妳保證。這位擁有最機敏的術士思想的人。我除了有一張魔毯，還有一位魔精陪伴我們一路旅行到這，但妳好像從來沒真正見過他。」阿布都拉說。

「好吧，我相信你所說的。」蘇菲只好暫時相信他。「你快點繼續開口——說話啊！不說話分散我的注意力的話，我會一直往下看，這樣我肯定會掉下去的！」

蘇菲依然猛抓著阿布都拉的手。阿布都拉非常清楚要是抓著自己的蘇菲掉下去，那自己也會被拉下去。金貝利現在就是光芒強烈，但在視線內已經變成模糊的一個小點，隨著持續環繞上升的魔毯往下看，小光點一下在那邊、一下在這邊，令人感受到方向上的迷航。因格利王國的其他地帶則排列著環繞這個小點，像是一盤巨大的深藍碟子。阿布都拉想到要是從這裡掉下去可不是開玩笑的，於是變得跟蘇菲一樣害怕起來。他因此趕快故作鎮定，開始向蘇菲訴說以往的冒險。例如，如何遇見夜花的過程、蘇丹又是因為什麼緣故而將他關進地牢裡、魔精又如何被阿克巴的手下從綠洲水池裡打撈出來的——但現在仔細想想，那些手下其實都是阿克巴口中所說真正的天使，還有想許個不被魔精惡意破壞的願望有多難——諸如此類，所發生在阿布都拉周遭的故事。

此時，阿布都拉已能看見遠方沙漠的模樣，就像因格利王國南方的黯淡海洋那樣深邃。雖然高度過高，很難摸清眼前模糊的景象的詳細位置。

「我現在終於明白了一件事——士兵為什麼要承認我贏了賭局。因為他想要讓我更加信任他，讓我堅信他是位誠實的人。」阿布都拉後悔地說。「我猜，他一開始就這麼打算的。他想將魔精帶走，甚至可能也想偷走魔毯。」

蘇菲聽著阿布都拉將之前的冒險故事說過一次後，聽到入神，手也不自覺地鬆開一點，這讓阿布都拉不再那麼不自在了。

「你也不能怪罪魔精，他恨其他人是有原因的吧。」蘇菲繼續說。「你回想一下當初被關在地下城深處裡是什麼感覺。」

「但是他——」阿布都拉說。

「那是兩回事！」蘇菲又再次表達了自己的立場。「等我追到他就知道了！我實在無法認同這樣的人！就是對動物好，結果卻欺騙與他相遇的每個人的這種人。但，我們回到魔精這個話題——感覺那位鎮尼故意讓你擁有他？你認為呢？這是那鎮尼的計畫中一小部分嗎？誘導這些失落的公主情人們幫助他更好對付他的弟弟？」

「我想是的。」阿布都拉回答。

「等我們到雲端的城堡時，如果那真的是我們的目標的話——或許會有其他失落的公主情人們來幫我們？」蘇菲表達疑惑。

「也許吧。」阿布都拉不敢篤定。「但我回想起來，這位古怪的貓大人啊，我記得哈斯路爾跟我說話時，妳已經跑到樹叢裡躲了，那時他說只能靠我了。」

儘管如此，阿布都拉還是仰天望著。氣溫開始降低，繁星似乎離他們越來越近，令人感到不安。暗藍色的天空有一絲銀帶般的光芒，看起來像是某處的月光正在嘗試撥離夜空透進來。這番美景令阿布都拉此刻的內心澎湃無比，因為，他終於來到救援夜花的最後一刻了。

不過煞風景的是，蘇菲也跟著仰起頭看向夜空，她抓著阿布都拉的手又馬上掐緊：

「快點說些什麼啊！這也太可怕了吧。」

「那妳也說點什麼啊，這位勇敢無比的施術者。」阿布都拉繼續說。「妳把眼睛閉上，然後告訴我有關於奧欽斯坦的王子——與夜花訂婚的人——的事情。」

「我不覺得他們之間有婚約這件事。」蘇菲連講話的節奏都有些亂，她是真的感到害怕。「因格利王國的王子只是個小嬰兒。不過，國王倒有個弟弟——賈斯汀王子。他原本會與斯坦蘭吉亞的公主，也就是與碧翠絲結婚，而碧翠絲公主並不想遵從這個安排就逃出了斯坦蘭吉亞。你覺得，她是不是也被你那位鎮尼朋友偷走了？我認為你的蘇丹不過是想得到我們的巫師所附魔的那些武器而已，但他不會得到的，這兩國不會讓南下的傭兵攜帶著那種武器出境。而且，霍爾向我說過，他認為北方的國家根本不該派遣傭兵出去。霍爾……」蘇菲的聲音逐漸變得微弱，依然抓著阿布都拉的手還在發抖。

「快說話啊！」她吼著說。

「我恐怕沒辦法了，這位力氣蠻橫的女蘇丹[1]啊。」阿布都拉的呼吸越來越不順暢了，他喘著說。「感覺空氣越來越稀薄了，妳可以用什麼巫術還是魔法之類的，讓我們能稍微好好呼吸？」

「這可能沒辦法呢，你從剛剛就一直叫我女巫，但我才剛成為女巫沒有多久而已。」蘇菲為此反駁著。「你不是也知道的？當我是貓的形態時，我能做的只是變大而已。」

蘇菲還是鬆開了緊抓著阿布都拉的手一陣子，為了能夠順利到達城堡，她舉起生澀的手勢在頭頂擺弄著：

「周圍的『空氣』們啊！」蘇菲繼續說。「你們也未免太誇張了！你們得讓我們順暢呼吸，否則我們撐不久的。快點圍到我們身邊，使我們好好吸進你們吧！」蘇菲說完，又再次抓著阿布都拉。「現在好一點了嗎？」

鼻子的確可以感到周圍的空氣變得豐厚許多了，但也變得更冷。阿布都拉感到驚訝，因為蘇菲施法的方式不像他所認知中的巫師或女巫那樣，似乎與自己命令魔毯的方式差不多。但不得不說，這方式確實有用。

「好點了，這位言靈士，我真心向妳道謝。」阿布都拉開口道謝。

「繼續講話！」蘇菲又再次這麼說。

他們已來到比剛才還高的地方，此時已看不見地上世界的模樣。阿布都拉可以理解蘇菲為什麼會如此害怕。魔毯在如虛空之深的黑夜中盤旋、飛行，然後一直上升。如果阿布都拉這次是獨自來到這裡，大概也會扯開喉嚨，害怕地尖叫吧。

「輪到妳說話了，這位威猛的女魔法師。跟我說說妳那位巫師霍爾的事吧。」

阿布都拉的聲音正在顫抖。

蘇菲的牙齒正因為發抖而互相摩擦著，但是她拍胸膛保證：

「他是因格利王國——不對，算上這世界上任何的角落，他就是最優秀的巫師。如果他有時間備戰的話，打敗那位鎮尼應該也沒問題。但他啊，有時候很狡猾，有時候也很自私，還跟孔雀一樣愛慕虛榮，甚至也很膽小。他很難向別人做出任何承諾。」

「真的？這位最迷人的淑女，奇怪的是，妳怎麼能這麼驕傲地列出他的缺點？」

阿布都拉發問。

「缺點？」蘇菲有點生氣。「我只是用我的方式在形容他而已。你聽我與蕾蒂解釋後也知道的吧？他來自別的世界，一個叫做威爾斯的地方。我才不相信他死了！

——喔！——」

魔毯已經開始往上，她仰天大呼一聲。魔毯飛入一片如薄薄的一層紗般的雲中。那層紗其實是冰，有點像冰雹，以片、塊以及圓的形狀於他們周圍襲起雹暴。當魔毯衝出這層冰時，他們都喘不過氣了。但在他們眼前的景象，令他們只能繼續喘氣，說不出話。

他們徜徉於一處從未見過、就像沐浴在月光之下般的國度之中。月光像是帶著金黃光芒的滿月所照射而出的。但阿布都拉環看四周找著月亮，反而找不到月亮。光線似乎是從銀藍色的天空內照射而出的，銀藍色中又掛著一些清澈金亮的繁星。但阿布都拉來不及一次將它們盡收眼底，魔毯就已經來到一處透亮的雲海邊緣，正在盡力踏著捲浪邊飛行。雲朵般的岩石正被透明的雲浪翻打著。

他們很輕易地就能看透浪花，那些浪花就像是金綠交雜的絲綢。不過，雲浪真的是水，這裡所存在的濕氣也對魔毯造成了困擾。到了這一層，空氣反而變得溫暖起來，魔毯身上被融化的冰水浸濕。當然，阿布都拉與蘇菲的衣服和頭髮也濕了。他們本來在剛抵達這一層雲海的初始幾分鐘之內，專心地將魔毯上的冰屑通通掃到底下的半透明雲海之中，但冰屑沉沒後就消失於天空中。

魔毯因減少了冰屑後，重量變輕的緣故，然後重新有了迅速揚升的動力，這才有了環顧這一層天空的機會。一看之下，又令他們愣住了。這正是阿布都拉之前在夕陽中看到的那座昏金色之島、雲海岬與雲海灣，並從他們腳邊往遠方的銀光延伸而去。它們的模樣是安靜的躺臥著，還一邊散發著光芒，就像是天堂降世於此。而透清的雲浪在雲岸邊迸裂而散，聲響卻極為輕巧，帶出了周遭是多麼寧靜的氛圍。

現在開口交談似乎不是好時機。蘇菲輕輕點了阿布都拉，指著他們的前方。在最近的雲岬岸上，聳立了一座城堡，還有許多穿天高塔，以及散出黯淡銀光的窗戶。城堡看起來像是由雲朵做成的，而他們的視線被城堡給吸引住時，有幾座高塔從城堡離群而流散成碎片，接著消失。當其它幾座高塔變矮或變寬敞，這些雲朵的形成物在他們眼前就像墨漬，然後向城堡內縮，暈開成高大無比的堡壘，再持續變化形狀。而無論怎麼變化，那座城堡依然在那屹立不搖。那似乎就是魔毯要帶他們前往的目的地。

魔毯加快速度飛去，但它仍安穩地沿著岸邊滑行，似乎完全不怕被人看見。翻滾的浪的遠方有層層雲積，染上了像是夕落的紅也混雜了銀色的光芒。魔毯在層層雲積中慢慢地穿越，像它在金貝利外的原野時，潛伏於樹林那樣。它在雲灣上環繞，接下來便準備進入雲岬的陸地上空。

更遠方的景象是一片金色之海，遠方有一條煙狀的移動物，似乎是船，也有可能是正在忙碌著的雲朵生物。魔毯依然保持靜默，如常往雲岬飛潛。路途中漸漸沒了雲積。魔毯小心翼翼地，靜悄悄靠上雲岬的陸地，就像它不久前在金貝利時，緊貼著各式各樣的屋頂而落。

前方城堡的模樣此時又產生變化，向門口一路延伸而出，最後形成了一座像是位於雲路盡頭的浩瀚衛城。魔毯進入了通向大門的路途時，衛城開始向外擴散出許多穹頂，還冒出一座昏金色的照光塔，就像監視著他們的到來。

路途兩列都是雲朵形成的各種形體，似乎也在守候著他們的來訪。這些形體是由雲的陸地而生的，如之前所見，雲從一整片的雲海裡往上方翻滾而起那樣。但跟城堡不一樣的是，這些形體似乎不會改變外型。他們都站得直挺挺的，硬要說的話有點像海馬，又有點像西洋棋盤上的騎士。不過，這些形體的臉部呆若馬匹、甚至比馬還要平坦。它們頭上的捲曲鬈絲不是雲，也不是頭髮。

飛越它們之時，蘇菲仔細地端詳那些形體，怎麼看都無法喜歡上它們。

「這做雕像的品味完全讓人無法接受。」她說。

「喔——噓。這位最愛實話實說的淑女啊！」阿布都拉輕聲開口。「他們可不是雕像！而是哈斯路爾提到的，那些守門的兩百位天使。」

他們交談的聲音吸引了最近的雲之形體的關注。只見它像霧的流體般翻滾著，然後從中張開巨大如月光石般的雙眼，彎腰看著這群在他下方潛行過去的一行人。

「你有種就擋下我們試試！我們只是要帶回我的孩子。」蘇菲對著那形體說。

那天使的巨大眼睛眨動著。他看起來相當不習慣有人類如此冷言嘲諷道，所以從背後伸出了雲之雙翼。

阿布都拉看到後，趕快從魔毯站起來行禮：

「您好，這位在天堂中最為高貴的傳訊者啊。這位淑女個性耿直。我向您懇求原諒。她是從北方來到這的，卻與我一同懷抱和平之心。鎮尼大人們正在照料她的孩子，我們只是來接回孩子而已，然後會對鎮尼大人敬上最為謙卑、真摯的謝意。」

這番話一說出，似乎讓天使不再生氣。他的雙翼融化，縮回身體內。魔毯趁機帶著一行人飛走之時，他還轉動奇形怪狀的頭部，似乎正在端詳著他們，且沒有嘗試攔下。這時，那天使對面的同袍也張開了雙眼，旁邊的兩位天使也跟著轉動頭部，似乎也在盯著這一行人。阿布都拉被這種狀況震懾，不敢隨意坐著。他專心地在魔毯上保持平衡感，然後一一向那些天使們行禮。但這麼做有風險，魔毯與阿布都拉都清楚這些天使們的危險程度，所以慢慢開始加速。

蘇菲也明白保持一定禮節肯定有幫助。所以當飛過每位天使前方時，她也跟著阿布都拉點頭致意，說些「晚安」、「這真是美麗的夕陽啊」之類的話。她可沒有時間再多說什麼了，因為魔毯已拚盡全力地飛離到路途盡頭。

當魔毯載著他們抵達城堡大門之時，城門的狀態是關上的，它開始變得像老鼠，像穿越排水管那樣直直地前進。阿布都拉與蘇菲起初發現周圍又充斥著潮濕的濃霧，然後就穿透進了令人感到平靜的微金光芒之中。

回過神來，他們發現自己處於一座不像是雲形成的花園。魔毯落於地上，像塊抹布那樣攤著，看起來氣力放盡。它的邊緣及中央都在輕微地顫抖，可能是正在害怕著，也有可能是耗費太多力氣而在喘口氣，或是以上皆是。

花園的地面感覺相當穩固，真的不是雲做的。他們終於踏上了這塊堅實的土地。某些地方種著密麻紮實的銀綠草皮，遠方有座正在滾滾噴出水流的大理石噴泉，修剪俐落且乾淨的樹籬則圍在外圍。蘇菲望著泉水，然後環顧四周，眉頭變得深鎖。

阿布都拉彎腰並細心地捲收魔毯，然後輕柔地拍拍它，向它鼓勵著：

「這張最勇敢的織錦緞[2]，你做得太棒了！好、好，別怕了。我絕對不讓任何鎮尼傷害你，甚至一點點邊緣的裝飾碎屑也不讓他們傷到，無論那鎮尼有多強大。」

「你現在還真像士兵寵著小傲慢時期的摩根那樣。」蘇菲繼續說。「城堡就在那了。」

他們朝城堡走過去，蘇菲則警覺地一邊走，一邊四處張望，鼻子還會不時冒出哼聲。當他們前進時，阿布都拉溫柔地將魔毯攤在肩膀上，然後不時地輕拍它。漸漸地，魔毯開始回復正常，不再發抖了。他們花了不少時間走這段路，他們發現，花園雖然不是由雲形成的，卻會放大周遭的規模，改變其樣貌。樹籬變成了淡粉紅花瓣築成、藝術般的美麗花堆，而那座從大老遠就能看到的噴泉，現在變成了水晶或橄欖石製的。他們再往前走了一小段路。每種植物都種植在有珠寶裝飾著的盆栽內，植栽繁衍茂盛；細心控制長度、修剪過的蕨類與蔓藤順著上過漆的柱子攀沿。

此時，蘇菲的哼聲更加大聲了。噴泉現在又變成了鑲嵌著紅寶石的白銀製噴泉。

「這些鎮尼也太失禮了吧，竟然這樣隨意改變別人的城堡！我看了一圈，這裡應該要是我們家的浴室才對。」蘇菲說。

阿布都拉感受到自己的臉頰慢慢變熱了。無論這是否為蘇菲家的浴室，這裡——就是他那白日夢中所想像的花園。哈斯路爾利用眼前的景象變化，如往常那樣在戲弄著阿布都拉。前方的噴泉此時變成黃金製的，黃金的表面閃耀著鑲嵌的紅寶石那如暗酒紅色的光芒。這讓阿布都拉變得跟蘇菲一樣生氣。

「就算沒有那些讓人困惑無比的變化，花園也不應該長這樣。」他氣到開口說道。「花園應該要保持自然的狀態、又有野生花草的區塊，然後還要有一大片藍鈴花。這才是花園。」

「沒錯！」蘇菲繼續說。「你現在看看那座噴泉！他怎麼能這樣亂搞浴室！」

這座噴泉又變成了白金色，且搭配著祖母綠寶石。

「實在太過俗豔了！」阿布都拉繼續說。「如果我可以設計自己的花園時⋯⋯」

他被不知道哪來的小孩的尖叫聲打斷。兩人聽到後馬上邁開雙腳，朝聲音所在之處奔去。

註1　原文為Sultana。

註2　原文為damask。中國著名織物工藝，十九世紀時從江南織物發展而來。以三種顏色的絲線做成緞面圖案為其特點。

第十八章　公主無所不在

不知道打哪來的小孩，那尖叫聲越變越大聲，聲音傳來的方向明確無比。蘇菲和阿布都拉在有著不少長柱的迴廊上朝聲音的方向跑去。

「聽起來不是摩根，是比較年長的孩子！」蘇菲喘著氣說。

阿布都拉認為她是對的。因為他能夠從尖叫聲的片段中，聽到其中夾雜著一些句子，雖然不太懂這孩子在說些什麼。而且摩根就算使盡吃奶的力氣大喊，他那小小的肺還不足以產生這種吵死人的聲音。在音量大到快要讓人無法忍受後，尖叫聲轉變成刺耳啜泣聲，然後就是一連串讓人煩躁無比的「哇、哇啊、哇啊」的聲音。在「哇啊」之音真的沒辦法讓人忍受下去時，那位不知名的孩子竟然還能再次增大音量，然後更加劇烈且激動地尖叫著。

他們跟著聲音的來源，追到了迴廊的最深處，然後走進了一間看似是應客用的雲之大廳。他們安靜地躲在某根長柱之後，蘇菲於是開口：

「這裡是我們家的主廳，鎮尼就像在吹氣球，把主廳給吹大了。」

不知道前身主廳的大小的前提下，這可以說是一間非常龐大的「大廳」，而剛剛發出尖叫聲的孩子便站在大廳的正中央之處。她的年紀看起來大概有四歲大，有著一頭淺色捲髮，身穿一襲白睡衣。她的整張臉都喊紅了，嘴巴看起來就像是一個方形的黑洞。而她沒多久就撲在了綠色的斑岩地板上，然後又站起來、撲倒，重複著這樣的動作。沒錯，如果世界上真有這種暴躁的孩子存在，那大概就在這裡。她的尖叫聲也隨即又在大廳中迴盪著。

「真的是薇拉莉雅公主。」蘇菲向阿布都拉低語。「我就覺得是她。」

而徘徊於哭泣喊叫不停的公主面前的龐然身影，就是哈斯路爾。在旁邊的則是相較之下較白皙且體型較小的另一位鎮尼，他正躲在哈斯路爾的背後：

「你快點想想辦法啊！我快被她給搞瘋了！」

這位較矮小的鎮尼呼聲大喊著，尤其那聲音就像生物的吼叫聲，所以蘇菲與阿布都拉才能聽見他正在說些什麼。哈斯路爾向薇拉莉雅還在扯開嘴角嘶吼的臉迎面而去，發出有點重低音的低語安慰她：

「這位、小公主啊。別、別哭了啦，妳不會有事的。」

薇拉莉雅給予哈斯路爾的答覆是：首先站起來，然後迎面朝哈斯路爾的臉回喊，再來是直接躺在地上來回滾動，耍賴般地踢腿著。

「哇、哇啊、哇啊——我要回家！我要找拔拔！我要我的保母阿姨！我要回去找賈——斯汀叔叔！哇啊！——」她繼續大叫著。

「小、小公主啊！」哈斯路爾即使變得絕望，還是繼續安慰著她。

「你別只會用說的安慰她啦！」另一位鎮尼繼續吩咐著哈斯路爾，他分明就是達爾澤。「用魔法啦！就用一些美夢啦、讓這裡變安靜的魔咒啦、變出一千隻泰迪熊還是一頓重的太妃糖啦之類的！不管怎樣，趕快做點什麼！」

哈斯路爾轉身朝向達爾澤——也就是他的弟弟，展開雙翼翻動著，表達了他的厭煩。拍動翅膀而吹起的風，揚起了薇拉莉雅的髮絲及睡衣。迎面而來的風，則逼得蘇菲與阿布都拉得抓緊長柱，否則會被吹退。

但這種安慰對薇拉莉雅這種硬脾氣毫無作用，但不做點什麼的話，甚至會讓她叫得更加瘋狂。

「我親愛的弟弟！所有的方法我都嘗試過了。」哈斯路爾轟然駁斥。

無論那對兄弟怎麼做，薇拉莉雅就是一直不斷重複地尖叫：媽媽、媽媽——這些人好可怕！

哈斯路爾此時必須提高音量與音調到雷聲的等級，才能蓋過薇拉莉亞的聲音。他雷鳴般的聲音降在達爾澤身上：

「你肯定不知道。沒有任何魔法可以阻止這種暴躁小孩！」

「啊啊啊——我不行了！」達爾澤實在受不了了，尖聲抱怨著。他用蒼白的手掌遮住那對尖細又長著菌類的耳朵。「快讓她去睡個一百年！」

哈斯路爾答應，朝向撲在地板上又扭又叫的薇拉莉雅，並伸出他巨大的手掌，想要覆蓋住她。

「喔，小可憐。」蘇菲看到後轉朝著阿布都拉說。「你快想想辦法！」

阿布都拉完全不知道該怎麼做，而且他的內心也同意達爾澤與哈斯路爾的話，只要能夠停止這令人也暴躁無比的聲音的方法，都是好方法。雖然他並沒有出手干預，但還是不太確定自己有無把握，身體自動從長柱後方露出一點側身。幸運的是，阿布都拉還沒下定決心前、哈斯路爾施展的魔法即將生效於薇拉莉雅身上時，有一群人也來到了這裡。一道相當嘹亮的聲音從眾人的耳間穿梭而過：

「這裡在吵什麼？」

哈斯路爾與達爾澤這兩位鎮尼一聽到就往後退。來訪的這群人全員皆是女性，那些女性看起來都非常不開心——而這就是她們僅有的兩個共通之處。她們約三十人併排成一列，以譴責般的眼神直直盯著兩位鎮尼。她們之間除了共通點外，有許多不同的地方，有的高，有的矮；而又有的胖，有的瘦；甚至年老與年輕的也各占不少，且膚色囊括了各種有色人種。阿布都拉愣住了，他稍微掃視這一列女性。他明白了這群女性的第三個共通之處，原來她們就是被抓來城堡的各國公主們。從最近看起來稍微嬌小且有黃皮膚的公主，到離他稍微遠點的年長且彎腰駝背的公主，她們身上的衣服也是有著各種國風民情，從舞會禮服到羊毛粗花呢編織而成的衣服都有。

率先打破沉默的那位公主擁有稍微壯碩一點的身材，站的較隊伍更前面一點。她穿的是馬褲與馬術服，久經戶外運動而被陽光摧殘過後的臉有一些細紋，細紋底下是直接了當的個性與擁有聰明眼神的神情。她輕視地看向鎮尼們：

「你們也太誇張了吧！你們兩位強大無比的鎮尼，竟然連對付一個只會哭的小孩子都沒辦法！」

她一說完，就立刻衝到薇拉莉雅身旁，像打穀那樣，以「鋒利迅速的掌聲」打了薇拉莉雅：

「給我閉嘴！」

一旁觀看的眾人沒想到這竟然有效。在薇拉莉雅至今的短暫人生中，都還沒被這樣打過。她像被子彈擊中般地迅速翻身坐起，以驚恐的目光直視著那位個性直接的公主：

「妳——打我！」

「妳如果再這樣，我就會再打一次。」那位直率的公主說。

「我會叫喔！」薇拉莉雅這麼說時，再次將嘴唇嘟成方形，還用力吸氣。

「我保證妳不會。」那壯碩的公主輕輕鬆鬆地將薇拉莉雅一把舉起，然後快速交到後排其中兩位公主的手上。那些公主隨即將薇拉莉雅圍起來，用撫慰的語調讓她安下心。但被完全圍住的薇拉莉雅又開始低聲尖叫了，聲音不再像剛剛那樣令人煩躁且無法忍受。那位直接了當的公主一手叉腰抵著臀上，鄙視般地看著那兩位鎮尼。

「知道了吧？」她繼續解釋。「態度強硬一點，然後再給點甜頭吃就好——但你們永遠不會理解的！」

達爾澤走近那位公主。薇拉莉雅安靜下來後，他終於不用繼續痛苦下去，阿布都拉此時對於達爾澤的俊美感到相當驚訝，先別提那雙長著菌類的耳朵與腳爪，他像位高大且猶如天使下凡般的男子。他有著一頭黃金捲髮，有點生長不良的雙翼上也有金黃色的捲羽，還有著紅潤無比，延伸到揚起嘴角的那種親切臉龐。總歸一句，他有種與這陌生的雲之國度相襯的美。

「我請求妳，將這孩子帶走吧，然後真切地照顧她。哦，碧翠絲公主，我最棒的妻子啊。」達爾澤說。

碧翠絲呼籲後排那些公主將薇拉莉雅帶離，但她一聽見達爾澤所說的話，反而被激到了：

「小子，我說過了吧。我們這些公主，每一個都不會成為你的妻子。當然，你可以隨你高興地叫我們『夫人』，但這徒勞無功。因為我們本來就不是你的妻子，未來、過去，也都不可能是！」

「對！她說的沒錯！」絕大多數的公主們同意眼前碧翠絲的說法。

她們全部轉過頭去，將還在哭叫的薇拉莉雅帶離後，其中僅有一位留在了原地。

「看來她們能夠保護自己！」蘇菲展露出笑容後，輕聲說。

但阿布都拉卻完全說不出話來。因為僅剩的那位公主就是夜花。她的美麗就跟阿布都拉的記憶一樣，此時甚至還要更加美麗。那雙黑色大眼冷靜地看向達爾澤，令人感受到一股嚴肅且又帶點甜美的感覺。她向達爾澤行禮。而阿布都拉看到她，心底深處彷彿在為她歌唱而興奮著。他周遭的那些雲製長柱正在搖晃著，快要遮掩不住兩人的存在。他的心臟也因為愉悅的情緒而持續劇烈跳動著。她沒事！原來她安全無虞！她正在這裡跟達爾澤說話。

「請寬恕我，這位偉大的鎮尼啊，我留下是為了問你一件事。」夜花說話的聲音比阿布都拉回憶中的她還要悅耳，空靈得就像冰清的泉水。

達爾澤對夜花的聲音產生了懼怕的反應，這反而讓阿布都拉非常生氣。

「哦，該不會——又是妳吧。」他大聲怨道。

在後頭站得像根黑色巨柱，在胸前交疊著雙手的哈斯路爾，聽到後有些惡趣味地笑了。

「沒錯，就是我。你這位專門偷竊蘇丹之女的陰險之賊。」夜花說完，低垂著頭行了個禮。「我會留下來，只是要問你剛剛那孩子為什麼會哭而已。」

「妳問我？我怎麼會知道啊？別老是問我無法回答的問題！問這個到底有什麼用處？」達爾澤回答。

「因為。」夜花繼續說。「喔，這位專門盜竊國王後裔的賊人啊，讓小孩不吵的最佳辦法就是找出引起她脾氣暴躁的原因。我童年就是這樣過來的，因為我小時候常常鬧脾氣。」

才不是這樣！阿布都拉心裡這樣想著。夜花說謊一定有其原因，像她這樣天生溫柔婉約的人，才不會無緣無故亂發脾氣或尖叫！當阿布都拉生氣地看著眼前正在發生的一切時，那達爾澤竟然信了夜花。

「我賭妳的確如此。」達爾澤說。

「那麼，她哭的原因是什麼？你奪走了她摯愛的勇敢之人的命？」夜花繼續問。「還是她只是想回家——她家的王宮？想要她的玩偶？又或者她不過是被你的那張臉給嚇哭了？還是——」

達爾澤此時打斷她：

「我不會放她離開的。如果妳的目的是要讓我放她走，就算是她，也是我的妻子之一。」

「那這位正義無比的擄人之賊啊，我請你一定要搞清楚她發脾氣的原因。」夜花的語調很有禮貌。「如果還是搞不懂的話，就算公主再多，有三十個公主也沒辦法讓她安靜。」

就如同他們的談話，不遠處又傳來了薇拉莉雅的哭叫聲：哇、哇啊——哇哇啊——

「我的經驗絕對值得參考的。」夜花繼續說。「我有次一整天不停地叫著，至少叫了一個星期，叫到喉嚨連聲音都發不出來為止。就只是因為我長大的腳丫穿不下那雙我最愛的鞋子了。」

這在阿布都拉看來的確是事實，他嘗試想要相信並想像著，但他實在無法想像夜花那可愛的模樣竟然會在地板上暴躁地翻滾且拳打腳踢，甚至還尖叫著。

達爾澤此時不得不再次同意她的說法。聽到遠處薇拉莉雅的哭聲，他也不由得感到身體正在發抖。他生氣地對哈斯路爾說：

「你難道不能再想點辦法嘛！她可是你帶來的耶，你沒發現她為什麼會哭嗎？」

哈斯路爾巨大的棕色苦悶面容，還是無力地鬆垮下來了：

「我親愛的弟弟，我從廚房將她帶來的。因為她一直不講話，又好像怕到面色慘白，我在想給她一些甜食，可能會讓她心情好一點。但她把甜食拿起來就是往廚師的狗那邊丟，就算這樣還是連一句話都不說。她哭起來的時候大概是我帶她去其他公主所在的地方。而她之所以尖叫，是從你要我帶她過來的那一刻開始的……」

夜花用一根手指舉在半空中，示意她的靈感突然來臨：啊！

兩位鎮尼都朝她注視著。

「我懂了。肯定是那位廚師的狗！小孩會吵鬧通常也跟動物們有關係。她是公主，所以早就習慣要什麼有什麼。她離開那裡後就開始哭，是因為她想要那隻狗。這位綁匪之主啊，我向你承諾，如果你的那位廚師帶著狗去我們公主住處那，小公主就不會再吵了。」夜花解釋道。

「嗯，就這麼做。」達爾澤轉為對哈斯路爾大吼。「快去辦！」

「我由衷地感謝你。」夜花行了個禮，然後轉身並氣勢凜然地離開。

蘇菲見阿布都拉毫無動靜，也沒有回答，趕緊搖動他的手：

「我們趕快跟上她吧。」

但阿布都拉還是一直盯著夜花，他還處在「不敢置信夜花竟然就在眼前了」的狀態。更令人訝異的是，達爾澤此刻竟然沒有瘋狂地迷戀上她。他得承認自己確實稍微放心了，但他仍——

「你喜歡她，對吧？」蘇菲僅僅看了他一眼就知道了。阿布都拉立刻點頭示意。

「那你很有品味。那麼，現在趁他們注意到我們之前快跟上吧！」

他們安靜地循著夜花離去的方向，一邊躲在柱子後露出一點身影察看，一邊跟上，不時還得回頭擔心大廳的動靜。達爾澤鬱悶地坐在階梯頂端的巨大王座之上。當哈斯路爾從廚房回來的時候，達爾澤命令他在王座前跪下。他們都沒有看著對方。

蘇菲與阿布都拉輕聲走到一處拱門前的不遠處。夜花掀開門上掛著的簾布進去時，那簾布還在輕輕擺盪著。於是他們也掀開簾布走進去。

在他們眼前的是一間空間寬敞、明亮的房間，公主們也不知道為何全都在這裡。在她們之間，隱約傳出薇拉莉雅抽泣的聲音：

「我現在就要回家！」

「噓——親愛的，很快就能回家了。」不知是哪位公主回答的。

「薇拉莉雅，妳哭得真好！我們都為妳驕傲。但現在不需要再哭了——這位小可愛。」這次則是碧翠絲公主開口安慰。

「才不是！我哭習慣了——嘛！」薇拉莉雅還在哭。

蘇菲看了這間房一圈後，生氣地說：

「這裡是我家的掃具間耶！這些人是認真的嗎！」

但阿布都拉此時無法回應蘇菲，因為夜花就在離他不遠之處，還在輕聲叫著：碧翠絲！

碧翠絲聽見了夜花的聲音，然後從一群公主之中擠身出來：

「妳該不會是回來告訴我，妳做到了吧？太好了！小花兒！鎮尼們就等著瞧吧。看來事情的發展比我們想像的還順利，再來就等那個人同意……」

此時，碧翠絲注意到旁邊躲著的蘇菲與阿布都拉了：

「你們又是從哪冒出來的？」

夜花聽到後迅速轉到碧翠絲的視線方向。當她看見阿布都拉時，表情乍現了阿布都拉期盼看到的那些情緒——認可、開心、愛慕與驕傲。她那雙深黑大眼彷彿正在說著：我就知道你會來救我的！不過，她突然感到憂慮且困惑，那些給予阿布都拉的表情一瞬間就不見了，取而代之的是冷靜且有禮貌的表情。她禮貌性地朝阿布都拉及碧翠絲的方向行禮：

「這位是來自參吉的阿布都拉王子——但我不認識旁邊這位女士。」

夜花這轉瞬而變的態度打醒了阿布都拉的沉浸狀態。他認為夜花肯定是因為蘇菲而吃醋著。於是他也趕緊行了個禮，急忙地開口解釋：

「各位如同國王王冠上鑲著的珍珠那樣美麗的公主們，我來介紹，這位女士是宮廷巫師霍爾的妻子，她是來這裡尋找她的小孩的。」

碧翠絲那張幹練又略帶歲月歷練的臉轉向蘇菲：

「喔，原來是妳的寶寶啊！霍爾也剛好跟著到這了嗎？」

「沒有。我本來還希望他在這裡呢。」蘇菲悲傷地說。

「真抱歉，看起來他完全不在這。」碧翠絲公主繼續說。「不過真是可惜！雖然他幫助了因格利征服了我國，但他在這的話，就能請他幫忙了。啊！妳的寶寶在這沒錯。來，在這裡。」

碧翠絲帶著他們經過其他還在嘗試安撫薇拉莉雅的公主們，然後往房間的深處走，而夜花與阿布都拉也跟上前去。不過現在的阿布都拉越來越消沉，原因就是夜花現在完全不想看他了，只會在每位公主經過他們旁邊時一邊點頭行禮，一邊用正式的口吻介紹著：這位是阿爾伯利亞公主，這位是法克坦公主。這邊這位是沙亞克的王女，然後這位是佩契斯坦公主，她旁邊是因希科的典姬[1]；再遠一點的那位是朵利明德的王姬[2]。

如果不是吃醋，那又是為什麼？阿布都拉對此感到不愉快，也很納悶。

房間後方有一張非常寬的長凳，上面還放著墊布。

「這是我放小物的架子！」蘇菲此時又生氣得叫出來。

有三位公主剛好坐在長凳上。一位是阿布都拉不久前看到公主群中那位年長的公主，另一位是壯碩且把自己用外衣包緊緊的公主；身材嬌小、有著黃皮膚的公主則坐在她們之間，她如細樹枝的手臂抱著肥嘟嘟的摩根。

「這一位則是——如果我的發音沒錯的話——是查波芬的長公主。」夜花依然很制式地介紹著。「她的右手邊是高諾蘭公主，左手邊是嘉姆的民姬[3]。」

那嬌小的長公主抱摩根的模樣，就像抱著大娃娃的小孩那樣。但她看起來非常有經驗，用一個大奶瓶正餵著摩根。

「他們相處得很好，這也對她有點幫助吧，她也不再一直鬱鬱寡歡了。而且她說，她照顧過十四個小嬰兒。」碧翠絲說。

長公主聽到後有點害羞，稍稍露出微笑。她抬起頭有點口齒不清地說：

「全部都素男身。」

此時摩根的腳趾跟手指捲起又伸展，像是滿足了。蘇菲盯著他，看了好一陣子。

「那個奶瓶是哪來的？」她開口問，像是擔心被下毒。

長公主又再度抬起頭。她微笑地抽出一根手指頭，指著某一邊。

「她不太會說我們這邊的語言。」碧翠絲為她解釋。「但那魔精似乎可以懂她的意思。」

那公主像嫩樹枝般的指尖正指著長凳旁的地板上，在她細小、正在晃動的腳下，有個阿布都拉非常熟悉的瓶子。阿布都拉看到後立刻衝上前去，但壯碩的嘉姆民姬也跟著撲過去，而且她的力量出乎意料地強。

「停下來！」兩人正在搶奪瓶子時，魔精在瓶內喊道。「我不要出來啦！我出來的話，那些鎮尼一定會把我殺了！」

阿布都拉這時利用雙手，同時往瓶身一握，然後往後一扯。這扯開的力道讓嘉姆民姬的外衣落下。阿布都拉發現自己現在正看著一雙寬大的藍眼睛，藍眼睛則掛在一張有濃密的灰白色頭髮、滿是皺紋的臉上。士兵給出了一道像是想要澄清什麼的眼神，還露出了一道帶有歉意的微笑，然後放開了魔精瓶。

「是你！」阿布都拉生氣地說。

「他是我忠實的臣子，他來這裡是為了救我，但腦袋不太靈光就是了，所以我們只好幫他偽裝。」碧翠絲解釋。

蘇菲看到後，雙手將阿布都拉與碧翠絲往兩旁推開：

「讓我跟他『好好談談』！」

◆

註1　原文為Paragon。

註2　原文為Damoiselle。

註3　原文為Jharine。

第十九章　眾人的條件

房內的「吵架」大概吵了一段時間了，聲音還大到完全將薇拉莉雅的哭鬧聲給蓋過去了。

那些辱罵聲大多來自於蘇菲，起初她還稍微收斂了，向士兵責備著「你這小偷！」或「說謊的騙子！」之類的情緒用詞，但越來越不可收拾的情況下，蘇菲開始用了一些煞有其事的指控用詞，嚴厲地一邊大叫，一邊責備。那些詞甚至有些連阿布都拉聽都沒聽過，而那些指控有大部分連士兵都從未想過要去做。聆聽這場像是單方面的「辱罵」之爭時，阿布都拉心裡想著蘇菲還是「午夜」型態時，嘴巴發出的那種類似金屬滑輪的音調還好多了。但這場「吵架」的盛宴中，也有些聲音反而是來自士兵。他以單膝姿態屈居跪地，雙手覆蓋了自己的整張臉，然後也跟著蘇菲越吵越大聲：

「午夜！啊，不是，我是說這位夫人！妳讓我解釋！午夜、啊不對——這位夫人！妳讓我解釋啦！」

看到場面一發不可收拾後，碧翠絲趕緊厲聲嚇阻說：

「不行，交給我來解釋！」

其他公主也加入這場爭吵，對他們直言：

「喔，天啊。請你們安靜點！不然那些鎮尼會聽到的啦！」

阿布都拉曾嘗試要阻止蘇菲對士兵的無情宣洩，猛力地搖動她的手臂試圖提醒。如果不是摩根正巧不再吸著奶瓶，有點不悅地盯了所有人一圈後開始哭叫著，肯定沒有其他能讓蘇菲冷靜下來的解決辦法。蘇菲看到摩根有點不開心後，立刻就閉上了嘴。她暫停了一下後，才開口說：

「好，要解釋的話，那就解釋吧。」

終於比剛才安靜許多了。長公主以輕聲細語安慰著摩根，也讓他靜下來繼續含著奶瓶喝奶。

「我根本沒想過要帶寶寶來這……」士兵說。

「你說什麼？」蘇菲氣到質疑他。「你打算將我的摩根——」

「沒有、沒有，不是這樣。」士兵急忙澄清。「我跟魔精說把他交給可以照顧他的人，有個地方好安置，然後再帶我去找因格利的公主。當然啦，我的目的是要求賞金這點，我不否認。」

他轉頭向阿布都拉說尋求支援：

「但你也懂那魔精為人如何，對吧？等我回過神，我發現我們就在這裡了。」

阿布都拉端詳著他剛拿到手上的魔精瓶。

「他的願望實現了啊。」魔精在瓶裡鬱悶地回覆瓶外的人。

「但這寶寶叫得像是不同意那藍色的傢伙這麼做。」碧翠絲繼續說。「達爾澤本來叫了哈斯路爾來看發生了什麼事，而我唯一能想到的偽裝方式就是讓薇拉莉雅公主鬧脾氣，所以我與其他公主就跟她說『叫吧』，小花兒也從那時開始計畫著。」

碧翠絲轉望夜花，但夜花分神得像是在思考其他事情。那件事則與阿布都拉完全無關，而阿布都拉也注意到了，顯然變得有點低落。夜花看著房間的另一邊後開口：

「碧翠絲，我想那位廚師跟狗狗都到了。」

「哦，終於！」碧翠絲邁開步伐走到房間中間。她繼續說道。「過來，大家都過來。」

一位戴著高廚師帽的人站在那，他有著一張有疤痕的臉以及獨眼，看起來是一位蒼老的男人。而他那隻靠在腳邊的狗則對著每位試圖接近的公主咆哮。狗的反應或許也間接表達了主人的想法，因為那男人似乎對周圍散發著一種多疑的氛圍。

「賈馬！你怎麼會！」阿布都拉大叫後，他拿起魔精瓶就猛盯著瓶身質疑。

「沒錯啊，這裡的確是除了參吉之外的最近的王宮啊！」魔精在瓶子裡抗議著。

阿布都拉對於老朋友一切安全感到欣慰，所以沒打算跟魔精繼續爭論不休。他越過公主們跑去，連旅程中一直保持的禮節都忘記維持了，只是一直抓著賈馬的手說著：

「我的朋友！」

賈馬的獨眼怔怔地看著阿布都拉，連眼眶都感動到流出了一滴淚水，立刻用力回握著阿布都拉的手掌。

「你沒事就好！」賈馬說完，他的狗立刻挺起後腳，然後往前碎步將前爪撲在阿布都拉的肚子上，友善地哈氣著。房內頓時洋溢著一股臭魷魚味。

薇拉莉雅聞到後又立刻叫著：

「我不要那隻狗狗了！他好臭！——」

「喔！安靜點！」這次至少有六位公主同時安撫著薇拉莉雅。「就稍微裝一下就好了，親愛的，我們需要他的幫助才行。」

「我——才不——要！」薇拉莉雅大叫。

蘇菲依依不捨地挺起身子，從長公主與摩根身邊離開。她走到薇拉莉雅面前：

「安靜點，知道嗎？薇拉莉雅，妳還記得我吧？」

薇拉莉雅當然記得。她衝向蘇菲後，兩條瘦小的手臂緊抱著蘇菲的腿，湧出了真正的淚水：

「蘇菲、蘇菲——蘇菲！帶我回家啦！」

「別哭，別哭了。我們一定會帶妳回家的，但我們得先規劃一下啊。真是奇怪——」蘇菲蹲下來好與她相擁。她朝旁邊的公主們說道。「我覺得自己對付薇拉莉雅很有一套，但我每次都好怕不小心摔到摩根。」

「妳慢慢就會懂的。」高諾蘭的年長公主有點生澀地坐在她旁邊。「我想大家都是這樣慢慢累積經驗的。」

此時，夜花站到了房間的正中心：

「我的公主朋友們——以及三位善良的先生，我們現在得好好腦力激盪，集合大家的想法，共同面對我們現在的窘境，並思考出能夠讓我們盡早逃離這裡的辦法。但為了保險起見，首先我們得要在門邊下一道靜默咒。如此一來，那些鎮尼及他的手下們才不會聽見我們的計畫。」她那思考周密又不偏袒任何人的視線望向阿布都拉手上的魔精瓶。

「我才不要！你們要是敢命令我做任何事情，那我就把你們全部變成蟾蜍！」

魔精說。

「我來吧。」蘇菲說完這句話時急忙起身，而此時薇拉莉雅還是緊緊抓著她的衣裙並跟著她。她走到門邊將簾布的一小部分握在手裡，對著簾布開始評論：

「我想你們不會是讓任何聲音都能從縫隙穿透過去的簾布吧？我嚴正建議你們最好跟牆壁那些傢伙打好關係。然後告訴他們，不准讓我們的任何話語從這間房間流溢出去且被人聽見。」

絕大部分的公主們都暗自表示認同蘇菲的做法。但夜花卻插嘴：

「我先為我接下來要說的說聲抱歉，這位厲害的術士夫人。我認為那兩位鎮尼必須要聽到點聲音才行，不然他們的疑心會更重。」

來自查波芬的嬌小長公主正巧走過來，懷裡抱著的摩根與她相比顯得更圓胖了。她小心地將摩根送到蘇菲的懷中。蘇菲顯然不知所措，她抱著摩根的模樣就像懷中有一顆未爆彈。蘇菲的舉動似乎讓摩根有點不開心。他揮動著小手，而當長公主以兩隻手觸摸布簾時，摩根的臉上變換了幾種表示厭惡的表情。

嗝！——摩根的喉嚨發出如此聲音。

蘇菲嚇到差點都要鬆開手丟下摩根了：

「天啊！我完全不知道寶寶會有這樣的反應！」

薇拉莉雅此時發自內心地笑開懷：

「我弟弟——常常這樣！」

長公主向各位用手勢示意自己已經解決了夜花所擔憂的狀況。每個人傾耳細聽，都能聽見某處較遠的地方一直傳來公主們七嘴八舌聊天的聲音，甚至偶而也會冒出薇拉莉雅大叫的聲音。

「這樣就很完美了！」夜花給了長公主一道暖笑，而旁邊的阿布都拉內心渴望著這道笑容只會對自己展現。「在場的各位，如果我們都坐下，就能一起協商如何逃跑了。」

在場的每個人都以自己的方式同意了這個建議。賈馬抱著狗並蹲著，一副非常多疑的表情。蘇菲則有點不太靈活地抱著摩根並坐著。薇拉莉雅依著蘇菲，她現在心情好多了。阿布都拉盤腿坐在賈馬身旁。士兵則過去坐在離阿布都拉約兩步之處。看到士兵過來時，阿布都拉馬上緊握住魔精瓶，另一手則不讓攤在肩上的魔毯離手。

「那位叫夜花的女孩真的很厲害！」碧翠絲剛好坐在阿布都拉與士兵的中間發言。「她剛到這裡時，對除了書本之外的事情全都不了解，但她在這裡的時候都在學習各種知識，花了兩天的時間就摸熟了達爾澤的底細——那可憐的鎮尼現在怕她怕得要死。而在她還沒出現之前，我只能一直向達爾澤強調，我們這些公主絕不可能成為他的妻子。但夜花的想法先走一步了，她想的是如何逃跑。於是她絞盡心思地請廚師幫忙。現在，你看她成功了！她適合登上女蘇丹的位子，是吧？」

阿布都拉哀傷地點頭同意，然後看著夜花那正站著，稍待所有人席地而坐的姿態。在夜花身上的衣服依然是哈斯路爾在夜之花園將她帶走時的那件薄紗。她依然像當時那樣體態修長、容貌優美。但衣服的某些部分有些皺褶，也有一些破損的痕跡。阿布都拉確信著那些皺褶、三角縫補處及迸開的絲線，都代表著夜花學會了某一種新知識。她確實適合當一位女蘇丹，阿布都拉也是這麼認為的。如果拿她來與蘇菲比較的話，阿布都拉認為蘇菲雖然強硬，但他更清楚夜花的個性更要加倍倔強。但正是因為如此，夜花對阿布都拉而言才更顯得傑出且令他珍惜。問題是，夜花此時卻讓阿布都拉感到失落，因為她一直刻意用帶點客氣的語氣與態度去對待阿布都拉，還刻意避開他。他真的很想知道原因。

「我們現在的狀況——」夜花正開口說出她的想法，阿布都拉轉而嘗試專心地聆聽。「只是逃出去也沒有意義。就算我們真的想出辦法並逃出了城堡，剛好沒被哈斯路爾及達爾澤發現，也沒被天使們擋下，還是會直接穿過雲層並摔到地面上。如果我們真的有辦法克服我剛提到的這些困難——」

夜花的眼珠轉向魔精瓶那注視著，然後又看了一眼魔毯，就是完全不看阿布都拉：

「我們也沒有辦法不讓達爾澤再派出哈斯路爾來把我們抓回去。所以我們現在討論的計畫內容，必須得以擊敗達爾澤為前提。我們已經知道他現在的主要力量來源是——他所偷走的，他哥哥哈斯路爾的生命之源。因此哈斯路爾必須聽他的話，不然就會真正地死去。經過我的分析後，為了能讓我們成功返回地面，必須要找到哈斯路爾的生命之源並以還給他為優先。各位在場的高尚女士、優秀的先生們以及令人尊敬的狗狗，我邀請你們提出想法與建議。」

夜花說完並游刃有餘地以優雅姿態坐下。阿布都拉還是有點失落，但內心想著：

說得好！真不愧是我最喜歡的夜花！

「但我們不知道哈斯路爾的生命之源在哪！」來自法克坦那身形稍微臃腫的公主哭訴著。

「妳說的沒錯。這只有達爾澤知道啊。」碧翠絲說。

「那像是野獸的渾蛋怪物總是會故意透露一些有用的提示。」來自沙亞克的金髮王女抱怨。

「對！就是為了炫耀他自己的腦袋有多聰明！」來自阿爾伯利亞的黝黑公主怨恨地說。

「他說的提示是什麼？」蘇菲抬起頭說。

房內瞬間陷入了喧嘩的混亂之中，至少有二十位公主想要爭著回答蘇菲的問題。阿布都拉只能從裡面專注地尋找一些隻字片語，希望能聽到一些提示。夜花則站起身想制止眼前的失序。這時士兵突然朝在場的所有人大喊：

「你們不要再胡鬧了！」

瞬間，房間內完全陷入了沉默。每位公主閉上嘴轉而朝他怒瞪，那是瞬間會令人震懾住的王室氣場。

「唉呀！」士兵突然對自己陷入這樣的狀況感到有趣，繼續開口。「各位淑女們，妳們要怎麼看我，隨妳們高興。與此同時，也請妳們思考一下我何時答應過要協助這個逃跑計畫？我根本沒有答應。我為什麼要幫妳們呢？達爾澤又沒傷害過我，不是嗎？」

「因為他還沒有發現有你這個人。」來自高諾蘭的公主繼續說。「你想知道，要是他發現你之後會怎麼處置你嗎？」

「我願意承擔風險啦。」士兵繼續說。「但，我的確也有可能幫助妳們——沒有我，妳們也可能走不了多遠——只要這裡有值得讓我幫助的人的話——」

夜花已經準備起身，正要站起來。她以傲氣的姿態，睥睨著這位士兵：

「你這低賤的傭兵，你這麼說是什麼意思？我們的父親不缺的就是錢，只要我們平安返回地上，你會拿到該有的賞金。你現在是要求我們每一個人都給你一筆賞金嗎？我想這安排並不難。」

「我當然不會拒絕。」士兵繼續說。「但我不是那個意思，這位佳人。當我開始這場可笑的旅程時，有人向我承諾，我將會被賞賜一位公主作為獎賞。這正就是我要的——一位能夠與我結婚的公主。妳們之中必須有人這麼做，如果妳們說不或沒辦法做到，那就別把我算在計畫內。我會直接去找達爾澤談和，他也能直接雇用我來看管妳們。」

他說的話讓公主們更加冷酷、怒氣直升。那些同樣是「王室」威壓無比的眼光此時都集結在他身上。夜花調整好心情後，再次站起身，集結眾人的目光後說：

「我的好朋友們，就算必須接受他無理的請求，我們也需要他的幫忙。而且，我認為也絕不可能讓這野獸般的人來看管我們。所以，我投贊成一票，允許他選擇我們其中一個人成為他的妻子。有誰反對嗎？」

事實很明顯，除了夜花之外的公主全都反對。此時，那些看著士兵的目光更加冰冷，士兵只是揚起嘴角，一笑置之。

「我向達爾澤提議由我來看管妳們的話，我可以向妳們保證一件事——妳們絕對逃不出去的。我可擅長各種手段，你知道的吧？」他轉向阿布都拉尋求認同。

「的確如此，這位狡猾無比的下士啊。」阿布都拉說。

長公主低聲細語著，而高諾蘭公主似乎聽懂她的話，向在場的其他人轉達：

「她已經結婚了，妳們都能理解的，她有十四個小孩。」

「那麼，還沒出嫁的都請舉手吧。」夜花說完，堅定地舉起手。

公主中有三分之二的人也猶豫地舉起手。士兵慢慢地看向那些公主們，而他此時的表情立刻讓阿布都拉想起，蘇菲還是「午夜」型態時，有次在旅館正準備要好好享用鮭魚與奶油時的模樣。阿布都拉望著士兵的藍眼，他的眼底不斷輪播著每一位公主的倒影，這讓阿布都拉都快急死了。無庸置疑，士兵肯定會選擇夜花，因為她美得像是月光下的百合花。

「我想選妳。」士兵開口後指著某位公主。這讓阿布都拉更驚訝了，因為士兵指著碧翠絲。碧翠絲看到後也感到訝異無比：

「我？」

「是的，我想選的就是妳。」士兵繼續說。「我本來就想要一位優秀、有些蠻橫，然後待人直爽的公主作為妻子，而妳又是來自斯坦蘭吉亞，所以妳是最理想的人選。」

碧翠絲感到臉龐發脹，浮上紅暈，雖然這並未使她變得更加迷人。

「但、但是——」她話都還沒說完，就得趕快鎮定下來。「我國優秀的士兵，我得告訴你，我應該要嫁給因格利王國的賈斯汀王子才對。」

「那妳得告訴他，已經有人搶先他了。」士兵繼續說。「政治考量，不是嗎？我認為妳應該會很高興，因為妳可以甩掉這婚約。」

「啊，我、我——」碧翠絲有些開不了口。阿布都拉對她眼底持續溢出眼淚感到驚訝。過了一下子，她終於重新開口：

「你是真心的嗎？我又不美，也沒有其他可看之處。」

「那很適合我。」士兵繼續說。「真的非常適合。我娶一位脆弱、只有美貌的公主有什麼用？我是務實的人。我知道無論我做什麼決定，妳永遠會支持我。我打賭妳還會補破襪子。」

「信不信由你，我還真的會呢。而且我還會修靴子，我再問你一次，你——真的是——真心的嗎？」碧翠絲說。

「沒錯。」士兵回答。

他們面對著彼此。在場的人全知道這兩人都是真心的。看到這種場面的其他公主也不再裝作一副高傲無理的模樣，捨棄王室氣場的冷漠感。她們都湧上前，以贊同及溫和的笑容守望著這對新誕生的佳侶。夜花也以一樣的笑容回禮在場的人後，開口說道：

「這樣的話，我們可以繼續討論了吧？只要沒有人反對的話。」

「我……」賈馬此時插進來說道。「我反對。」

所有的公主聽到後都哀嘆著，這讓賈馬的臉變得跟碧翠絲的臉一樣脹紅。他唯一的眼睛正轉動著，但眼前士兵的行為也使他勇敢提出自己的想法。

「各位迷人的淑女們。」賈馬繼續說。「我與狗，我們都感到很害怕。在我突然到這來為各位下廚之前，我們在沙漠被蘇丹的駱駝騎士們追捕著。我們可不想再回去那裡重溫那樣的生活。但各位這些完美無比的公主，妳們全都逃走後，剩下來的我們又該如何是好？那兩位鎮尼又不吃我煮的餐點。我不想冒犯各位，但妳們走了，我又幫助妳們逃跑，然後留在這，我與狗就沒事情好做了。我想說的就是這麼簡單的事情。」

「喔，親愛的廚師……」夜花一時腦袋還轉不太過來，找不到什麼適合的提議可以說。

「真可惜！他是位好廚師！」一位身穿寬版嫣紅禮服、身材較為豐滿的公主附和。她似乎是來自因希科的典姬。

高諾蘭公主也開口附和：

「他絕對是最棒的廚師！只要一想到他還沒到這來之前，鎮尼偷來給我們的那些食物，我全身就開始怕到發抖。」她轉身對賈馬說：

「我的祖父曾經雇了一位來自拉休普特的廚師哦！你還沒來這之前，我還沒吃過跟他做的炸魷魚一樣美味的食物，而且你竟然做得比他還要好吃！這位先生，如果你幫助我們逃離這裡，我立刻雇用你們一人一狗。但是──」

賈馬那受歲月及經歷摧殘的臉龐終於露出溫暖的笑容。高諾蘭公主說到：

「請不要介意，我年事已高的父親在外界來看只是位親王，治理著一個小親王國。我們可以提供你食住無虞，但無法給你太高的待遇。」

「這位偉大無比的女士，我要的不是好待遇，而是能夠讓我安住的地方。為了回報妳的恩惠，我會煮出像是給天使吃的美味食物。」賈馬的微笑毫不褪色。

「嗯——」高諾蘭公主繼續說。「我完全不知道那些天使會吃什麼食物，但我想事情都解決了吧。那麼，剩下的兩位，決定讓你們幫忙之前有什麼要求嗎？」

這時，每個人都朝蘇菲看去。

「說真的，沒有。」蘇菲有點失落地說。「我已經找到摩根了。如果霍爾不在這，我就沒有什麼好要求各位的了。不管怎樣，我都會幫你們。」

接下來，所有人轉朝著阿布都拉看。他站起來對在場的各位行禮：

「喔，各位在各國之王眼中的美麗月光啊，我不敢以卑賤的身分，在幫助各位時還要提出條件，這實在是不洽當的行為。正如那些充滿知識的書中所說，助人是種自由的美德。」說到這裡，阿布都拉知道自己口中所說的都是場面話，在他心中，確實有最想要的回報——所以他趕緊改口。「我不要求任何條件，這就像我們周遭存在的空氣以及留在花瓣上的雨露般自然，這是單純的自由意志。我將努力為崇高的女士們提供協助，至死都是如此。我的要求，非常簡單，也非常微不足道。我只要——」

「你就直說吧！這位年輕人！你到底想要什麼？」高諾蘭公主問道。

「我想要與夜花談個五分鐘——只有我們兩個人。」阿布都拉終於承認了他心中所求。

此時，每個人都朝夜花看去。她抬起頭看著在場的所有人，表情十分不安。

「小花兒，這沒什麼！五分鐘又不會要了妳的命！」碧翠絲說。

但夜花認真覺得這五分鐘可以要了她的命。她臉上掛著像是要送上處刑台的絕望表情。

「好吧。」夜花用更加冷漠的眼神轉望阿布都拉。「現在？」

「快一點是最好的，我渴望的小鴿子。」阿布都拉非常俐落地向她行禮。

夜花點頭回應，身體非常僵硬地走到房間的角落，一副像是已下定決心赴死的表情，然後向跟著她的阿布都拉說：

「就在這吧。」

阿布都拉此時再度行禮，行禮時的態度更加強硬：

「我剛說了，我要求單獨的——私下談話。這位令人感到嘆息的星空之美啊。」

夜花更加惱羞，生氣地將旁邊的布簾往一邊扯開。

「她們還是有可能聽得到。」她冷漠地說，然後示意阿布都拉跟自己來。

「看不到就好，我熱愛的公主啊。」阿布都拉說完就跟著越過布簾。

他進到一處窄小的房間。此時他還能清楚聽到蘇菲在布簾另一頭的聲音：

那裡是我拿來藏錢的機關磚頭的後面耶，希望他們真的能有個「私下談談」的空間。

無論這裡以前怎麼被蘇菲使用，現在好像變成了各國公主的衣物間。夜花將雙手環在胸前，正面對著阿布都拉，她後方正巧有一件馬褲與上衣的套裝，而阿布都拉周遭則是被各種斗篷及外衣包圍住，還有一件看起來與因希科的典姬身上那件嫣紅禮服是一套的，有著圓裙帶[1]的內襯裙。阿布都拉覺得這裡大概跟在參吉擺攤的位子差不多，也夠擠了。以空間大小來說也足夠隱密了。

「你要談什麼？」夜花冷漠地問阿布都拉。

「我想問妳，妳為什麼要這麼冷淡！」阿布都拉激動地繼續回答。「我做了什麼要讓妳這樣對我？妳不看我，也不跟我說話。我不是來這裡救妳了？眾多失敗的公主情人之中，我不就是那唯一真正克服所有困境，勇敢地到達這裡的人了嗎？我經過無數磨難與冒險，還被妳的父親脅迫，甚至被剛剛那位士兵欺騙，然後又被魔精嘲笑了一整段旅程。我忍受這麼多天，就只是為了來這裡救妳！告訴我，我還要做些什麼才能讓妳回心轉意？還是說，妳現在愛上了達爾澤了嗎？」

「什麼？達爾澤！你這是在汙辱我！而且還傷害了我！碧翠絲是對的，你真的不愛我！」夜花大叫。

「什麼？碧翠絲！」阿布都拉此時氣炸了。「她說了我什麼？」

夜花低下頭，微微露出的情緒是生悶氣多於羞愧，隨即兩人之間充斥著壓抑的沉默。但實在太安靜了。阿布都拉發覺外頭的三十位公主的三十對耳朵，總共六十隻耳朵都朝這裡利用聽力專注地汲取談話內容——不對，再加上蘇菲、士兵及賈馬與狗二人組，然後不算入可能正睡得香甜的摩根的話，總共有六十八隻耳朵。

「拜託你們能不能自己聊天啦！」他朝外頭大喊。

外頭那片寧靜終於不安地騷動著。高諾蘭公主首度在沉默一片中開口：

「雲頂之上，最可惜的事情就是沒辦法聊天氣啊。」

阿布都拉等到有幾個人持續跟著高諾蘭公主的話聊下去後，才平靜下來轉向夜花說：

「所以，碧翠絲公主她到底跟妳說了什麼？」

夜花有點傲氣地抬起頭看著阿布都拉：

「她說——你帶其他男人的畫像給我以及那些情話，這雖然都很有心，但她卻提到一點——你沒有試圖吻我。」

「真是無禮的女士！」阿布都拉繼續說。「我第一次遇見妳時，我以為妳只存在於夢境，我怕妳就像夢一樣會消退不見啊。」

「但——」夜花繼續說。「你第二次遇見我時，你似乎知道我是真實存在的人吶。」

「當然啊。」阿布都拉繼續說。「因為我對妳做了什麼踰矩的行為的話，對妳並不公平啊。而且妳還記得的話，妳除了我與妳的父親外，不曾見過其他身為男人的活人，不是嗎？」

「碧翠絲說過了。」夜花繼續說。「只會講場面話的男性是不合格的丈夫。」

「別理碧翠絲公主了！妳自己呢？妳又怎麼想的？」阿布都拉問道。

「我想問——」夜花繼續開口。「我非常想知道一件事，你為什麼會因為我沒有魅力而不吻我？」

「我才不覺得妳沒魅力！」阿布都拉大聲回道。他突然想起布簾的另一頭還有六十八隻耳朵正聽著簾布後方這裡的發展，隨即利用耳語回道：

「好吧，妳一定要知道的話——其實是我的人生中不曾有過親吻年輕淑女的經驗啊。妳太美了，我怕真的親下去會搞砸啊！」

夜花微笑時露出了酒窩，微微地揚起了笑容：

「那你目前已經親吻過幾位淑女呢？」

「一個都沒有啦，真的啦。我完完全全就是個沒經驗的菜鳥啊！」阿布都拉哀嘆著。

「我也是。」夜花笑著承認。「至少我不會再把你當成女人了，我真傻。」

她終於笑出聲，而阿布都拉也跟著釋懷並笑出來，兩人一起發自內心地對自己之前的傻子行為大笑著。直到阿布都拉大吸了一口氣，然後認真開口：

「我覺得，未來的我們要來練習看看。」

然後，簾布外陷入一片沉寂。這片沉默實在維持得太久，公主們已經找不到話題可以聊了。除了碧翠絲之外，她倒是與士兵聊得很熱絡。最後，蘇菲忍不住朝裡面喊道：

「你們到底聊完了沒？」

「當然！」夜花和阿布都拉一起喊道。「全都沒問題了！」

「那就開始計劃接下來的事情吧！」蘇菲說。

阿布都拉這時的心情相當好，已經好到無論是什麼計畫都沒差了。他從布簾後牽著夜花走出來，就算城堡消失了，他清楚自己有自信能在雲端行走著，甚至還能踏著空氣前進。他踏過腳下不值得一提的大理石地板走出來後，為眾人擔起了計畫的發起者大任。

◆

註1　原文為 hooped petticoat

第二十章　追尋與藏匿

過了十分鐘後，阿布都拉如此說著：

「這就是我們的逃離方案。感謝各位優秀又聰明的先生女士，接下來就剩魔精了。」

紫色煙霧從魔精瓶奔瀉而出，煙霧在大理石地板上激烈地騷動著。

「你不能命令我！」魔精繼續哭喊著。「我說會變蟾蜍就是真的會變！是哈斯路爾把我放到瓶內的，你們難道不懂嗎？如果我背叛了他，他會把我丟到更糟的地方的！」

蘇菲對著那團紫色煙霧皺起眉頭：

「真的有魔精耶！」

「但我僅是要借用你的占卜能力，尋找哈斯路爾的生命之源所在之處。」阿布都拉解釋得更清楚。「我可不是在許願。」

「我才不要！」紫色煙霧依然在叫喊。

夜花將瓶子放在自己的膝蓋上平放，任憑紫色煙霧往下流溢，鑽到地板縫裡。

「也許我們也該問他。」夜花繼續說。「剛剛我們其中幾人都各自提出了條件，如果想請魔精幫忙，也該問他想要什麼回報。我想這位魔精給人的感覺，應該是一位『男性』吧？魔精，如果你答應幫助阿布都拉，我向你承諾，會在不違背常理的範圍內，給你應有的回報。」

紫色煙霧有點不情願地慢慢收回瓶內，魔精開口說：

「喔——那——我答應。」

過了兩分鐘後，公主們所在房間的門口那被下咒的簾布被掀開，她們陸陸續續擠入大廳，然後大聲嚷嚷叫達爾澤出來。為了避免被達爾澤發現，阿布都拉則被公主們圍在中間，將他偽裝成了一位無用的犯人。

「達爾澤！達爾澤！你所謂的保護就是這樣而已嗎？你該為你自己感到羞恥才對。」三十位公主都搶著叫他。

達爾澤往公主們那看去。他本來倚靠在王座旁邊與哈斯路爾下著西洋棋。看到眼前這麼多人倒是稍微嚇到了，揮了揮手示意哈斯路爾收拾一下棋局。幸運的是，因為公主們將中央圍得毫無空隙，達爾澤正巧看不見中央的蘇菲和嘉姆的民姬，但他動人的眼神還是看到了公主之中的賈馬。他嚇得眨起眼睛：

「發生什麼事？」

「我們房裡有個男人！一個糟糕又可怕的男人！」公主們喊叫著。

「哪個男人？誰？是哪個男的竟然如此有勇無謀？」達爾澤朝人群大吼。

「就是他！」公主們尖聲叫喊。

碧翠絲與來自阿爾伯利亞的公主將阿布都拉給曳出來。他僅身著剛剛在小衣物間裡面那件有圓裙帶的內襯裙，這讓他感到有點丟臉。這件內襯裙將是這項計畫的必要關鍵之一，因為裙底藏著魔精瓶與魔毯。達爾澤向阿布都拉怒氣相向，怒眼瞪著他。阿布都拉對於自己想到這方法——預防了達爾澤的瞪視可能會看見魔精瓶與魔毯而感到高興。他以前都不知道鎮尼的眼睛還會冒火。達爾澤此時的眼睛就像兩座有藍色火焰的發火爐。

哈斯路爾的舉動此時讓阿布都拉感到更加地不舒服，卑劣的惡笑開始擴散在整張臉上，使之充滿了邪惡的氣息。他精壯的手臂交疊在胸前，滿臉嘲諷：

「啊，竟然又是你！」

「這小蟲子是怎麼進來的？」達爾澤以如吼叫般的回音詢問。

趁所有人都還沒回覆之時，夜花則開始了她在計畫中的定位所該採取的行動。她從公主之間擠身而出，然後以優雅的姿勢於王座前的階梯下向達爾澤下跪低頭。

「請您饒恕他吧！這位偉大的鎮尼啊。他不過是想來這裡救我出去！」她喊道。

達爾澤聽到後，輕挑地笑出聲來：

「這傢伙簡直笨到極點，我應該二話不說就直接把他丟到地面去。」

「就這麼做吧，偉大的鎮尼啊。然後我就會讓你永遠享受不了清淨的生活。」

夜花對達爾澤語帶威脅。

夜花可不是刻意裝出來的，她是發自內心說這些話的。達爾澤也知道，他較為瘦小又顯得白皙的身體掠過一陣驚顫，有著金爪的手指緊抓著王座的椅手。但他的雙眼仍舊散發著憤怒的焰息。他大吼：

「我管妳！我要怎樣就怎樣！」

「我真心誠意地，請您饒恕他吧！請您給他一次機會就好！」夜花大喊。

「給我安靜！女人！我現在還沒決定要怎麼發落他，但我首先要知道他怎麼跑進來的。」達爾澤那吼叫般的聲音迴盪著。

「不就是偽裝成廚師的狗狗嗎！」碧翠絲說。

「而且他變回人類的時候，身上還是近乎全裸！」阿爾伯利亞公主說。

「對公主們來說太驚嚇了！」碧翠絲繼續說。「所以，我們就讓他穿上了因希科典姬那件禮服的內襯裙。」

「將他帶上來！」達爾澤命令道。

碧翠絲與其他幫忙的公主們將阿布都拉拖到王座的階梯上。阿布都拉此時的步伐微弱，一步一步地慢慢走，這其實是因為內襯裙之下的第三樣藏匿物就是賈馬的那隻狗。阿布都拉一邊走，一邊用雙膝緊夾著狗，防止牠突然想要逃出裙底。阿布都拉希望眼前兩位鎮尼會以為自己的細碎步伐是因為內襯裙的緣故，可不能讓狗壞了整項計畫。公主們其實也沒有把握，不知道達爾澤是否會叫哈斯路爾去尋找那隻狗，以此證明她們的謊言。

達爾澤惡狠狠地瞪向阿布都拉。阿布都拉此時希望達爾澤本身確實沒有多少魔力，且哈斯路爾曾說過他弟弟較弱小。但阿布都拉仔細想想，無論再怎麼弱小的鎮尼都應該比人類強大好幾倍。

「你偽裝成一隻狗混進來？你怎麼做到的？」達爾澤朝阿布都拉大吼。

「我用魔法變的，這位偉大的鎮尼啊。」阿布都拉回答。

原計畫中，這一橋段應該接著就是阿布都拉表演一整套對應的說法，但此時內襯裙底下開始暗自騷動著。賈馬的狗比起去討厭人類，反而更加厭惡眼前的鎮尼。牠非常想要從裙底出來往達爾澤奔去。

「我變成你廚師的狗。」阿布都拉開始解釋。

此時，賈馬的狗想要攻擊達爾澤的慾望更加強烈，阿布都拉害怕那隻狗會跑出裙底，使得他必須將膝蓋夾得更緊，狗因此咆哮得更大聲。

「不好意思，我向您致歉！」阿布都拉呼吸越來越急促，他的眉宇間被汗水沾濕了。「狗裝久了，不小心就習慣了，有點忍不住想要叫個幾聲。」

夜花知道阿布都拉遇到麻煩，立刻插嘴並大聲悲傷地請求著：

「喔！這位高尚無比的王子啊！沒想到你為了我得承受變成狗的折磨！這位崇高的鎮尼啊，請您——寬恕他吧！」

「女人！我叫妳安靜點！那廚師在哪？把他帶到我面前來。」達爾澤問道。

法克坦公主及沙亞克的王女隨即將賈馬的手扭著也要拉到達爾澤跟前來。

「這位受人敬仰的鎮尼啊，我向您發誓，我與這件事絕對沒有關係啊！請您別懲罰我！我一直都不知道他其實並不是狗啊！」賈馬哀號著。

阿布都拉可以為此掛保證，賈馬此時的害怕的確是認真的。但就算如此，他還是存有一定的理智以讓他配合這場戲碼。

「你這乖狗狗——」他拍拍阿布都拉的頭，然後接著又說。「好傢伙。」

他立刻以傳統的參吉禮儀，以全身抱屈低姿態的方式近乎撲在王座前的階梯上哭喊：

「這位偉大的鎮尼啊，我真的是被冤望的啊！請您不要懲罰我！」

賈馬的狗因為聽到他的聲音而逐漸靜下來，咆哮聲逐漸消失。阿布都拉這下終於可以稍微鬆開膝蓋了。

「喔，這位專門收集王室少女的收藏癖好者啊，我跟他一樣也是冤望的。」阿布都拉繼續說。「我只是來拯救我的心愛之人罷了。你肯定能夠理解我的奮不顧身不是嗎？因為你將愛給了那麼多的公主！」

達爾澤感到疑惑，朝自己的下顎摸去：

「凡人啊。愛？你說愛情嗎？不，我不敢自認理解愛情。我的確不能理解——為什麼人類能為了公主奮不顧身？」

哈斯路爾那龐大的黑色身影蹲在王座旁邊，臉上的微笑越來越邪惡。

「我的兄弟，你要我怎麼處置這個小蟲子？」他如雷貫耳的聲音正在發聲。「用烤的？還是把他的靈魂抽出來變成這裡的某塊地板？還是將他分割成好幾塊？」

「不！不行！這位名叫達爾澤的偉大鎮尼啊！請您慈悲為懷，一定要原諒他啊！」夜花立刻哭叫著。「請您至少給他一次悔改的機會！如果您饒恕了他，以後我不會再問您任何問題，也不對您抱怨與說教。我會向您以禮相待的！」

達爾澤又以手摸著下顎，那模樣看起來正被夜花打動而猶豫著。阿布都拉因此而暫時放鬆了點。達爾澤的確是個較弱的鎮尼——至少心理方面較為軟弱。

「如果我讓他改過自新的話，就這樣饒過他的話——」他開口說。

「我的兄弟，如果你聽得進去我的建議。」哈斯路爾插嘴道。「那就別相信他，他是個愛玩把戲的人。」

聽到哈斯路爾這麼說，夜花一邊開始放聲大哭，一邊捶著自己的胸口。阿布都拉提高音量喊道：

「那就讓我猜猜，你把身為哥哥的哈斯路爾的生命之源藏在哪吧！這位偉大的達爾澤啊。猜錯的話，我的命就給你；猜對的話，就讓我平安地回到地面。」

這段發言令達爾澤大為讚賞。他高昂地露齒而笑，嘴內那尖細的銀色之牙也露了出來。笑聲依然是那麼細膩與宏亮，縈繞在雲之大廳的各處。

「但你這渺小的凡人永遠不可能猜得到在哪！」達爾澤大笑。接著就像沙亞克王女所說的那樣，達爾澤果然克制不住並透露了線索。「那生命之源我藏得非常難找。你就算人在它面前盯著看也找不到，甚至連哈斯路爾自己都不知道眼前的就是他自己的命——就算他是個鎮尼！你覺得你還有希望嗎？但在殺了你之前，我就跟你玩玩吧。我給你猜三次！猜我哥哥的生命之源到底藏在哪呢？」

阿布都拉很快地瀏覽了哈斯路爾的表情，非常擔心他會插手這場遊戲。但哈斯路爾就只是蹲在原地，露出看不見底牌又深謀遠慮的表情。如果計畫要成功的話，哈斯路爾最好別插手干預，而阿布都拉也是賭上了這一點來進行這場猜測遊戲。

當他故作鎮定地思考時，他的雙膝又將狗夾得更緊，狗還使力拉扯了幾下那件內襯裙。他一邊想著答案，一邊偷偷輕搖著魔精瓶。

「這位偉大的鎮尼啊，我的第一個機會，我猜——」他一邊說，一邊朝地板看，就像大理石地板真能帶給他任何想法那樣。

魔精有可能會在最後一刻反悔嗎？曾有那麼一瞬間，阿布都拉的確這麼想過，他以為魔精又會如之前的旅程那樣讓他失望透頂，這次他認為自己必須得冒著風險自己來了。然後，他看見一小點紫色的煙從裙底流出，那陣煙既安靜又警戒地倚靠在他的腳邊仔細觀察狀況。

「我的第一個機會——我猜你把哈斯路爾的生命之源藏在月亮之上。」阿布都拉說道。

「不對！如果藏在那早就被他找到了！不對、不對！比月亮還要明顯的地方，但也是更加不起眼的地方。凡人，想想找拖鞋遊戲[1]吧！」達爾澤此時大笑出聲。

這也讓阿布都拉心裡有個底，哈斯路爾的生命之源就在城堡內。其他公主心裡也都是這麼猜想的。他故作鎮定地表現出苦惱的神情：

「我的第二次機會——我猜你交給了某位守衛大門的天使了。」

「不對！你又錯啦！」達爾澤一說完，他感到愉快不已。「如果是這樣，天使們不就會立刻拿去還給哈斯路爾嗎？你這渺小的凡人啊，真正的藏匿之處比你想的要巧妙！你這一生都不可能猜到的！這真是有趣！人們總是忽略近在鼻前的地方！」

聽到達爾澤的話，阿布都拉閃過一絲靈感。他已經猜到哈斯路爾的生命之源到底身在何處了。因為夜花愛著他，所以他依然感受到那像是在空中漫步的飄浮感，他的內心也受到這份感情的激勵，這立刻就讓他猜到了。但自己生為凡人，他非常害怕犯錯。時間並不會等人，當他必須要掌握哈斯路爾的生命之源時，他明白自己一定得肯定就是那一矢中的，因為眼前的達爾澤絕不可能給予再一次的機會的。這就是他要讓魔精確認自己的猜測是否正確的原因。那點煙霧依然安靜無比，並沒有露出過多的身影。如果連阿布都拉都能想到，那魔精肯定也會知道的吧？

「呃——」阿布都拉發出考慮的聲音。「嗯哼——」

那一點煙靜悄悄地溜回內襯裙底了，接著往阿布都拉身上爬升。結果它肯定是不小心搔到了賈馬的狗的鼻頭，害牠打了個大噴嚏。

「哈——啾！」阿布都拉趕快也跟上一個噴嚏，幾乎快覆蓋了魔精在耳邊的低語。

就是哈斯路爾鼻子內的鼻環沒錯！

「哈——啾！」阿布都拉又趕緊繼續跟上了噴嚏，接著故意猜錯。這一部分正是整個計畫中最危險的。「這位偉大的鎮尼啊，最後的機會——我猜就在你哥哥的某顆牙齒！」

「哈！最後你還是錯了！」達爾澤大吼出聲，轉向哈斯路爾。「哈斯路爾，抓他去烤吧！」

「請您原諒他吧！拜託您！」夜花哀號。此時，哈斯路爾就跟夜花一樣哀號了一聲，表情充滿了憎恨，還混雜著失落感。但他得準備起身抓走阿布都拉。

當然，這些公主們也早就為了計畫中的這一刻想好應對策略。來自王室的十條手臂將薇拉莉雅從公主群中推向王座的階梯前。

「我、我要狗狗啦！」薇拉莉雅在此時宣告她的請求。這一刻，就是屬於她的最佳時刻。如同蘇菲向她所說，她在這裡突然擁有了三十位新認識的阿姨與三位新來的叔叔，每個人都希望她以吃奶的力氣盡情地放肆大喊。過往從未有人要求她這麼拼命。此外，而且這些阿姨們還答應她，要是她「表現得很棒」，她們每人都會以一人一盒糖果的方式集合起來全送給她。三十盒——這對她而言太值得了。她將嘴巴又啾成了方型，然後挺起吸飽氣的胸膛並準備好呼吸後，然後盡她所能哭喊。

「**我要狗狗啦！我才不要阿布都拉！我就要我的狗狗啦！**」她徑直撲去王座的階梯，然後就倒在賈馬的身上，立刻起身後又往下倒，結果往達爾澤的腳邊摔去。達爾澤看到後立刻兩隻腳跳到了王座之椅上，想要完全地避開她。

「**我要、我就是要我的狗狗啦！**」薇拉莉雅繼續哭叫著。

與此同步的是，查波芬那位嬌小無比，有著黃皮膚的長公主稍微掐了摩根的嫩肉一下。摩根前一陣子都睡在她的懷裡，再度在夢裡重新體驗身為一隻小黑貓的生活。此時他突然被吵醒，發覺自己是一個沒用的小嬰兒，於是張開他的小嘴，精力旺盛地開始憤怒喊叫，雙腳有力地瘋狂向外踢，雙手胡亂朝空氣揮擊。他的哭聲與薇拉莉雅比起來搞不好還更勝一籌。如此狀況之下，雲之大廳裡的餘音簡直可以說是難以言喻，加上大廳四周的結構導致回聲將近放大了兩倍之多，而且全朝著達爾澤的王座而去。

「回聲都對著鎮尼們吧。」蘇菲利用她言語的魔力，向回聲施展魔法。「不只兩倍好了，變成三倍吧！」

雲之大廳此時簡直陷入了一種令人瘋狂的氛圍中。兩位鎮尼都用手壓著自己的耳朵，密不透風。達爾澤持續地胡亂吼叫著：

「停下來！誰去讓他們閉上嘴啦！那個嬰兒到底又是從哪來的啦！」

「你這笨得要死的鎮尼！女人本來就會生出小孩，不然哩！」哈斯路爾聽到後立刻朝達爾澤吼回去。

「**我就——要我的小狗狗啦！**」薇拉莉雅此時改用那雙拳頭胡亂捶向王座。

「哈斯路爾，快給她一隻狗！不然我殺了你！」達爾澤強迫讓自己如吼叫般的聲音能覆蓋掉大廳內的那些混亂，並讓眾人聽到。

一切如果都如阿布都拉計畫中的那樣順利，他要是在這個階段還沒被殺，那麼接下來該是他變成狗之時。之前的鋪陳都不過是為了這一階段，而他原來構想的計畫是將賈馬的狗同時放出來。他希望在鎮尼眼前是有兩隻狗的存在——而非僅有一隻衝出裙底，如此一來會讓這間大廳更加陷入混亂。哈斯路爾此時與達爾澤一樣，被大廳內無數的哭鬧聲及三倍回聲搞得快要接近崩潰。他被搞得心煩意亂，頭扭來扭去，雙手依然摀住雙耳並痛苦地抱怨著。

鎮尼們此時無所適從了。終於，哈斯路爾將雙翼收回，將自己變換為狗的型態。他的狗型態非常巨大，外貌大小大概在驢與狗之間，身體上帶有棕灰斑紋，鼻孔有著一只金色鼻環。他將碩大的前腳往王座一伸，以充滿口水的大舌頭舔舐薇拉莉雅的臉。哈斯路爾雖然只是藉由這樣的舉動表示其善意，但看到這麼龐大又有一張醜臉的狗，薇拉莉雅肯定是叫得比剛才還要瘋狂。這瘋狂的聲音又讓摩根感到害怕，他也因此隨著薇拉莉雅越哭越大聲。

混亂持續了一段時間，阿布都拉雖然感到有點慌亂，不知道該怎麼做。但他至少確定了接下來沒有人可以聽見他的聲音才大聲疾呼：

「士兵啊！你快制伏哈斯路爾！其他人趕快去抓住達爾澤啊！」

士兵非常機敏，幸好他非常擅長做這種事。公主人群中的嘉姆民姬立刻趁亂消失，搖身一變就變成了那位身穿破舊衣服的士兵。士兵往王座階梯縱身一躍，而蘇菲就跟在他後方隨之衝上去，然後高聲一呼令公主們跟著一起往王座進攻。她用雙手環住了達爾澤蒼白消瘦的小腿，然後士兵就用他的臂彎整個環住了巨大狗狗的頸脖。公主們也一個接一個洶湧而上，大部分的公主往達爾澤那撲去，整個大廳陷入一股濃烈的復仇氛圍——但碧翠絲卻不在這場復仇之中。她趁亂帶走了薇拉莉雅，執行另一項更困難的步驟，那就是讓薇拉莉雅安靜。在混亂持續的同一時間，長公主則沉穩地坐在斑岩地板上抱著摩根，一邊輕搖，一邊哄睡著他。

阿布都拉嘗試跑近哈斯路爾，但他一有動靜之時，賈馬的狗也趁亂從內襯裙底衝出來。當牠看見整座大廳都陷入了混亂與紛爭，愛打架的天性又奔騰起來。所以當牠看見這裡的另一隻狗時，牠是一邊咆哮，一邊衝上前去。比起鎮尼跟人類，牠更加厭惡其他的狗，無論那隻狗是什麼樣的狗。阿布都拉還在與內襯裙奮鬥並想要擺脫裙子時，牠已經朝哈斯路爾的喉嚨撲過去。

如果賈馬的狗還要上前攻擊哈斯路爾，這無疑對受到士兵壓制的哈斯路爾更加難受。他只好立刻回復成原來的鎮尼型態，且一做出憤怒的戰鬥姿態時，賈馬的狗立刻被他扯飛，翻滾，飛越，直到撞上大廳的另一頭才終於隨著可憐的哀號而停止動作。哈斯路爾嘗試站直，士兵見狀則往他背上撲過去要阻止他展開翼幅，他用力地想要將士兵從背上拍下來，然後努力地撐起全身站直。

「低下你的頭！別抬起來！哈斯路爾！」阿布都拉大喊著。

他終於擺脫了內襯裙，下身只穿著一件腰布，然後縱身跳上了階梯就一把抓起了哈斯路爾碩大的左邊耳朵。夜花看到阿布都拉的舉動後，也知道了哈斯路爾的生命之源在哪了。她隨即也跟著阿布都拉跳起來，拽著哈斯路爾的右邊耳朵。夜花的舉動著實地激勵了阿布都拉，讓他感到欣慰。於是形成了哈斯路爾兩邊耳朵都掛著一個人的畫面。哈斯路爾與士兵的拉扯中，如果哈斯路爾暫時贏了一點，阿布都拉與夜花就被往空中揚去；而士兵暫時制伏了哈斯路爾，那他們就被朝地上摔去。士兵那雙對脖子緊抓不放的手臂就在兩人的旁邊而已，哈斯路爾那持續吼叫的龐大頭部則在兩人之間。一次又一次地來回拔河後，阿布都拉也從眼角餘光發現站在王座上的達爾澤正被公主們包圍著，就算背上的黃金雙翼看起來不足以支撐飛行的浮力，但他依然展開那弱小無比的黃金雙翼，用盡力氣振翼拍打著那些圍上來的公主，然後向哈斯路爾呼喊著求援。

達爾澤怒吼般的叫喊聲可能激勵了哈斯路爾，他漸漸能反抗士兵的壓制。阿布都拉嘗試騰出一隻手的空間，打算搆到正在自己肩膀附近搖晃——那哈斯路爾的鼻環。阿布都拉空出了左手，但他的右手因為抓久了流滿手汗，不小心從哈斯路爾的耳邊滑手。在他被摔到地上之前，他拚死地想抓穩。

阿布都拉已經忘了賈馬的狗的存在。狗因為撞擊而沉沉地趴在地上近一分鐘後才起身。牠對鎮尼們感到更加憤怒了，一看到哈斯路爾，立刻就反應過來並將牠認定為敵人。牠從雲之大廳的另一端往哈斯路爾衝過去，全身的毛都豎了起來，以戰鬥姿態的勢頭持續不間斷地咆哮。牠繞過長公主、摩根、碧翠絲及薇拉莉雅身邊，然後越過包圍著王座的公主，還跳過自己的主人，然後不偏不倚地瞄準了鎮尼臉上最好咬的地方攻擊。而阿布都拉在那一瞬間立刻收回想要伸向哈斯路爾鼻孔的手。

喀滋！狗就那麼咬了下去，牙齒正巧咬到了關鍵部分。咕嚕！牠的喉嚨因此將那某個關鍵部分吞了下去。狗狗的表情立刻表現出疑惑，翻滾到地上並發出打嗝的聲音。而哈斯路爾則痛到吼叫出來，兩隻手壓住鼻子就痛得原地蹦跳。士兵當然立刻就被甩到地上去了，而阿布都拉與夜花則被往哈斯路爾的兩側甩飛了。阿布都拉趕往正在打嗝的狗身邊，但賈馬最快到，輕輕地將狗抱起來。

「狗狗、我可憐的狗狗！一下就不痛了！」賈馬溫柔地安慰著狗狗，小心翼翼地抱牠下了臺階。

阿布都拉曳著正因為摔到地上而暈眩的士兵，站在了賈馬的前面。他大喊：

「全部人都停下來！達爾澤，你也是！你給我停下來！我們已經得到了你兄長的生命之源了！」

王座附近的騷動驟然停止。達爾澤展開雙翼起身，雙眼又如發火爐般噴火著。

「我才不信！」他繼續問。「你說拿到了，在哪？」

「那隻狗的肚子裡。」阿布都拉回道。

「在狗的肚子裡——只到今天。」賈馬帶著安慰的語氣說道。他現在只為了打嗝的狗狗著想。「牠魷魚吃太多了，肚子不太舒服。真是好險——」

阿布都拉踹了賈馬的腳一下，暗示他別再說了。

「那隻狗剛剛把哈斯路爾的鼻環吞下去了。」他說。

達爾澤震怒的表情已經代表著一件事——魔精的說法是對的。沒錯，阿布都拉猜對了。

「喔，真的？」公主們齊聲說道。她們的眼睛全都看向了哈斯路爾。哈斯路爾龐大的身體前傾後，那臉上如火焰紅色般的眼睛止不住淚水，雙手壓著鼻子，然後只見綠而清澈的鎮尼之血，從爪般的指間滑下並流溢到地上。

「吾找該豬刀德。」哈斯路爾不開心地繼續說。「原賴糾在窩德逼籽離。」

高諾蘭公主離開王座周遭，從人群中走了出來，然後從袖套裡翻了一下子後將一只蕾絲製的手帕遞給了哈斯路爾。

「給你用吧。」她繼續說。「別難過了。」

哈斯路爾接過那只手帕，然後感激涕零地向高諾蘭公主道謝：

「穴穴妳——」

他將手帕壓在鼻子流血之處。事實上，狗狗除了鼻環，並沒有咬掉太多其他不是鼻環的部分，僅咬下了一點點的肉。哈斯路爾仔細地替自己將傷口處理並止血好後，重膝跪地，招手示意阿布都拉走上王座的階梯。

「我現在是好鎮尼了，你要我怎麼回報你？」他憂傷地問。

註1

猜拖鞋遊戲是在英國曾流行過的兒童室內遊戲。由多個兒童坐成一圈，除了猜拖鞋在哪的那人除外。拖鞋會在圍成一圈的兒童背後傳遞。坐在中間的那位閉上眼睛，等到傳遞動作停下後，必須猜測拖鞋現下在哪一位孩子手上。這遊戲也有另一種變化，是直至猜到前都可以持續傳遞拖鞋。

第二十一章　返回地面

阿布都拉知道什麼也不必想了，不用想太多，因此對他只有一個要求：

「這位偉大的鎮尼，請你將你的兄弟流放到他永遠無法脫身之處。」

達爾澤的眼淚立刻奪眶而出，藍色的淚水像是融化般慢慢滑落。

「這不公平啦！」他一邊哭，一邊在王座上氣得直跺腳。「所有人都跟我為敵！你又不愛我！哈斯路爾！你完全是在騙我！你剛剛根本沒有認真想要甩開那幾個人！」

阿布都拉認為達爾澤此話有道理。他非常清楚鎮尼是一種有多麼強大的存在。他相信哈斯路爾如果真的想要擺脫他們，輕輕鬆鬆就能將士兵與兩人直接一起往世界的彼端甩去。

「我也沒傷害到誰啊！我也有結婚的需求跟權利啊！」達爾澤怒吼。

當他如此吼叫又一邊跺腳之時，哈斯路爾則向阿布都拉細語道：

「有一座漂流的小島位在南洋，時隔一百年才會顯現。有座宮殿被建在島上，而且還有很多長滿水果的樹。請問，我可以把我的兄弟送到島上嗎？」

「好啊，現在你反而要把我甩到一邊去了！」達爾澤聽到後喊聲。「根本沒有人關心我，我是多麼孤獨啊……」

「喔，順便跟你說。」哈斯路爾再次向阿布都拉細語道。「你父親大房的親戚與來自北方的傭兵們簽訂了合約，批准他們可以離開參吉，以遠離發怒的蘇丹，但那些傭兵把那兩位姪女留在那了。因為她們是蘇丹所能找到的，你在這世上最親的親戚，所以蘇丹就把他們給關著。」

「等等，這件事讓我反應不過來。」阿布都拉驚嚇道。然後，他感受到哈斯路爾眼中的深意。「喔，或許——這位威猛的鎮尼，為了恭賀你回到正義的一方，你可以把那兩位少女救回來嗎？」

哈斯路爾那張本來臭到不行的臉一瞬間明亮了起來。他一舉起巨爪之手，一記拍掌，不過就像一瞬間的一道響雷，原地便傳來了像是女孩聲音的尖叫，那兩位胖少女已經出現在這。這對哈斯路爾本來就是揮揮手就能辦到的事，因此阿布都拉也知道他一直以來都沒有使出他真正的力量。阿布都拉看著哈斯路爾那雙有點歪斜的眼睛，而那雙眼睛因為狗狗的反撲而眼角露著淚光。現在，他們互相在心裡已經對彼此坦白了。

「千萬不要又抓來了公主啊！」碧翠絲跪在薇拉莉雅身邊，一臉生氣地說。

「沒有這回事，我向您保證，這位公主。」阿布都拉說。

這兩位少女從各方面來看都不像是公主。因為她們身上現在還穿著舊衣服——日常生活穿的粉色及工作時會穿的黃色，兩人身上的衣服也經過不少冒險後而顯得破爛又髒亂，而她們的頭髮都不再維持著本來的捲度。

她們看見達爾澤在王座上一邊哭，又一邊頓腳著，又轉頭回望哈斯路爾龐大的身影，然後又看見只穿著一件腰布的阿布都拉，立刻就驚嚇到叫出聲。一陣尖叫過後，她們都嘗試要將自己的頭埋進雙方的豐滿肩膀裡。

「那些女孩們真可憐。這樣一點都不像王室該有的舉止儀態。」高諾蘭公主說。

「達爾澤！」哈斯路爾對王座上那位還在哭泣著的鎮尼喊去。「我美麗動人的兄弟——達爾澤，這位公主狩獵者啊，稍微靜下來吧，你仔細瞧瞧我為你的流亡準備了什麼禮物。」

「禮物？」達爾澤哭泣欲止地停下。

「你看這邊的新娘們，她們既年輕又白嫩，而且非常執著於找到好歸屬。」阿布都拉指向那兩位胖女孩說著。

達爾澤擦掉臉上反射著光芒的淚水，打量著眼前的這兩位女孩。他所露出的眼神與阿布都拉時常遇到的那些奧客一樣，就像在打量眼前的地毯⋯

「看起來是很相襯的一對姊妹！而且胖得恰到好處！但你能保證這不是什麼陷害我的詭計嗎？這種事可不是隨便說說就可以的吧？」

「才沒有什麼詭計！這位亮眼又帥氣的鎮尼啊。」阿布都拉認為，如果這兩位女孩其他的親人也都不願意收留她們的話，他應該有將她們出嫁的權利。但保險起見，他還是補上一句。

「我想她們可以讓你盜走，這位威猛的鎮尼啊。」他走到那兩位胖少女面前，然後適切地拍打她們較有肉的手臂。「這兩位女士——參吉最圓潤的兩道月光啊，請寬恕我，因為那壞透的誓言而沒有辦法享受妳們的寬大無量。但——兩位請抬起頭來吧，看看這位由我欽點，足以替代我的丈夫吧！」

一聽到「丈夫」這個詞，她們立刻抬起頭又望向達爾澤。

「他真的好帥喔！」穿粉色的說。

「我喜歡他的翅膀。看起來就是跟別人不一樣！」穿黃色的說。

「他的尖牙看起來也好性感喔！」穿粉紅色的又補充意見。「他的爪子也是呢，但如果走在地毯上就得小心一點了。」

這兩位少女說的任何一句話都讓達爾澤的臉色更加明亮。

「我現在就偷走她們！比起那些公主們，我更喜歡她們！哈斯路爾，我怎麼到現在都沒有抓到胖女人呢？」他說。

哈斯路爾露出友善的笑容，也露出尖牙：

「我的兄弟，這是你自己一路以來的決定，不是嗎？」然後，他將笑容收回。

「如果你已經準備就緒，我現在的責任就是將你流放。」

「我現在還好，沒那麼介意了，來吧。」達爾澤說完，雙眼仍朝向阿布都拉那兩位姪女看去。

哈斯路爾又再次緩慢且帶點憾意地伸出手，三次遠雷之響拍響後，達爾澤與那兩位女孩便從他們眼前消失了。消失的瞬間，空氣中產生了淡淡的大海之息，也聽得見一點點海鷗的叫聲。結果，摩根與薇拉莉雅現在又開始哭了，其他人則是又開始嘆氣，而且哈斯路爾的嘆息比誰都還要沉重。這讓阿布都拉有些驚訝，原來哈斯路爾是發自內心地愛著他的弟弟。雖然讓人難以理解怎麼會有人喜歡達爾澤，但阿布都拉心想自己也無法責備他什麼，且自己也沒有任何權力批評別人的喜好與心之所向。他正在思考這些時，夜花走到他旁邊並用手臂環扣住了他的臂膀。

哈斯路爾又嘆出一口更重的哀息，然後坐於王座之上——比起達爾澤，這王座的大小更適合哈斯路爾的體型。他巨大無比的雙翼正以垂下的姿態表達主人的悲傷。

「接下來要解決其他事情。」哈斯路爾一邊謹慎地摸摸鼻子，確認已經痊癒，一邊若有所思。

「對！的確還有其他事！」蘇菲其實一直站在階梯上，等待發言的時機點。「你偷走我們家的移動城堡，又把我丈夫——也就是霍爾，把他變不見了。他現在人在哪？我要他回來我們這。」

哈斯路爾悲傷地抬頭正視她，但在他能回答之前，公主間陸續傳出驚呼。位於階梯底下的每個人都遠離了那件內襯裙所在之處，它呈現起伏不定的狀態，一直在窣動著，就像一個六角手風琴。

「救我！」魔精在裡頭大叫。「快讓我出來！妳不是答應過我的嗎？」

夜花用手迅速遮住嘴巴，意識到自己的過失。

「喔！糟糕！我全都忘了！」她這麼說，然後跑離了阿布都拉，奔下階梯。她於紫色煙霧中將內襯裙掀開並大喊：

「魔精！我向你許願，你被釋放後能永遠獲得自由！」

就跟以前一樣，魔精連道謝的時間都不想有。魔精瓶隨即迸出一聲聲響。陣陣濃紫煙之中，一個形狀較為確實的形體逐漸站起身。

蘇菲看了一眼就叫出聲：

「喔，請求老天保佑她！謝天謝地！」

她迅速地衝到夜花身邊，速度快到差點將剛剛才轉變成實際肉體的男子拐倒。但那男子好像也不在意，他立刻抱起衝過去的蘇菲，然後使得蘇菲的腳騰在空中轉了好幾圈。

「我、我怎麼會不知道呢？我怎麼沒發現？」蘇菲喘著氣，雙腳左踏右踏，以免踩到地上的碎玻璃片。

「因為魔法——如果有人知道他就是巫師霍爾，那就會幫助他脫困。妳沒有辦法得知他是誰，他也不能向任何人透露身分。」哈斯路爾悲傷地說。

這位宮廷巫師霍爾看上去比另一位宮廷巫師沙利曼還要年輕，臉龐與儀態相較起來也比較優雅自如。他身上穿的是一套奢華的淡紫綢絲製的外衣，髮色則是一種有點難以描述，不像真實存在的一種黃色。阿布都拉望著那位巫師消瘦的臉龐及臉上那對淺色的眼珠，他確實曾在某日的早晨看過那雙眼。他突然覺得自己也許早該要知道是他，又突然發現自己的立場有點矛盾。因為他一路上都在利用魔精，他本來認為自己對魔精了解透徹，但現在呢？難道這也代表自己很了解巫師霍爾嗎？

因為上述的理由，阿布都拉並沒有選擇加入眼前正圍成一圈為霍爾歡呼道賀的人群中，當然，士兵也包含在內。他看著來自查波芬的長公主安靜地走進還在祝賀的人群中，並小心謹慎地將摩根遞到霍爾的懷裡。

「謝謝妳。」霍爾繼續說。「我想還是得把他帶在身邊比較好，這樣才能好好照顧他。」

接著，他向蘇菲道歉：

「如果讓妳受到驚嚇，我跟妳道歉。」

霍爾抱著小孩的姿勢似乎比蘇菲還要熟練。他將摩根抱在懷裡像在安慰小孩那樣輕輕搖晃著，然後一直盯著摩根瞧。摩根似乎也挑釁般地盯回去。

「喔！我敢說，他真夠醜的！而且跟我真是一模一樣[1]！」霍爾說。

「霍爾！」蘇菲的口氣雖然有點兇，但聽起來並沒有因此生氣。

「等我一下。」霍爾說完就走上王座前的階梯，然後仰視著在王座上的哈斯路爾。「看著我，鎮尼。我要跟你算清楚過去的恩怨。你為什麼要把移動城堡偷走，然後又用瓶子將我關起來？」

哈斯路爾此時瞳孔轉變成怒火般的橘色，憤怒地說著：

「巫師啊，你覺得你的力量能夠與我相抗衡嗎？」

「我並非這個意思。」霍爾繼續說。「我只是要你說明你這麼做的理由。」

阿布都拉非常欣賞眼前的這個男人，他非常勇敢。因為過往的旅程讓他知道魔精有多麼卑微，所以他清楚霍爾的內心此時充滿了懼怕的情感，但從他的外表來看卻毫無跡象。他讓摩根坐在自己肩膀上覆有淡紫綢絲之處，仔細地扶住他，然後眼神堅定地瞪著眼前的哈斯路爾。

「好。」哈斯路爾開始解釋。「——我的兄弟叫我去偷你的城堡，這並非我本意，我沒得選擇。不過，達爾澤的指示並沒有說到要怎麼處置你，只提到不能讓你再把城堡拿回去。假如你是個無須任何質疑的正義之人，我本來只會把你送去剛剛我的兄弟所前往的小島，但我知道你使用自己身為巫師的力量攻占其他鄰國——」

「這可不公平。國王對我下達——」霍爾語意斷落。

有一瞬間，他現在的語氣如同剛剛的達爾澤，而他也意識到了這件事，所以他的話還沒說完就停下了。他思考完接下來要說的話才接續開口：

「如果我能重新改變陛下的意圖，我不會讓它發生的。你剛剛說得沒錯，但別讓我抓到機會把你放到瓶子裡。我言盡於此。」

「那是我應當承受的。而且，之前的我將痛苦散播出給——那些每個與這些事情相關的人走向最適合他們的命運，那不過都是我自以為的，所以我應當為此受罰。」哈斯路爾表示同意。他又看向阿布都拉。「對吧？」

「這位偉大的鎮尼，我知道這些都使你痛苦。」阿布都拉同意哈斯路爾的說法。「雖然我做的白日夢都實現了，但也不全然都是好的。」

哈斯路爾點頭同意：

「那麼，現在，我還需要處理一件芝麻小事，但卻是一定要做的。處理完後，我就要離開這裡了。」

哈斯路爾展翼之後便揮了揮手，身旁立刻圍來了一群有著各式各樣的型態且也有翅膀的陌生人。那些看來像是透明海馬的形體來到哈斯路爾的王座之上，盤旋於他的頭頂。除了不停振翼並持續發出一些輕聲外，幾乎是保持沉默的狀態。

「是他的天使們。」碧翠絲對薇拉莉雅解釋。

哈斯路爾朝天使們輕聲細語一番後，他們突然就飛離了哈斯路爾的頭頂，來的時候的速度與離開時幾乎沒有差異。之後，天使突然盤旋在了賈馬的頭上交頭接耳。賈馬看到後嚇得往後退，但這些天使還是一直跟著他。然後就像是消失在賈馬的狗身上一樣，他們占據狗身上的各處後就縮小到消失不見，僅剩兩位天使還在空中。

阿布都拉發現那兩位僅剩的天使就在他的眼前繚繞於天。他離開原來所站的地方，但天使還是跟著他。那兩位天使發出了小到似乎只有阿布都拉才聽得到的聲音：

「思考良久，比起蟾蜍，我們比較喜歡徜徉於永恆之光裡的姿態。因此，我們要謝謝你。」

他們說完後，便迅速飛離，然後又停在賈馬的狗身上，接著慢慢縮小，最後在狗耳朵背面的皮膚上失去蹤影。

「我怎麼會抱著一隻身上都是天使的狗呢？」賈馬望著他懷裡的狗並問哈斯路爾。

「他們不會傷害你跟狗的。」哈斯路爾繼續說。「他們不過是在等我的金鼻環再次出現。你剛剛提到明天對吧？我相信你，所以請理解我想要追蹤自己生命之源的憂慮。待我的天使們拾回金環後，不管我身在何處，他們都會使命必達到我身邊。」

接著，他嘆出了一口寒冷氣息，力道足以吹揚起在場眾人的髮絲：

「我不知道我該當歸往何處。我認為該放逐我自己到某個遠方的深處。因為我可做了許多不能饒恕的壞事，不能再稱作是高階的好鎮尼了。」

「喔，這位偉大的鎮尼，你不用這樣！」夜花繼續說。「據我所知，保持善良就會被寬恕的。其他的好鎮尼們肯定會開心地迎接你回去的吧？」

「這位天資聰穎的公主，妳不懂。」哈斯路爾龐大的頭部左右搖動。

此時阿布都拉卻發現自己非常能夠體會哈斯路爾的心情，讓他想到在家鄉的那些來自父親大老婆那方的親戚們。

「好了，我的摯愛。哈斯路爾的意思是，他其實非常沉迷並享受過那段做壞事的日子，他沒有後悔之意。」阿布都拉說。

「沒錯，這是真的。」哈斯路爾附和。「度過了這幾個月的時間後，我發現，這是我這幾百年感到最開心的一段日子，而這正是達爾澤教會我的。現在我得離開了，不然我會樂於危害別的好鎮尼，但願我知道自己該去何處。」

霍爾好像想到了好方法，他咳了一聲。

「你為什麼不去另一個世界？」他向哈斯路爾提議。「你也知道有數以百計不同的世界存在吧？」

哈斯路爾揚起雙翼，以拍打雙翼表達了他的興趣。雲之大廳內的每位公主都被吹動著衣服與髮絲。他說：

「你是說真的嗎？在哪？快告訴我要怎麼去別的世界？」

霍爾將摩根交到蘇菲有點不太安穩的懷裡，然後跳上王座前的階梯。他做了幾道奇怪手勢與不知有何用處的微微點頭給哈斯路爾觀摩。哈斯路爾看起來立刻領會了，點頭道謝。然後，他從王座上起身走掉了，什麼話也沒留給眾人，就那麼走過大廳，穿越牆壁。就像是牆壁不過只是一道霧罷了。他走後，雲之大廳此時變得有些空寂。

「終於解脫了！」霍爾說。

「你是不是讓他去到你的世界？」蘇菲問。

「不可能！」霍爾繼續說。「在那個世界，到處都是令人煩惱不已的事情。我是把他送去相反方向去了。雖然這麼做有點風險——城堡有可能也一起去了那裡就消失了。」他緩慢轉身，然後看向雲之大廳另一頭的彼端。「幸虧城堡還在。」

「不過這也代表著卡西法一定在這裡的某個地方才對，因為只有他才能讓城堡運作。」霍爾大叫：

——卡西法！你在哪？

地上的那件內襯裙似乎又有了生命的律動。支撐它的圓環往旁邊掉出來，魔毯便從此重獲了自由。魔毯感覺起來全身正在發抖，就像賈馬的狗那樣。而且更讓人驚訝的是，它落在地板上後便開始抽絲剝繭。這讓阿布都拉看了都打從內心覺得有點浪費了這張好魔毯。紡絲線完全自動地一直從魔毯身上抽離，越來越長，還閃著一種奇異無比的藍色光芒。代表魔毯似乎不是由一般的羊毛製成的。重獲自由的那些紡絲線正在魔毯身上來回繞著，然後越疊越高，往雲之大廳的霧狀天花板而去。

魔毯最後有點煩躁地抖了一下，線的另一頭也從幾乎已空白沒有圖案、作為地毯底材的帆布鬆開，然後全部往內縮進剩下的那些線中，這些線捲不穩定地慢慢又向外鬆開，又再度聚集而成一捲並縮小，然後塑形成一個新的形狀。那像是一顆倒吊狀的淚滴，又或是說更像是一道火焰。這道火焰的形狀越漸穩定，平穩地往下落。當它越來越近時，阿布都拉看到了它的前面是一張紫、綠或橘色火焰浮動而成的小臉。阿布都拉看到後聳了聳肩，認了這一切——原來他用盡所有的金幣購回的是一位火魔，根本就不是什麼有魔力的地毯。

火魔立刻開口說話，嘴內都是閃爍的紫焰：

「真是謝天謝地！為什麼都沒有人叫我的名字？我好難過。」

「喔！可憐的卡西法！我從來都不知道是你。」蘇菲說。

「我又不是說給妳聽的。」這道奇怪又擁有生命的火焰嚴正說道。「而且妳的爪子都陷進我的身體裡了！」

卡西法從霍爾身邊飄過去後說道：

「我也不是說給你聽的。說到底會變成現在這樣，也是你造成的。我沒有想要替國王的軍隊助陣。嗯，我現在是想要說話給『他』聽啦。」

他在阿布都拉的肩膀附近躍動著，火焰的熱度讓阿布都拉聽見自己的髮絲正發出微弱的燃燒聲：

「他是唯一一個，嘗試認真得我歡心的人。」

「你何時開始需要別人討你歡心了？」霍爾用以往他們之間熟悉的那虧人的語氣問道。

「自從我體會到被人稱讚的感覺有多美好。」卡西法回道。

「但我可不認為你有那麼好。」霍爾繼續說。「你要繼續這麼下去，那就這樣吧！」

霍爾一甩淡紫長袖，於是從卡西法面前俐落轉身。

「你想變成蟾蜍嗎？你知道的吧，你並不是唯一能夠把人變成蟾蜍的！」卡西法問。

霍爾那穿著紫靴的腳正略顯不悅地輕輕頓地：

「說不定——你的那位新朋友會向你要求把城堡送回原地。」

阿布都拉聽到後有點悲傷，因為霍爾故意裝作與他不熟識，當作他是陌生人。但他也接受了霍爾話中暗示的請求並向他彎下腰行禮：

「喔！這位如璀璨藍寶石的術士啊！還有如慶典般華麗的火花及魔毯中的明燈啊，真貌比是珍貴無比的壁毯時還要更加花漾一百倍的——」

「別再多說了啦！說重點！」霍爾悶悶地碎唸道。

「——可以請這位好心又慷慨的火魔您，把城堡送回地面嗎？」阿布都拉終於說完了。

「我很樂意。」卡西法回答。

接著，在場的所有人都感到城堡失去重心，開始往下落。起初因為墜下的速度太快，蘇菲只好緊抓著霍爾的手，公主們也嚇到叫出來。薇拉莉雅則叫了出來，說到自己的胃就像在空中騰空著。原因可能是卡西法被迫以非原貌的姿態存在太久，疏於練習而導致的。無論如何，墜下的速度在一分鐘後隨即變慢了，也變得比較「紳士」一點，讓人幾乎無法感覺到目前正處於落下的狀態。城堡越往下墜就越變越小，在城堡內的所有人便縮短彼此之間的距離，以致於擠在一起，得盡力分隔出並維持能夠保持平衡的空間。

城堡的牆壁逐漸往內縮回，斑岩從雲霧狀態變回了石灰岩原貌。天花板也隨之降低，拱頂也變回了無數巨大的黑樑柱。王座本來的所在之處後面則冒出了一扇窗，起初那不過是一道陰影，但當阿布都拉好奇地轉過去想再看一眼那片透明雲海及高空夕陽下被照映的雲島時，窗戶已經成形，而外頭僅剩一片正常無比的天空，就如往常那樣。清明的黎明之光照滿了這跟農舍空間差不多的房間。這時，公主們已經全部擠在一起，蘇菲反而被擠到房間角落去了，然後一手抓著霍爾，另一手抱好摩根。阿布都拉發現自己被夜花與士兵擠在中間。

阿布都拉此時發現士兵沒有開口說話許久了。其實他的姿態非常奇怪，他拉回原本罩在頭上那借來的面紗，身體向前傾著，坐在一張從城堡開始縮小時才出現在壁爐旁的木凳上。

「你確定還好嗎？」阿布都拉問他。

「非常好。」士兵說。雖然他的聲音聽起來怪怪的。

碧翠絲擠過去他的身旁：

「哦，你在這啊！你到底在想些什麼？你是不是想著一旦一切回復原狀，那我就會因此反悔？」

「不。呃，應該說——喔，好啦，沒錯，因為我怕妳會困擾。」士兵說。

「我才不會困擾！」碧翠絲堅定地回答。「我一向信守承諾。賈斯汀王子那邊的話——算了，誰管他。」

「但我就是賈斯汀王子啊。」士兵回答。

「你說什麼？」碧翠絲說。

士兵有點不好意思地緩緩拿下面紗，然後抬起頭看著大家。雖然看上去還是同一張臉，卻有著跟之前一樣可能有些純潔之感，也有點不誠實之感，又或者以上皆是的藍眼睛，但至少現在臉上多了一份溫和與教養。相較之前，也多了一份軍人般的架勢。

「那渾蛋鎮尼也對我施了魔法。」賈斯汀王子繼續說。「我倒是想起來了，我當時在樹林裡等待搜救隊的回報。」

然後，他的臉上多了愧疚：

「我們正在搜尋碧翠絲。呃——反正——就是妳。妳也懂的，後來不太順利。我的帳篷突然被吹跑了，鎮尼也就突然出現在樹林間。他突然向我說『公主我就笑納了』這句話。然後又說：『因為你以魔法擊敗她的國家這件事非常不公平，因此我就把你變成戰敗國的士兵，讓你體驗被擊敗的滋味好不好受。』接著，我便流連於戰場之上，還以為自己就是一名來自斯坦蘭吉亞的士兵。」

「你討厭那樣的感覺嗎？」碧翠絲公主問。

「嗯——說起來是蠻辛苦的，但我也撐過來了，在路上到處撿些有用的東西，然後一邊思考未來的計畫。我本來啊，認為自己應該要替戰敗的士兵們做點什麼的，但——」此時，他的臉上浮現了那位老兵在旅程中展現的笑容。「老實說，我在因格利這裡一路流浪，跟著阿布都拉旅行，我感到很開心。作為壞人這件事本身還挺好玩的，這一點，我跟那位鎮尼完全一致。我只要一想到要回去統治我的國家了，完全提不起勁。」

「啊，我想，那些我可以幫忙的。」碧翠絲繼續說。「因為我知道方法，我可以指導你。」

「真的？」賈斯汀說完就抬頭看著她，眼神還是如同士兵之時看向帽裡的小摩根。

夜花開心地用手肘輕碰了阿布都拉。她低聲對阿布都拉說：

「奧欽斯坦的王子！但你現在不必怕他了！」

過沒多久，城堡就像羽毛落地而柔綿綿地落在地面。卡西法則在天花板上較低的樑木間飄來飄去，然後向眾人宣告他已將城堡停在金貝利外的原野。

「我已經把城堡回來的消息，傳給沙利曼家裡其中一面鏡子了。」卡西法非常自豪地說。

這項舉動似乎刺激到了霍爾。他生氣地說：

「我剛剛也送了訊息，你就是喜歡出風頭，是吧？」

「他不就收到兩則訊息而已。」蘇菲繼續問。「會怎樣嗎？」

「這也太蠢了！」霍爾一說完就開始大笑。然後，卡西法也跟著他大笑，便發出了像是火焰燃燒的嘶嘶聲。這兩個好朋友之間好像言和了。

阿布都拉思考了一下，也終於理解霍爾為何現在會如此。霍爾被變成魔精之後，過程中一直散發著內心存積的怨氣，雖然現在還是如此，但除了卡西法，沒有人能接納他那些怨念。這也有可能是卡西法共感的緣故，而且他們都擁有強大的魔力，要是對普通人亂發脾氣就有些危險了。

兩人的訊息似乎都送到了。在窗邊的某個人突然說著：快看！接著，房內的人都往外擠，他們已經看見金貝利敞開了城門，載有國王的馬車及一隊衛隊尾隨在後迅速出了城。其實這是一列遊行隊伍，各國載有大使的馬車也跟在因格利國王的馬車之後，而每輛馬車都繪有那些被哈斯路爾抓捕的公主母國之徽。

霍爾轉過去向阿布都拉說：

「我感覺自己跟你很熟。」

他們對彼此投以尷尬的眼神。

「你懂我嗎？」霍爾問。

「我想就跟你了解我的程度差不多。」阿布都拉行了個禮。

「這正是我所害怕的。」霍爾反而有點悲傷地說。「好，視情況所需，我知道由你出馬可以快速解決過多需要溝通的場面。那些馬車全部都到這後，我想就該你登場了。」

當馬車抵達時，場面真的如霍爾所想一樣混亂不止。那段交談的時間，阿布都拉的嗓子被用到快噤聲了。除此之外，在場的每位公主、蘇菲、霍爾以及賈斯汀王子，他們全都向國王堅定地傾訴他的聰穎與勇氣。阿布都拉聽到就想糾正他們，因為他自認一點都不勇敢——他只感受到一股漫步雲端般的輕飄，因為夜花愛他。

賈斯汀將阿布都拉帶走，領他到王宮內的其中一間前廳。

「接受吧。」賈斯汀繼續說。「沒有人是因完美的理由而接受褒揚。你就看看我吧！斯坦蘭吉亞人全都簇擁我，正因為我發了錢給他們的老兵們，我的王兄也因我不再抗拒娶碧翠絲為妻而感到高興。現在所有人都覺得我就是王子中的典範。」

「你本來不想跟她結婚嗎？」阿布都拉問。

「喔，這當然啊。」賈斯汀繼續說。「之前我根本還沒見過她。王兄跟我因為這門婚事吵了好幾次，我還要脅——如果要我娶碧翠絲，那我就要把他從王宮頂端往外丟。後來我失蹤後，他只是認為我是氣到暫時逃離金貝利罷了。他本來都還不擔心呢。」

國王對於他的弟弟終於回國而感到開心無比，對阿布都拉將薇拉莉雅及另一位宮廷巫師毫髮無傷地帶回金貝利也是，於是他下令要在返回後第二天舉行奢華的雙重婚禮。結果這反而令狀況變得更加混亂了，霍爾趕緊利用羊皮紙製作了一名急速的國王傳訊者，立刻利用魔法向參吉的蘇丹遞出訊息，且還提到因格利國王願意贊助對方來到這裡的交通費用，誠摯地邀請他來參加他女兒的世紀婚禮。半小時之後，這名傳訊者一回來就是「被撕爛」的狀態。它所帶回的訊息則是：

謹傳吾之蘇丹所旨——如果阿布都拉還敢出現在參吉，我已為他精心準備了一根五十英尺長的大木樁。

事情演變至如此，蘇菲與霍爾就找因格利國王商討解決方式。而國王在同一天的晚上就為了阿布都拉與夜花授予新官位，封兩位為「因格利王國特命大使」。

王子和大使在同一天舉辦雙重婚禮可以說是歷史重要事件，來自斯坦蘭吉亞的碧翠絲公主及來自拉休普特的夜花公主身邊各有十四位的伴娘，且因格利國王親自擔任兩國新娘的伴婚人。賈馬則是阿布都拉的伴郎。他將婚戒遞到阿布都拉的手上之時，還特別告知了——天使們在一大早就攜著哈斯路爾的生命之源離去了。

「這也是一件大喜事！」賈馬繼續說。「我可憐的狗夥伴終於可以停止瘋狂搔癢了。」

出席預定名單中唯一沒參加這場盛事的，只有巫師沙利曼及他的夫人，也就是蕾蒂。這與國王生氣倒沒什麼關聯，原因似乎是國王想逮捕巫師沙利曼時，蕾蒂朝國王出言不遜，反而影響到了肚中的孩子，肚子提早開始了陣陣絞痛。這讓沙利曼自然不敢隨意放下蕾蒂就逕自離開。但婚禮當天，蕾蒂還是生下了一個女孩，也沒有任何後遺症。

「喔，太好了！我認為自己一定是位好阿姨！」蘇菲說。

兩位大使的上任後的首要任務，便是護送那些被抓走的公主們回到她們的國家。有幾位公主的家相距這裡甚遠——像是查波芬的長公主的家——幾乎是遠到無人所知。大使們接到的命令跟指示是——與這些公主們的母國建立商業上的聯盟，然後每當經過奇特之地就註記下來，供日後的探險隊能夠進一步研究及探勘。不過霍爾以前就跟因格利國王建議過這些，但——不知為何——現今，整個因格利王國都熱衷於想要將全世界的地圖給繪製出來。探險遠征隊也選拔出來了，且正在嚴格訓練中。

阿布都拉在旅行期間，時常得受這些公主們的各種行為叨擾，還要跟其他國王辯論，而他總因為過於忙碌而沒辦法向夜花坦承真正的事實。他在每日的睡前時間都會想著——也許明天會有更適合的時機，但到了最後，他還是沒說出來。而當他們已經要抵達最遙遠的查波芬之時，他自覺已無法再瞞下去了。

阿布都拉對自己，對外，都深呼吸了一次，總覺得自己的臉上褪去了光采一樣。

「我——其實並不是王子！」他還是大聲地說出來了。沒錯，這件事實總算是由他的口中被道出。

夜花當時正在繪製地圖，她聽到後就突然抬起頭。帳篷中的燈將她的臉輝映得更美了。

「哦，我知道啊。」她說。

「妳說什麼？」阿布都拉驚訝地輕語。

「喔，這很明顯好嘛！」夜花繼續說。「當我還在天上的城堡時，能夠想念你的時間實在太多了。我很早就發覺你只是個浪漫的人。因為啊，我也跟你一樣會幻想，唯一的差別在於，我想著自己只是一個普通的女孩，我的父親只是一名西城市集內的地毯商，我以前會想像著自己能幫他處理買賣。」

「妳真讓人感到驚奇——」阿布都拉回道。

「你也是啊。」然後她又開始繼續繪製地圖。

他們回到因格利王國時，還牽著一匹載著貨物的馬——上面全是公主們在城堡中答應要送給薇拉莉雅的糖果跟甜食。裡面有巧克力、糖柑橘、椰子糖2以及蜂蜜核桃之類的甜點，但其中最棒的是長公主贈送的——由好幾層如紙般的薄片組成的糖果，長公主稱它為「盛夏嫩葉」。這些「葉子」盛裝在一盒漂亮的糖果盒內，待薇拉莉雅長大成人後就可以拿這盒子來裝珠寶。

但讓國王無法理解的是，薇拉莉雅自從回來後就幾乎沒有尖叫過了。關於這件事，薇拉莉雅向蘇菲如此解釋：當有三十個人都命你開始尖叫，你會覺得很無聊，一點都不好玩。

蘇菲與霍爾再次——以總是在眾人面前吵吵鬧鬧的方式——這他們自認最快樂的相處模式，回到了移動城堡。城堡門扉的通往之處，其中一處就在契平山谷，當阿布都拉與夜花歸來，因格利國王也賜了契平山谷的地給他們，還批准他們可以在那建造自己的宮殿。他們建造的房子反而樸實無華，頂部甚至是茅草屋頂，而花園自完工後，立刻就變成了這附近的知名美景。

傳聞阿布都拉大使設計這座花園之時，有不只一位的宮廷巫師幫忙——僅僅只是一位大使，怎能自己一人就種出一座滿是長年盛開的藍鈴花之林呢？

註1　跟我真是一模一樣！——此處原文為：Chip off the old block。為流傳已久的慣用英文諺語。意指有其父必有其子。

註2　一種英國特有的糖果，以磨碎的乾椰子粉、煉乳及糖製成。

沙塵之賊

◇ CASTLE IN THE AIR ◇

Fairy Tale
幻想之丘 06

1AFT0006
HOWL'S MOVING CASTLE © Diana Wynne Jones, 1986
CASTLE IN THE AIR © Diana Wynne Jones, 1990
HOUSE OF MANY WAYS © Diana Wynne Jones, 2008
Published by arrangement with David Higham Associates Ltd. through Bardon-Chinese Media Agency.

作者　黛安娜．韋恩．瓊斯
Diana Wynne Jones
譯者　黃筱茵
責任編輯　李岱樺
副總編輯　林獻瑞
編輯協力　張宜均
封面繪者　小猫猫
封面／版型設計　張新御
標準字設計　江江
排版　嚴妝
行銷　呂玠忞

出版　好人出版／遠足文化事業股份有限公司
發行　遠足文化事業股份有限公司（讀書共和國出版集團）
231 新北市新店區民權路 108 之 2 號 9 樓
02-2218-1417
www.bookrep.com.tw
service@bookrep.com.tw
郵撥帳號 ｜ 19504465 遠足文化事業股份有限公司

法律顧問　華洋法律事務所　蘇文生律師
印製　呈靖彩藝有限公司

出版日期　2023 年 12 月 4 日 初版一刷
2024 年 7 月 10 日 初版五刷
定價　新台幣 480 元
ISBN　9786267279397（平裝版）
9786267279427（電子書 PDF）
9786267279434（電子書 EPUB）

國家圖書館出版品預行編目 (CIP) 資料

沙塵之賊 / 黛安娜 . 韋恩 . 瓊斯 (Diana Wynne Jones) 作 ; 黃筱茵譯 .
-- 初版 . -- 新北市 : 遠足文化事業股份有限公司好人出版 :
遠足文化事業股份有限公司發行 , 2023.12
392 面 ;14.8*21 公分 . -- (Fairy Tale 幻想之丘 ; 6)
譯自 : Castle in the Air
ISBN 978-626-7279-39-7(平裝)
873.57　　112015713

發行平台
讀書共和國出版集團
BOOK REPUBLIC PUBLISHING GROUP